Eva Bakos

Die Villa im Veneto

D1858597

SERIE PIPER

Zu diesem Buch

In die Witwenidylle der verträumten Villa im Veneto, in der Judith zwischen den glücklichen Erinnerungen an ihren verstorbenen Mann, den Kunstmaler Ivo, lebt, bricht eines Tages die Journalistin Steffa ein. Daß sie nur vorgibt, eine Biographie Ivos schreiben zu wollen, ahnt Judith bald, und allmählich kommt sie dahinter, daß die Journalistin und ihren toten Mann ein Geheimnis verbindet. Langsam und mühevoll muß sie lernen zu akzeptieren, daß der Mann, der ihr einziger Lebensinhalt war, sich ihr nie ganz geöffnet hat. Eva Bakos erzählt diesen feinnervigen Frauenroman mit lebendigem Ausdruck und einem außergewöhnlichen Sinn für überraschende, faszinierende Entwicklungen.

Eva Bakos, geboren 1929. Lebt als Journalistin und freie Autorin in Wien. Zuletzt erschien ihr Roman »Das gläserne Wappen« (1996).

Eva Bakos

Die Villa im Veneto

Roman

Piper München Zürich

Ungekürzte Taschenbuchausgabe
Piper Verlag GmbH, München
1. Auflage März 1995 (SP 1957)
4. Auflage März 1998
© 1992 Scherz Verlag, Bern und München
Umschlag: Büro Hamburg und Zero, München
Umschlagabbildung: Hans Madej / Bilderberg
Gesamtherstellung: Clausen & Bosse, Leck
Printed in Germany ISBN 3-492-21957-8

Sie war immer die Geliebte gewesen. Jetzt war sie die Witwe. Wie fremd sie sich war. Ihre Hand, die über den Arm strich, glitt wie über die Haut einer anderen. Ihr Geruch, der säuerliche Geschmack in ihrem Mund, der unsicher gewordene Gang – das war nicht mehr sie.

Wo war die kraftvolle Judith geblieben, die so viel leidenschaftliche Liebe auf sich gezogen hatte?

Es war Oktober, und nichts, was seit jenem Tag im April geschehen war, hatte ihr Inneres erreicht. Nicht die Zartheit der Frühlingstage im Veneto. Nicht die Hitze des Sommers, die den Rasen um den Teich versengte.

Menschen waren gekommen und gegangen, sie erinnerte sich nicht daran.

Ivo war tot.

Sie wußte nicht einmal, wer sie nach seinem Begräbnis von Wien zurück in die Villa Loredan gebracht hatte. Gleichgültig – ohne Ivo lohnte es sich nicht zu leben.

Wäre nicht diese lähmende Kraftlosigkeit gewesen, hätte sie dem allen ein Ende bereitet. Aber auch fürs Sterben war sie zu müde.

Sie hielt ihre durchsichtigen Hände gegen die Abendsonne. Seltsam, daß sie heute so ruhig waren, sonst zitterten sie wie Pappelblätter. Sie ließ die Hände sinken, und sie fielen weich auf ihre Schenkel. Wie lange war es her, daß sie eine Berührung wahrgenommen hatte? Sehnsucht nach der Umarmung durch einen geliebten Menschen stieg in ihr auf und vertiefte ihre Einsamkeit.

Ihr Blick fiel auf den Kakibaum, dessen späte Früchte sich rotgolden vom stumpfen, schwärzlichen Grün der Zypressen abhoben.

Der Herbst war Ivos liebste Jahreszeit gewesen. Die unvermutete Früchtepracht so lang nach der Ernte erschien ihm immer als Gleichnis seines eigenen Lebens, das ihm eine späte, glückhafte Reife geschenkt hatte, gemeinsam mit ihr, die soviel jünger war als er.

Wärme stieg in ihr auf und sammelte sich in der Mitte ihres Körpers. Sie versuchte dieses altvertraute Gefühl festzuhalten. Zum ersten Mal seit Ivos Tod spürte sie wieder ihren Körper. Mauro tänzelte über den Kies, schlenkerte die Pfoten, verharrte mit langem Blick auf sie und sprang dann auf die Lehne ihrer Bank. Das Haus hinter ihr, der langgezogene Wirtschaftstrakt der Villa Loredan, strahlte die Wärme eines langen Sommers ab, und sie nahm sie plötzlich mit Behagen in sich auf. Sie strich über Mauros dichtes graues Fell, und er näherte seinen Kopf ihrer Wange. Vorsichtig erwiderte sie den leichten Druck, gewärtig, daß er sich mit weichem Sprung davonmachte, wie so oft in dieser Zeit, als sie wohl auch für ihn eine Fremde gewesen sein mußte.

Nun erkannte er sie wieder und bohrte seinen dicken Kopf in ihre Halsgrube.

Sie beantwortete seine gurrenden Kehllaute, wie sie es

früher immer getan hatte. Und plötzlich nahm sie wieder ihre Umgebung wahr, als hätte sich ein Schleier gehoben.

Wie schön dieser verwucherte Garten war, der nur noch die Reste einstiger Gärtnerkunst ahnen ließ. Seit langem hatte niemand die Buchshecken gestutzt, die Ziersträucher beschnitten. Schlingpflanzen rankten um die Stämme der uralten Bäume.

Die Venus in der Mitte des Teichs trug eine verdorrte Rose unter dem Ohr. Wer sie wohl dorthin gebracht hatte?

Ivo und sie hatten oft in diesem klaren, kühlen Wasser gebadet. Welche Lust, sich an einem heißen Tag in das Wasser des Venusteichs oder in das noch viel eisigere des Nymphäums zu werfen. Gianni Loredan, der Besitzer der Villa, der ihnen den Wirtschaftstrakt vor zehn Jahren vermietet hatte, hatte sie für verrückt erklärt.

Gianni – es war tröstlich, an ihn zu denken. Er war einer ihrer besten Freunde geworden. Daß er die Schönheit seines Besitzes mit ihnen teilte, dafür würde sie immer dankbar sein.

Judith starrte auf den Sockel der Venus, als hätte sie dessen verwitterte Inschrift noch nie gesehen. *Io son figlia del mar, madre del fuoco – ma ad estinguer amor, l'ocèan è poco.*

Ich bin die Tochter des Meeres, die Mutter des Feuers – doch um die Liebe zu löschen, ist auch ein Ozean zu wenig.

Die Venus im Teich hatte bewirkt, daß sie sich in diesen verzauberten Platz verliebten. Nur – Gianni Loredan hatte für den ehemaligen Wirtschaftstrakt der Villa zunächst einen Preis verlangt, der für sie unerschwinglich schien. Aber sie würden das Geld auftreiben, irgendwie...

«Sie werden hier glücklich sein», hatte Gianni Loredan mit jenem Lächeln gesagt, das so selten aus seinen Zügen wich. Es war ein Lächeln, das wohl mit den Genen der Loredan weitergegeben wurde – man entdeckte es auf allen Bildern der Familie.

Judith lächelte jetzt auch, als die Erinnerung an ihre erste Begegnung mit Gianni in ihr aufstieg. Sie waren damals unter dem Kakibaum gesessen und hatten prikkelnden weißen Wein getrunken. «Cartizze» nannte ihn Gianni. Später hatten sie diesen Wein noch oft getrunken, in den zärtlich ausschwingenden Hügeln zwischen Conegliano und Valdobiaddene, wo er wuchs.

Ivo hatte Gianni von seinen magischen Bildern erzählt. Immer wieder mischten sich da heidnische Götter in seine Themen, machtvoll und tückisch, wie sie es seit jeher getan hatten. Sie besiegten triumphal die düsteren Dämonen, die aus den Wäldern des Nordens in Ivos frühe Bilder gedrungen waren.

«Sie sind ein mediterraner Mensch», hatte Gianni gesagt, «auch wenn Sie nicht hier geboren sind.» Dann hatte er kurz nachgedacht: «Malen Sie für mich ein Bild, das zu diesem Haus paßt.»

Und dann hatte er ein neues Preisangebot gemacht. Es war noch immer sehr hoch gewesen. Aber sie hatten gewußt, daß sie es annehmen mußten.

«Sie gehören in dieses Haus», hatte Gianni mit langem Blick auf Judith ausgerufen.

Er führte sie dann durch die Villa und zeigte ihnen die Bilder einer wunderschönen Frau. Sie war das Modell für die Venus im Teich gewesen. Und für die augentäuschenden Fresken im Vestibül, die sie in einer halboffenen Tür, im Schatten eines Baumes mit goldenen Früchten zeigten.

«Das ist Letizia. Mein Vorfahr Alvise Loredan muß verrückt nach ihr gewesen sein. Er hat das Haus vor fast vierhundert Jahren für sie gebaut. Und er hat seine Geliebte immer wieder malen lassen, als könnte er sie damit festhalten für die Ewigkeit.»

Letizia stand als Brunnennymphe vor einer künstlichen Grotte im Park und ließ aus einem Krug Wasser sprudeln. Und sie wachte als Sphinx vor einer Pyramide, in der sich Alvise später begraben ließ.

«Alvise Loredan holte Maler, Bildhauer, Kunsthandwerker von weit her, um Letizia ein Haus ohnegleichen zu schaffen. Und dann starb sie mit sechsundzwanzig Jahren an der Pest. Alvise ließ nie wieder eine Frau in diese Villa. Irgendwann heiratete er – die Familie mußte schließlich weiterbestehen. Für diese Frau und die Kinder aus dieser Ehe baute er eine andere Villa, weit weg, fast bei Verona. Hierher kam er immer allein, um an Letizia zu denken. Und hier ist er schließlich auch geblieben.»

Judith war hingerissen gewesen von dieser Erzählung Giannis und vom aufregend heiseren Timbre seiner wohlklingenden Stimme. Allerdings kamen sie und Ivo später darauf, daß es mehrere Fassungen dieser schönen Geschichte gab. Eine sentimentale für Liebespaare wie sie. Eine seriöse für Ehepaare. Und dann noch eine weitere mit einem schönen Jüngling als Hauptdarsteller, wenn sich homosexuelle Paare für die Villa interessierten. Im Park gab es genug steinerne Götter, zu denen sich die herrlichsten Geschichten erfinden ließen. Wenn er Menschen mochte, paßte Gianni auch die Geschichte seines

Hauses an sie an und gab ihnen das Gefühl, in der Villa Loredan ihrem Schicksal wiederbegegnet zu sein.

Judith spürte, wie sich in Gedanken an diese erste Begegnung mit Gianni ihr Gesicht entspannte, als bröckle eine Tonmaske davon ab. Vom Hauptweg kam eine heisere Stimme. *Sole e stelle* sang sie und kickste bei den hohen Tönen. Ivo hatte diesen Schlager immer gepfiffen, wenn seine Arbeit gut vorankam.

Ein weißer Stab tastete sich aus einer Wegbiegung vor. Spielerisch strich er über das Buchsportal, wirbelte den Kies auf, als führe er ein ausgelassenes Eigenleben, fern der Verpflichtung, einem Blinden den Weg zu zeigen. Matteo schwenkte seinen Stab durch die Luft und kam aus der kleinen Allee auf Judith zu. Wie immer wählte er den kürzesten Weg, und sie konnte sich noch immer nicht erklären, woran der blinde Junge ihre Anwesenheit bemerkte.

«Die Mamma hat frische *bocconcini* für Sie gemacht, Signora. Die haben doch Signor Ivo und Sie immer so gerne gegessen.»

Nach kurzem Vortasten stellte Matteo seine Tasche auf den Tisch vor Judiths Bank. «Und Post ist gekommen, ein ganzer Berg. Warum schreiben diese Menschen so viel? Uns schreibt keiner außer dem Finanzamt und dem Pfarrer, wenn er wieder Geld für die Orgel braucht.»

Matteo hatte sich stark verändert, und Judith merkte es erst jetzt. In sein lachendes Kindergesicht hatten sich härtere, männliche Linien eingegraben. Sein schmaler Körper war kompakter geworden, nur die Wimpern seiner blicklosen Augen bogen sich noch so mädchenhaft nach oben wie in seiner Kindheit.

«Heute riechen Sie so gut», sagte er.

«Es hat sich etwas geändert», antwortete Judith zögernd. «Ich weiß nicht, wieso.»

«Heute werden Sie essen! Ich weiß, wieviel Essen Sie wegschmeißen. Luciana erzählt es immer der *nonna*. Und die *nonna* sagt, es ist Sünde.»

«Heute werde ich essen», sagte Judith und verspürte brennenden Hunger. «Bitte, iß mit mir.»

Matteo nickte, tastete mit dem Stab unter den Tisch und erwischte Mauro, der sich dort zusammengeringelt hatte. Der Kater entfernte sich mit ärgerlich zuckendem Schwanz.

Judith ging in die Küche, setzte Wasser auf und nahm Matteo die Post ab. Zeitungen, Kunstzeitschriften, noch an Ivo adressiert, ein paar Karten und ein Brief mit Verlagsabsender.

Andreas! Sie hatte nicht auf seine immer dringlicheren Briefe geantwortet. Ein Buch über Ivo sollte entstehen, und Andreas brauchte dafür ihre Hilfe.

Das Wasser kochte, sie legte vorsichtig die gefüllten Teigrouladen ein, rieb Parmesan und setzte sich schließlich mit dem Brief an den Küchentisch.

«Ich verstehe Deinen Schmerz», schrieb Andreas, «und ich verstehe Deinen Rückzug. Aber glaubst Du nicht, daß es Dir sogar helfen würde, über Ivo und euer Leben zu reden? Es könnte ein gutes, heilendes Gespräch sein. Niemand wird Dich drängen oder verletzen. Bitte denk darüber nach und gib Nachricht. – Blühen noch die Rosen um den Teich der Venus? Laß mich wissen, ob ich kommen kann!»

Judith ließ den Brief sinken und spürte wieder das Wärmegefühl unter ihrem Zwerchfell. Es hatte sich noch verstärkt. Vielleicht war es gut, wieder jemand im Haus zu haben. Mit Andreas, der Ivo gemocht hatte, zu reden. Endlich wieder für einen Menschen sorgen zu können.

Aus dem Kochtopf stieg ein Geruch, der Judith schlucken ließ. Und als sie mit Matteo vor ihrem Teller saß, ein Glas Wein in der Hand, den reinen, tröstenden Geschmack von Pasta, Butter und Parmesan auf der Zunge, wich der Schatten des Fremdseins, der sie so lange hatte frösteln lassen, ein wenig zurück.

Als Matteo gegangen war, holte Judith Holz und schaffte es zum Kamin der Bibliothek.

Sie würde ein Feuer machen und die Wärme in ihrem Körper vermehren.

Ehe sie das Fenster schloß, sah sie Gianni Loredan mit einem Koffer über die Freitreppen der Villa kommen.

«Wohin fahren Sie?» rief sie.

«Geld verdienen.» Er deutete auf den Koffer. «Mein Bruder hat einen Käufer für das Porträt mit Taube. Letizia wird mir wieder einmal über das Jahr helfen. Die Dachreparatur hat mich völlig ausgeblutet. Wer weiß, wie lange mir Letizia noch hilft. Der Vorrat geht langsam zu Ende.»

Judith lachte. «Sie werden wieder nachmalen lassen.»

Gianni schnitt eine Grimasse. «Sie dürfen meine gelegentlichen Scherze nicht so ernst nehmen, Signora. Die Letizia mit Taube ist echt, von Experten geprüft.» Er wandte sich zum Gehen. «Aber schön, daß Sie wieder lachen können.»

«Ich habe fast wieder das Gefühl zu leben.»

«Sie sind stark, Signora, Sie werden kämpfen. *Arrive-*

derci. Sie sind jetzt allein. Luciana ist zu Verwandten gefahren. Ich brauche sie ja nicht, und vielleicht mache ich eine kleine Reise, wenn Letizia es mir ermöglicht. Matteos Vater wird vorbeikommen und im Park arbeiten.»

Judith wandte sich winkend ab und fachte das Feuer im Kamin an. Als es aufflackerte, setzte sie sich in den Sessel daneben. Rötliche Reflexe fielen auf Ivos Orpheus-Bild. Ein Mann mit Leier, der sich nach Eurydike, der toten Geliebten, umdreht und sie damit an den Hades verliert. Eurydike hat zwei Gesichter, ein verzerrtes Medusenhaupt und ein sanft umschattetes Antlitz, beide von unübersehbarer Ähnlichkeit. Judith wußte, daß eine Geliebte Ivos, aus der eine Gehaßte wurde, Modell für dieses Bild gestanden hatte. Er sprach nie über diese Frau. Judith wußte, daß diese Cordula ihm einmal sehr viel bedeutet hatte, aber sie fragte nicht nach ihr und wehrte alle Geschichten ab, die man ihr zutrug. Sie selbst sprach auch nicht über ihre Männer vor Ivo. Nichts hatte Bedeutung, was vor ihrer Begegnung geschehen war.

Es hatte Momente gegeben, wo Ivo mit einer Mischung aus Zärtlichkeit und Gewalttätigkeit in ihre Vergangenheit eindringen wollte. Er habe das Recht dazu, sagte er. Judith verweigerte lächelnd die Antwort.

Damals malte er sie mit Eulenkopf als Hexe zwischen Wasser und Feuer, Fuchs und Wolf, überschattet von einem Zug Wildgänse. In vielen seiner Bilder tauchten Wildgänse auf. «Sie gehören zur Venus, zu Mars, Amor und Priapus, dem Fruchtbarkeitsgott», erklärte er. «Die Schamanen sibirischer Stämme ahmen den Schrei der Wildgänse nach und fühlen sich in Trance von ihnen in die Luft gehoben.»

Judith war fasziniert und gleichzeitig abgestoßen von Ivos geheimem Wissen, das so ganz anders war als die Rationalität, in der sie erzogen worden war. Sie hatte eine große Neigung zur klaren, heiteren Welt der griechischen und römischen Götter, in der selbst die düsteren Kräfte verständlich waren, und sie liebte die Engel und Heiligen ihrer Ikonen wie schützende Schwestern und Brüder. Sie ahnte, daß die Frau vor ihr etwas mit Ivos Neigung, aber auch seiner immer deutlicheren Abwehr dämonisch-magischer Bildinhalte zu tun hatte.

Ein japanischer Sammler, Besitzer einer großen Galerie, verliebte sich in das Bild mit Eulenkopf und kaufte es.

Ivo malte eine zweite Version und hängte sie in ihr Schlafzimmer.

«Seltsam», sagte er eines Abends, «an der Wand die Hexe zwischen Wasser und Feuer. Draußen im Teich die Venus, *figlia del mar, madre del fuoco*. Und dazwischen du ...»

Das Telefon schlug an und verstummte. Judith zuckte zusammen. Wie so oft versickerten hier Verbindungen, kaum, daß sie zustande kamen. Die Telefonleitungen waren desolat, aber niemand regte sich darüber auf – die persönlichen Verbindungen funktionierten auch in den spärlich besiedelten Weingebieten auf direktem Weg. Eine Zeitlang hatte das Telefon bei Gewitter immer wie verrückt geklingelt. Bei Matteos Mutter blieb es hingegen lange Zeit stumm, bis es einer in ihrem Gasthof aus Zufall mit Wasser übergoß, dann funktionierte es zum Gaudium der Gäste wieder.

Sie überlegte, ob vielleicht Andreas angerufen hatte. Sollte sie zurückrufen? Oder noch ein paar Tage allein ausprobieren, ob das neue Lebensgefühl der Einsamkeit standhielt?

Das Telefon schlug wieder an, aber ehe sie abheben konnte, verstummte es. Plötzlich hatte sie große Lust, Andreas' Stimme zu hören. Sie wählte seine Nummer. Seine Sekretärin meldete sich. Andreas sei in Paris, nächste Woche komme er zurück.

Sie war nur einen Schritt vom Telefon entfernt, als es wieder läutete. Diesmal gelang es ihr abzuheben, ehe das Signal verstummte.

Es krachte in der Leitung, und dann meldete sich eine fremde Frauenstimme.

«Spreche ich mit Judith Longhin? Ich bin Steffa Kaplan. Wir haben uns bei den Vernissagen Ihres Mannes gesehen. Erinnern Sie sich?»

Judith dachte nach. Der Name kam ihr bekannt vor, aber sie verband kein Gesicht damit.

«Ich bin Journalistin. Andreas schickt mich. Ich mache die Recherchen für das Buch über Ivo Longhin.»

Judith überlegte, warum sie Ivos Namen aussprach, ohne ihn in Verbindung zu ihr zu bringen.

«Es ist furchtbar schwer, Sie zu erreichen. Ich versuche es schon seit Tagen. Die Leitung war gestört, sagt die Auskunft. Bis morgen bin ich in Mailand, übermorgen könnte ich zu einem Vorgespräch zu Ihnen kommen. Entschuldigen Sie den Überfall, aber wenn ich nicht schnell beginne, verzögert sich das Projekt um Monate. Andreas ist in Paris, danach muß er nach New York. Und ich bin beruflich auch sehr viel unterwegs.»

Sie hatte eine weiche, angenehme Stimme, ein wenig schüchtern, die in eigenartigem Kontrast zu ihren sachlichen, bestimmten Worten stand. Die Stimme gefiel Judith und half ihr über die Enttäuschung hinweg, daß Andreas jetzt wohl nicht kommen würde. Sein Brief lag vor ihr, und sie schaute auf das Datum. Er war über zwei Wochen unterwegs gewesen.

Vielleicht war es gut, wenn diese Steffa Kaplan mit der sensiblen Stimme kam. Sie hatte sich nun darauf eingestellt, mit jemand über Ivo zu sprechen. Es wäre eine Enttäuschung, darauf zu verzichten.

«Kommen Sie», sagte sie und nannte ihr die beste Zugverbindung nach Vicenza. Von dort würde sie sie abholen.

Steffa bedankte sich nach einem Moment der Überraschung.

Judith trat durch die Flügeltüren des Kaminzimmers ins Freie und atmete die feuchtkühle Abendluft ein. Leichte Nebel stiegen aus dem Tal unter der Villa. Es war noch früh dafür. Im November wurden sie dicht und blieben immer länger über der Landschaft liegen.

Bis Ende Oktober war die Villa Loredan noch über der Nebelgrenze. Das milchige Gebrodel im Tal verstärkte die Entrücktheit des in der Sonne liegenden Hauses noch. «Gipfelgefühl» hatte Ivo diese Isolierung genannt. Er genoß es, von der Turbulenz der kleinen Orte mit ihren lebendigen Piazzen, den vielen Läden unter den Arkaden und von den frequentierten Straßen abgeschnitten zu sein. Für ihn war das die beste Arbeitszeit. Er saß dann im alten Pferdestall, den er sich als Atelier eingerichtet hatte, und träumte Bilder. Nirgendwo anders als in diesem Zwischenreich zwischen Wald, Weingärten und Meer fühlte er sich den alten Göttern so nahe. Die Dämonen des Nordens kamen nicht bis hierher.

Zu keiner Zeit des Jahres hatten sich ihm die Götter so

direkt offenbart wie im Herbst, wenn der Duft des Mosts über der Landschaft lag, wenn das Laub in Feuerfarben aufglühte, wenn die Sonne wärmte, ohne zu versengen. Eine gelassene, satte Sinnlichkeit hatte sie dann beide erfüllt. Der Herbst war die Zeit ihrer leidenschaftlichsten Begegnungen gewesen.

Judith umfaßte ihre Schultern, streifte über Brüste und Leib und wartete auf ein Frösteln, um dann wieder in die Wärme des Feuers einzutauchen.

Ivo, dachte sie. Und dann überfiel sie der Schmerz von neuem.

Unter dem Abendstern, auf einer Terrasse am Meer, hatte alles begonnen. Damals, als ihre Affäre mit Allan zu Ende ging – nur glaubte er es noch nicht.

Judith spürte das fiebrige Heiß-Kalt eines langen Tages in Wasser und Sonne unter der Haut. Sie war aufgeladen mit Energie, hochempfindlich und reizbar. Allans kühle Hand, die von ihrer nackten Schulter über ihre Brüste glitt, weckte eine schmerzhafte Lust, die mit Allan selbst nicht mehr viel zu tun hatte.

Eine Zeitlang war es reizvoll gewesen, den komplizierten, übersensiblen Mann aus seiner Verkapselung zu locken, ihm zu zeigen, wie leicht, wie heiter das schönste aller Spiele sein konnte, wenn man es ohne falschen Anspruch spielte.

Allan war gerade einer zerstörerischen Ehe entronnen. Und fassungslos, daß es das gab: ein Miteinander ohne Forderung, Lust ohne Schuldgefühl, ein Danach ohne Peinlichkeit.

«Warum habe ich das nie erlebt?» fragte er. «Was ist in dir, das mir das Gefühl gibt, zum ersten Mal zu leben?»

Sie war sich klar, worin diese Frage münden würde. Und ging auf Distanz. Eine Ehe, überhaupt eine mit einem Mann wie Allan, war das letzte, das sie sich jetzt wünschte.

«Ich bin die Geliebte. Nicht weniger, nicht mehr», sagte sie. «Alles andere paßt nicht zu mir.»

In Allans puritanischen Vorstellungen waren die Konsequenzen eindeutig. Was anderes als Ehe konnte sich an eine leidenschaftlich erfüllte Beziehung anschließen? An eine Beziehung, wie er sie sich immer gewünscht und nie erfahren hatte.

Daß eine Frau – und sei sie noch so unkonventionell und unabhängig – eine Ehe mit ihm ausschlagen könnte, war undenkbar. Das waren Hinhaltemanöver, Kaprizen, und auch sie steigerten sein Vergnügen an Judiths Gegenwart.

Die Reise nach Apulien war Judiths Abschied. Es sollte eine schöne Erinnerung für beide sein. Sie würde nicht mit ihm nach Wien zurückkehren.

Anna, ihre ältere Schwester, lebte in Mailand, und bei ihr wollte Judith eine neue Stadt, ein neues Leben erproben. Allan mußte an die englische Gesandtschaft in Wien zurück, bald würde er versetzt werden. Der Abschied sollte nicht allzu schwerfallen.

Sie bummelten in Allans großem, komfortablen Auto durch die wilde karstige Landschaft, ritten auf Mauleseln zum Meer und fanden an der Steilküste des Gargano ein weißes Haus in einem Dschungel von Bougainvilleen.

Ein steiler Ziegenpfad führte zum Strand – eigentlich war es nur ein kleiner Flecken Kies vor einer von Wind und Wellen geformten Felswand. Ein paar Meter weiter, im Wasser, wölbte sich ein Felstor, Teil der eingestürzten Küstenlandschaft. Das war die Art Strand, die sie liebte – versteckt, intim, wie geschaffen für ein Paar.

Allan fluchte über die schweißtreibende Kletterpartie, die jedem Bad folgte, aber er ließ sich von Judiths Begeisterung für die widerspruchsvolle Szenerie anstecken. Schroff und doch geborgen, überschaubar und voll Überraschungen war der Strand. Sie schwammen bis zu einer Grotte, in der sich ein Bett aus feinem weißem Sand gesammelt hatte. Allan zögerte, aber Judith zog ihn in die Höhle. Im blauen Licht des Nachmittags entdeckten sie ihre Körper aufs neue, zwischen Wasser und Erde, kühler Dämmerung, die den Feuerball draußen ausschloß, im Schutz des unterwaschenen Steins.

Als sie nackt über die Felsen vor der Grotte kletterten, fuhr ein kleines Boot mit einem einsamen Mann vorbei. Sein graublondes Haar war ausgebleicht wie das Gestrüpp am Ufer, sein schmaler, sehniger Körper war bronzefarbig. Der Mann ließ sich mit eingezogenen Rudern treiben, vor sich einen Zeichenblock, Pinsel und Farben.

Er sah kurz auf, als Judith ihn entdeckte, lächelte und vertiefte sich weiter in seine Arbeit.

Später, auf der Terrasse des kleinen Fischrestaurants, unter dem Abendstern, mit Allans kühler Hand auf ihrem Körper, dachte Judith wieder an ihn. Der Mann hatte sehr helle Augen gehabt und ein schönes, wissendes Lächeln.

Es gab damals nicht viele Touristen in diesem Teil der Küste. Irgendwann würde sie ihm wieder begegnen.

Das kleine Lokal füllte sich mit den Bewohnern der benachbarten Villen. In den Gesang der Zikaden mischte sich das erwartungsvolle Summen, das immer aufklingt, wenn Italiener sich auf das Essen einstimmen. Beratende Gespräche zwischen Gästen und Kellner, *mezza voce* und mit großem Ernst geführt. Romola, die Wirtin, kam mit einer Schüssel voll mit Fischen, Muscheln, Krebsen zur Auswahl. Die Hitze ließ nach, jetzt war es Zeit für ein Mahl.

Dottore Mancini, Advokat aus Manfredonia, kam an Judiths und Allans Tisch, um sie für ein Familienfest an einem der nächsten Tage einzuladen. Allan, der nicht Italienisch konnte, bekam einen angespannten Zug um den Mund. Wie immer, wenn er sich ausgeschlossen fühlte. Seine Augen lächelten höflich, nur seine aufgestellte Fußspitze signalisierte Abwehr.

Judith ließ sich davon nicht stören. Sie lächelte, genoß die Komplimente des Advokaten. Er beugte sich tief über ihre Hand, um sich wieder zu verabschieden. Als er ging, sah sie den Fremden vom Nachmittag.

Er kam mit schlaksigen Schritten über die Terrasse. In seiner Hand hatte er Zeichnungen, die er ungeniert von Tisch zu Tisch trug, um sie zu verkaufen.

Der Advokat betrachtete sie eingehend, verhandelte wegen des Preises und beendete schließlich mit einer abfälligen Geste das Gespräch. Judith verfing sich im ironischen Blick des Fremden. Er umkreiste sie langsam und gründlich, als wollte er sie malen.

«Zeigen Sie mir Ihre Bilder», sagte Judith auf italienisch.

«Aber gern», sagte der Mann auf deutsch.

Allans Gesicht verkrampfte sich aufs neue. Judith hatte ihm gesagt, daß sie sich nach diesem Urlaub trennen müßten, daß sie ihn aber bis zuletzt genießen wolle. Er hatte ihr nicht geglaubt, aber jede ihrer Begegnungen mit einem anderen Mann weckte sein Mißtrauen.

Judith betrachtete die Zeichnungen, die so anders waren als die Bilder, die hier sonst angeboten wurden. Die Bilder des Fremden fingen die Landschaft mit wenigen, sicheren Strichen ein, aber sie enthüllten das Geheimnis der Grotten, ließen die Winterstürme ahnen, in denen die Felsen vom Land getrennt wurden, in jahrtausendelangem Wellenschlag. Und sie bezogen die Götter ein, die hier einmal gelebt hatten, und holten sie in die Gegenwart. Ein Faun in Jeans sprang aus dem Ginster. Und aus der Grotte, in der Allan und sie einander am Nachmittag umarmt hatten, sauste Botticellis Venus auf Wasserskiern in Muschelform.

«Das möchte ich bitte haben», sagte Judith zu Allan. «Zum Abschied.»

Allan sah sie an und begriff endlich, daß sie nicht den Abschied von Apulien meinte.

«Aber gern», sagte er mit steifer Oberlippe. «Soll ich dir den Maler dazukaufen?»

«Ob Sie sich das leisten können?» sagte Ivo und lächelte. Dann nannte er Judith seinen Namen.

Es tat so weh, an ihn zu denken. Judith krümmte sich vor dem niederbrennenden Feuer des Kamins zusammen. Es war noch viel schlimmer, als sie in der dumpfen Benommenheit der letzten Monate gefürchtet hatte.

Irgendeinmal zahlte man dafür, hatten ihr Mamusch und die anderen seit ihrer Kindheit eingeschärft. Geschenkt wird dir Liebe nie. Und meist zahlt man dafür einen viel zu hohen Preis.

Diese starken, sinnlichen Frauen ihrer Familie waren sich – so verschieden sie waren – in einem Punkt einig: Liebe schwächt. Und Schwäche war das letzte, das sie brauchen konnten. Nur die Unbelehrbaren, die nichts von dem begriffen, was immer wieder bewiesen wird, stolperten mutwillig ins selbstverschuldete Unglück. Mamusch und die anderen hatten ihre Lektion gelernt.

Ihre Urahninnen kamen aus den Steppen Ungarns, aus böhmischen Kleinstädten, aus dalmatinischen und italienischen Häfen, aus galizischen Städten, aus Bergnestern im istrischen Karst, aus Dörfern in der Wachau. Ihre Männer waren dabei, wenn europäische Geschichte gemacht wurde. Die Frauen blieben allein zurück, verteidigten ihr Haus gegen die Männer anderer Frauen, die sie ausraubten, vergewaltigten, ihre Kinder erschlugen. Ihre Männer kamen krank, zerstört und unzufrieden aus dem Krieg, unfähig, den Frieden zu genießen. Sie machten ihnen neue Kinder, die in neuen Kriegen starben. Die einzigen, auf die sie sich verlassen konnten, waren ihre Mütter, Schwestern, Töchter, denen es ging wie ihnen. Wenn sie Wärme, Hilfe, Vertrauen suchten, gingen sie nicht zu den Männern. Für Illusionen war in ihrem Leben kein Platz. Sie blieben auch dann Realpolitikerinnen des Alltags, als sie in die sichere Haupt- und Residenzstadt des großen alten Reiches zogen. In Wien wurde ihr Leben ruhiger, ihre Familien gewannen Wohlstand. Aber von den Männern erwarteten sie noch immer nichts, was der Erfahrung von Generationen widersprach. Liebe war für sie ein Schwindel, dem sie nicht aufsaßen. Das war etwas für bleichsüchtige Phantastinnen mit Neigung zum Masochismus.

«Denen genügt es, wenn sie Rosen und einen Ring bekommen. Davon leben sie dann noch, wenn sie ihren Männern die dreckigen Unterhosen waschen, damit sie dann zu einer anderen gehen», sagte Mamusch. Sie hatte nie dreckige Unterhosen gewaschen, und ihr Mann wußte, was er aufs Spiel setzte, wenn er zu einer anderen ging. Sie machte selten Szenen, aber die wenigen, die sie sich leistete, vergaß keiner. Niemand konnte an ihrer Entschlossenheit zweifeln, daß man mit ihr eine gute oder gar keine Ehe führte.

Es gab erstaunlich gute Ehen in dieser Familie. Wenn sich eine der Jovanovic-Frauen zur Heirat entschloß, wußte sie genau, was sie wollte. Mamusch und ihre

Schwestern und Cousinen, die im Familiengebrauch nie den Namen ihrer resoluten Großmutter ablegten, wie immer auch ihre Männer hießen, hielten es mit einer seit Generationen bewährten Spielart des Matriarchats. Sie heirateten nur Männer, die klug genug waren, ihre Überlegenheit stillschweigend zu akzeptieren. Häufig waren das Männer, die sich als Wissenschaftler, Musiker, Ärzte einen Namen gemacht hatten und die es nicht nötig hatten, sich in einem häuslichen Machtkampf zu beweisen. Jeder hatte seinen Bereich, wo er etwas galt, wo er seine Erfolge erzielte.

Die Jovanovic-Frauen waren nicht auf das Geld ihrer Männer angewiesen, und auch das war Teil ihres häuslichen Friedens. Seit die legendäre Branka Jovanovic, Judiths Urgroßmutter aus Dalmatien, nach Wien gekommen war, um ihre erlesene Kunst des Stickens und Wäschenähens den Damen der Gesellschaft zugänglich zu machen, hatte jede von ihnen einen eigenen Betrieb. Mamusch führte heute noch den eleganten Wäschesalon Jovanovic, den ihre Großmutter gegründet hatte und den eigentlich Judith hätte übernehmen sollen.

Tanten, Cousinen, Schwestern leiteten Restaurants, Boutiquen, mittlere Gewerbebetriebe, nur eine aus dem Clan war zur Beamtin abgeglitten und schrecklicherweise in die Politik gegangen, was natürlich ein Ende ihrer Selbstbestimmung bedeutete. Im Gegensatz zur herkömmlichen Meinung in Wien hielten die Jovanovic-Frauen nichts von Beamten, was sie aber aus Geschäftsgründen streng geheimhielten.

Keiner ihrer sanften, stillen Männer hatte es zu beklagen, in ihren Bannkreis geraten zu sein. Sie managten ihre Haushalte kompetent und phantasievoll, die Traditionen der mitteleuropäischen Kochkunst wurden außerordentlich hochgehalten. Dazu waren sie alle auf böhmisch-byzantinische Weise attraktiv, mit beträchtlicher erotischer Anziehungskraft gesegnet und klug genug, ihr Machtbewußtsein sehr dezent auszuspielen. Keine von ihnen hatte es nötig, ihre Männer zu demütigen oder abzuwerten, damit hätten sie ja sich selbst und ihre Entscheidung abgewertet.

Vom ersten Moment einer Beziehung zu einem Mann wurde das Terrain abgesteckt. Sie spielten nie mit gezinkten Karten. «Was wiegt's, das hat's», sagte Mamusch gerne und lächelte wissend, wenn ihre Kundinnen von der Anpassungsakrobatik in der Frühphase einer Ehe erzählten. Jeder, der denken konnte, wußte, was dabei herauskam. Nichts als Enttäuschung, Wut und Bitterkeit. Dabei war doch alles so einfach. Man mußte wissen, was man wollte, und es auch durchsetzen. Daß es dabei Schwierigkeiten geben konnte, war ihnen unbegreiflich.

Keinem ihrer Männer – und bei manchen, wie Judiths Schwester Anna, wechselten sie recht häufig – gelang es, den elastischen Panzer aus Lebensklugheit und grundlegender Freundlichkeit aufzubrechen. Streit war für die meisten von ihnen Inbegriff des Unökonomischen. Sie waren sehr einfallsreich darin, tragbare Kompromisse zu finden. Und beinhart, wenn das nicht akzeptiert wurde. Dafür wurden sie von ihren Männern respektiert. Und manchmal ebenso einseitig wie leidenschaftlich geliebt. Es lag den Jovanovic-Frauen nicht, die Gefühle anderer auszunützen, daran hinderte sie ihre Vernunft. Ein guter Kaufmann war kein Betrüger. Und sie waren alle gute Kaufleute. Aber sie weigerten sich, sich der Fairneß ihrer Männer auszuliefern. Es war gut zu wissen, daß es sie gab, aber strapaziert wurde sie nicht. Männer waren anders, auf sie verließ man sich nicht, das ersparte Komplikationen.

Und jede dieser Frauen gab ihre Philosophie nachdrücklich an ihre Töchter weiter. Meistens hatten sie Töchter. Die Erziehung der Söhne wurde – sorgsam kontrolliert – den sanften Männern überlassen.

«Gib einem Mann Zärtlichkeit, Leidenschaft, Zuneigung, aber liefere dich seinen Gefühlen nie aus», hatte Mamusch gesagt, als Judith sich zum ersten Mal verliebte. «Und merk dir eines: Es gibt Sachen, die gehen einen Mann nichts an.»

Seltsam, dachte Judith, wie lange sie sich davon hatte beeinflussen lassen, in einer Zeit, die bedingungslose Offenheit, das Aussprechen aller Gefühle, die Partnerdiskussion forderte. Was Mamusch ihr eintrichterte, war pures 19. Jahrhundert. Aber gleichzeitig schien sie in vielen Dingen ihrer Zeit voraus zu sein. Die große Emanzipationsdebatte wurde von den Jovanovic-Frauen nicht einmal ignoriert. Was ging sie denn so etwas an? Sie mußten sich weder befreien noch selbstverwirklichen, sie wollten die Männer weder abschaffen noch umerziehen, weil ihnen das eine wie das andere absurd erschien. Die schrillen Manifestationen der Feministinnen brachten sie mit der mondsüchtigen Romantik ihrer Jugend in Verbindung.

Sie selbst hatten sich nie Illusionen gemacht, also mußten sie sich nicht mit Gewalt desillusionieren. Aber es war wohl so, daß Frauen, die mit weniger vernünftigen Müttern und Großmüttern als die Jovanovic-Frauen geschlagen waren, diese brodelnden Befreiungsversuche brauchten.

Judith hatte bis fünfundzwanzig so gelebt wie alle Frauen ihres Clans. Sie machte eine gründliche graphische und kaufmännische Ausbildung, sie lernte schneidern, und es stand nach der Heirat ihrer Schwester Irene ins Ausland fest, daß sie die Firma der Mutter übernehmen würde. Sie fand großes Vergnügen an der Begegnung mit Männern, an denen sie ihre Anziehungskraft und ihre Kochkünste erprobte.

Heiraten mochte sie noch nicht, und das weckte in vielen Männern eine ihr unbegreifliche Aggression. Wußten sie nicht, wie wichtig Distanz war, um die vibrierende Spannung aufrechtzuerhalten? Sie zog sich zurück, wenn sie die kaum verhüllte Brutalität männlicher Besitzforderung spürte.

Immer öfter begegnete sie Männern, die ihre Schwäche und Unentschlossenheit mit alternativen Phrasen bemäntelten. Es wurde ihr überhaupt zuviel über Selbstverständlichkeiten geredet, zuviel Inneres nach außen gekehrt, zuviel modische Seelenwäsche in den Wind gehängt.

Keiner, dem sie begegnete, hatte die stille Stärke, die sie an ihrem Vater bewunderte, seinen Humor und sein Talent. Die starke Beziehung zu ihm stellte das erprobte Kräfteverhältnis der Familie auf den Kopf. Sie war die einzige, die nicht automatisch die Partei der Mutter oder der Schwester ergriff. Es widersprach ihrem Gefühl für Fairneß, sich automatisch denen anzuschließen, die sich ohnehin immer durchsetzten.

Dem Vater verdankte sie ihre Liebe zu Büchern, ihre Musikalität und ihre Neigung, sich geheimnisvolle Nischen in der planen Rationalität zu suchen.

Sie und der Vater hatten sehr früh ein Paradies entdeckt, in das ihnen die Mutter nicht folgte. Es war die Welt der mediterranen Mythen und Sagen. Judith kannte sich schon als Kind in dem verwickelten Familien- und Liebesleben antiker Götter und Heroen so gut aus wie in der dramatischen Geschichte der Jovanovic-Frauen. Der Wettstreit der Göttinnen um den goldenen Apfel, die Verwandlungen des Göttervaters in einen Stier, eine Wolke, einen Schwan, die Abenteuer des Odysseus, die Dramen um Agamemnon faszinierten sie weit mehr als die kleinen Alltagskämpfe und Triumphe, von denen Mamusch und später auch die Schwestern so gerne erzählten.

Die lichte Welt des Olymp erschien ihr auch ungleich reizvoller als das von tölpelhaften Göttern und Riesen bevölkerte Walhalla. Und als sie mit den Eltern zum ersten Mal nach Griechenland und Italien kam, wußte sie, daß sie hier die Heimat ihrer Phantasie gefunden hatte.

So unauffällig und diskret wie der Vater gelebt hatte, war auch sein Tod. Er fuhr mit den Wiener Philharmonikern, deren Konzertmeister er war, auf Tournee nach Japan. Beim Abschied sagte er lächelnd zu Mamusch: «Einmal möchte ich sehen, daß du um mich leidest.» Die Mutter umarmte ihn und sagte: «Davon hat doch keiner was, mein Herz. Du auch nicht. Vom Leiden wird man nicht edel, nur sauer.»

Knapp eine Woche später schlief er in seinem Hotelzimmer in Tokio ein, ohne wieder aufzuwachen.

Er muß wieder zurückkommen, dachte Judith damals. Er ist mir noch soviel schuldig. Ich muß soviel wissen, das er mir noch nicht gesagt hat und das kein anderer weiß als er. Sie brauchte lange, bis ihre Träume aufhörten, in denen er leise mit seiner Geige an ihr Bett trat und eine sanfte, archaische Melodie spielte.

Zum ersten Mal sah Judith die Mutter ohne die gewohnte Beherrschung. Sie schrie wie ein Tier, als sie die Nachricht bekam. Judith erschien es wie ein Wutschrei, als hätte sie zum ersten Mal in ihrem Leben den kürzeren gezogen.

Am nächsten Tag stand sie wieder – mit dunkler Brille, im makellosen schwarzen Kostüm – im Geschäft. Keiner, der nicht wußte, was geschehen war, konnte ahnen, welchen Verlust sie erlitten hatte.

Nach dem Begräbnis empfing sie im Restaurant ihrer Schwester Lisa eine riesige Menge von Freunden zum Gedenken an den stillen Mann mit der Geige.

Judith war gerade aus Mailand zurückgekommen, um im Salon der Mutter mit der Arbeit zu beginnen. Mamusch würde jetzt Hilfe brauchen, so diszipliniert und kraftvoll sie auch war. Die Zusammenarbeit war eine Katastrophe. Mamusch war fünfzig und dachte nicht daran, ins zweite Glied zurückzutreten. Sie reagierte gereizt und ungeduldig, stieß auch die kleinsten und unwichtigsten von Judiths Entscheidungen um. Es war völlig klar, daß sie nicht miteinander arbeiten konnten.

Der Vater fehlte ihr mehr denn je. Zum ersten Mal im Leben fühlte sie Aversion gegen das geordnete Kaufmannsdenken der Mutter. «Gib nie mehr, als man dir bietet. Schau, daß du auf deine Rechnung kommst.»

Judith hatte die Junggesellenwohnung des Vaters geerbt, eine Mansarde mit schrägen Wänden und einem Ausstieg auf ein üppig begrüntes flaches Dach. Hier hängte sie die Ikonensammlung auf, die ihr eine Tante vermacht hatte. Im Schutz der in matten Rot-, Silber- und Goldtönen schimmernden Bilder fühlte sie sich auf seltsame Weise geborgen.

Zur Religion hatte sie nur eine distanzierte Beziehung. Wie alle aus dem Jovanovic-Clan war sie katholisch erzogen worden, gläubig waren sie jedoch alle nicht. Sie liebten die großen Feste der Kirche und den stillen Trost durch ihre vorwiegend weiblichen Lieblingsheiligen. Sie zahlten ihre Kirchensteuer wie eine Eintrittsgebühr, und sie spendeten reichlich, wenn ihre Gebete erhört wurden, wie es sich für gute Geschäftsfrauen gehörte. Vom Beichten hielten sie wenig. Was sollte ihnen denn einer, der vom Leben nichts verstand, schon verzeihen.

An Festtagen gingen sie in Kirchen, die Wärme und Glanz ausstrahlten und wo sie die gleichen Leute trafen wie im philharmonischen Konzert, bei Opernpremieren oder in erstklassigen Restaurants.

«Was daran christlich sein soll, verstehe ich nicht», hatte der Vater immer kopfschüttelnd gefragt. «Ihr könntet genausogut keltischen Bärengöttinnen huldigen, wenn nur die Kultstätte elegant genug ist.»

Mamusch hatte verständnislos den Kopf geschüttelt. «Warum soll man es sich ungemütlich machen, wenn man in die Kirche geht? Und außerdem brauchen wir auch männliche Heilige – den Antonius zum Beispiel, wenn wir etwas verlegt haben.»

«Und um einen Mann zu finden», stichelte der Vater.

«Dafür brauchen *wir* den Antonius nicht», empörte sich die Mutter. «Das bringen wir allein zustande.»

Das Feuer war fast heruntergebrannt, und Judith legte neue Scheite nach. Sie lächelte in Erinnerung an diese Geplänkel der Eltern. Und es fiel ihr ein, wie sie sich damals nach dem Tod des Vaters verkrochen hatte. Die Wände seiner Wohnung schienen noch seine Gelassenheit auszuatmen. Wenn sie halbwach im Morgendämmern lag, stellte sie sich vor, daß er die gold- und silberschimmernden Figuren der Ikonen zu ihrem Schutz rekrutiert hatte.

Es wurde ihr bald klar, daß Mamusch noch viel zu tatkräftig war, um sich mit ihr als Nachfolgerin abzufinden. Sie hatte seit früher Jugend allein die Verantwortung für ihre Firma getragen, sie war einfach noch nicht bereit, etwas davon abzugeben. Es war klüger, wenn Judith eigene Wege ging.

Anna, die unternehmendste der Schwestern, war nach Wien zurückgekehrt, um eine Galerie zu eröffnen. Sie hatte eine wunderschön angelegte, total vernachlässigte Wohnung in der Innenstadt gefunden, die völlig umgebaut und renoviert werden mußte. Anna konnte Judiths Hilfe brauchen, um mit Architekten zu verhandeln, um Handwerker zu überwachen, Termine zu koordinieren, Möbel auszusuchen und schließlich die festliche Eröffnung zu organisieren. Anna kümmerte sich inzwischen um die Künstler, die hier ausstellen sollten. Mit Hilfe eines befreundeten Museumsdirektors beschaffte sie sich die Adressen von Sammlern, Kunstinteressenten, Mäzenen, Ministerialbeamten, die über Ankäufe zu entscheiden hatten.

Es erregte in der Wiener Kunstszene beträchtliches Aufsehen, als es ihr gelang, einen sehr talentierten jungen Maler aus dem Vertrag mit einer anderen Galerie loszueisen. Als auch noch bekannt wurde, daß dieser Maler für die Biennale in Venedig nominiert wurde, tobte sein alter Galerist. Zwischenträger schürten die Aufregung noch durch gezielte Indiskretion – die Vernissage versprach aufregend zu werden.

Die letzten Handwerker verließen in einer Wolke von Lack- und Farbgerüchen die Galerie, als Anna und Judith endlich beginnen konnten, die Bilder zu hängen. Es waren wilde und witzige Variationen erotischer Begegnungen. Der Maler, ein etwas wurmstichiger Cherub, verwöhnt und boshaft, tyrannisierte die Schwestern mit widersprüchlichsten Wünschen. Er genoß es, zwei attraktive Frauen nach seinem Kommando die Leitern hinauf- und hinunterklettern zu lassen, weil ihm plötzlich die Anordnung seiner Bilder nicht mehr gefiel. Judith spürte, daß die Atmosphäre zum Reißen gespannt war, daß Anna beim nächsten Wort zuviel dem schikanösen Cherub eine kalte Dusche verpassen würde. Statt dessen aber explodierte sie in schallendem Lachen, das den Maler reichlich verunsicherte.

Judith war erschöpft, als sie ins Bad neben Annas Büro ging, um zu duschen und sich umzuziehen. Als schließlich der seidige Stoff ihres Kostüms über den erfrischten Körper glitt, als Creme, Rouge und Stifte die Spuren ihrer Müdigkeit verwischten, war der Ärger mit dem Maler vergessen. Ihre Adrenalindepots füllten sich wieder. Der Gedanke an die Präsenz des Jovanovic-Clans gab ihr Kraft.

Der große Spiegel an der Tür warf ihr das Bild einer nicht sehr großen Frau mit schmaler Taille, vollen Brüsten und runden Hüften entgegen. Hohe Absätze streckten ihre kurzen Beine. Das Gesicht unter der rotbraunen Mähne wurde von den großen hellen Augen dominiert.

Sie und die anderen Frauen ihrer Familie paßten nicht im mindesten in das gängige Schönheitsideal. Aber das störte sie nicht. Sie waren in allem anders als die anderen, warum sollten sie aussehen wie sie.

Zu Beginn der siebziger Jahre, als die Galerie eröffnet wurde, war es nicht üblich, sich für Vernissagen elegant anzuziehen, das galt als altmodisch und lächerlich. Zwischen Latzhosen und indisch Inspiriertem, zwischen lila Wallendem und Handgehäkeltem sahen die Jovanovic-Frauen alle wie aus einer anderen Welt aus.

Judith ging über die breite Treppe hinunter in den Ausstellungsraum. Knapp fünf Minuten nach dem Eröffnungstermin war der Raum bereits so überfüllt, daß kaum jemand die Bilder sehen konnte. Judith hielt Ausschau nach dem Clan, entdeckte Anna, die dem Cherub mit tröstlich-ironischem Lächeln die feuchten Locken aus der Stirn strich. Mamusch, Tante Lisa und Irene hüllten den ausgebooteten Galeristen, der sichtlich zuviel getrunken hatte, in Wolken resoluter Liebenswürdigkeit.

Zwei Studentinnen reichten Wein und Sandwiches, gaben es allerdings bald auf, sich durch die dichtgedrängte Menge hindurchzuwinden. Immer neue Gäste trafen ein und bugsierten die anderen langsam die Treppe hinauf, wo sie sich hinsetzten, um auf das Gewühl hinunterzuschauen.

Zwischen zwei Kritikern entdeckte Judith eine schmale Gestalt mit dichtem, graublondem Haar. Als spürte der Mann ihren Blick, drehte er sich um. Seine irritierend hellen Augen überbrückten die Distanz des großen Raumes und hielten ihren Blick fest: Ivo, der Maler aus Italien!

Sie nickte ihm zu, und er machte eine komische Geste, als wolle er über die Menge zu ihr hinauffliegen.

Nach den Eröffnungsworten eines Kulturpolitikers

gerieten die Gäste in Bewegung, verteilten sich auf die Nebenräume, wo die graphischen Arbeiten des Malers gezeigt wurden. Ivo drängte sich durch den Raum und begrüßte Judith, als wären sie alte Bekannte.

«Sie haben damals meinen Urlaub gerettet», sagte er. «Ich war total abgebrannt. Ihr Begleiter war der erste, der ein Bild von mir gekauft hat. Der Advokat Mancini später auch, aber fragen Sie nicht, wie er mich heruntergehandelt hat. Aber immerhin, ein paar gute Wochen in Apulien hat es mir gebracht.»

Mamusch und Tante Lisa standen plötzlich neben ihnen, von der anderen Seite stießen Irene und Anna dazu. Mamusch musterte Ivo ziemlich ungeniert, aber ehe sie noch etwas sagen konnte, hatte Ivo mit raschem Blick auf die einander so ähnlichen Frauen die Zusammenhänge erfaßt. «Was für eine wunderbare Mafia», sagte er entzückt, «schade...»

«Schade?» wiederholte Mamusch, etwas schärfer als es sonst ihre Art war. «Wir kommen herrlich ohne Padrone aus.»

Ivo lächelte sanft. «Ich wollte eigentlich sagen: ewig schade, daß ich nicht dazugehöre. Bei ihnen würde ich mich gut aufgehoben fühlen.»

«Wer weiß», sagte Mamusch mit ihrem besten Augenaufschlag und zeigte dann die Zähne in einem Lachen, das ihr fast die Knöpfe ihres taillierten Kostüms absprengte.

Am nächsten Tag sagte sie zu Judith: «Ein Glück, daß du so vernünftig bist. Bei jeder anderen würde ich sagen: Nimm dich in acht.»

Aber da war es bereits zu spät.

Ein scharfer Sonnenstrahl, der seinen Weg durch die verwitterten Fensterläden fand, weckte Judith. Sie hatte so tief und entspannt geschlafen, wie in all den Monaten seit Ivos Tod nicht mehr. Eine Flut von Erinnerungen hatte den Nebel des Vergessens aufgerissen und ihr das Gefühl gegeben, wieder zu leben.

Die lastende Lethargie war verschwunden, und Judith empfand zum ersten Mal wieder die altbekannte Freude, etwas zu ordnen, zu erledigen. Sie räumte auf, schleppte Koffer und Bilder, die sich im Gästezimmer angesammelt hatten, in Ivos Atelier. Dann schnitt sie ein paar duftende Rosen vom Rand des Teichs und stellte sie in einer opalisierenden Vase auf den Sekretär des Gästezimmers. Seit langem hatte sie wieder einmal das Bedürfnis, im Freien zu frühstücken, holte Kaffee und Brioche aus der Küche und setzte sich damit unter den Kakibaum. Mauro kam miauend, in Erwartung seiner Morgenmahlzeit.

Sie machte eine Einkaufsliste, um bei ihrem Besuch in Vicenza ihre Vorräte zu ergänzen.

Schließlich wusch sie ihr Haar und ließ es in einer

knisternden Wolke um ihr blasses Gesicht stehen. Das Kostüm, das sie anziehen wollte, war ihr zu weit geworden. Sie schlüpfte in ein karneolfarbenes Kleid, das Ivo vor langer Zeit für sie ausgesucht hatte. Er sah sie am liebsten in Terrakotta- oder Rosenholztönen, die die Farbe ihres Haars wiederholten.

Wieder schlug das Telefon an, ohne daß eine Verbindung zustande kam. Sie mußte im Vorbeifahren der Post Bescheid sagen. Aber sie hatte wenig Hoffnung, daß sich etwas ändern würde.

Hier funktionierte alles verläßlich, was auf direktem Weg von Mensch zu Mensch vereinbart wurde. Matteos Mutter schickte ungefragt ihre Teigwaren, weil sie einmal gehört hatte, wie gut sie Ivo und ihr schmeckten. Matteos Vater würde heute erscheinen, um den Garten in Ordnung zu bringen. Die Handwerker im Ort kamen pünktlich, und nicht ein einziges Mal hatte sie bei noch so schwierigen Reparaturen das in Wien so gängige: «Das wird nicht gehen!» gehört. Aber wenn sich ein Amt einschaltete, versickerte jede Reklamation im Nirwana. «Die in der Zentrale» waren zuständig, hieß es immer. Und die in der Zentrale waren einem anderen Amt untergeordnet, und alle Fäden liefen wohl in einem kafkaesken Palazzo in Rom zusammen, wo sich in Judiths Vorstellung Legionen bleicher Gespenster von den Eingaben und Beschwerdebriefen eines ganzen Landes ernährten. Solange nicht irgendein tüchtiger Unternehmer das Telefon privatisierte, würden die Verbindungen weiterhin dem Zufall unterliegen.

Judith holte das Auto aus der Garage, schloß das Parktor und fuhr die schmale, kurvige Straße ins Tal. Irgend jemand hatte wieder die Richtungspfeile in die nächsten

Ortschaften verdreht, das grüne Schild, das auf die Autobahnzufahrt hinweisen sollte, zeigte Richtung Himmel.

Was machte es. Fremde verirrten sich höchst selten hierher, und die anderen wußten sowieso Bescheid.

Am Ende des Grundstücks leuchtete die kleine Familienkapelle der Loredan in sanften Ziegeltönen in der Sonne. Sie stammte aus dem 13. Jahrhundert, war Teil der Befestigung gewesen, die Alvise Loredan dreihundert Jahre später abreißen ließ, um Platz für die Villa und den kunstvoll terrassierten Garten zu schaffen. In Giannis Arbeitszimmer hingen Stiche dieser alten Burg. «Barbarisch» nannte er sie. Gotisch war im Veneto eine Art Schimpfwort für einen Stil, der aus der vorvenezianischen Zeit stammte. Keiner romantisierte hier das Mittelalter, wie es im Norden so häufig geschah. Für die Bewohner des Veneto war es eine Zeit der Verwirrung, der Finsternis, der Fremdbestimmung gewesen.

Auf dem Grundriß der in der Völkerwanderung zerstörten römischen Kastelle entstanden zu dieser Zeit im Schatten der Burgen kleine Städte. Sie lagen im Spannungsfeld der Interessen deutscher Kaiser und römischer Kirchenfürsten. Ihre hohen Mauern mußten die Bewohner gegen die aus allen Richtungen kommenden Feinde abschirmen. Hier entwickelten sich jene selbstbewußten Stadtstaaten, die sich schließlich im Widerstand gegen die fremden Machthaber solidarisierten.

Aber die Stadtherrscher, die für ihren Schutz sorgen sollten, die Ezzelini, die Scaliger, die Carrara oder die Visconti brachen immer wieder die Bündnisse, um mit Gewalt und Psychoterror den eigenen Ruhm und Reichtum zu mehren.

Wie schrecklich mußte die Erinnerung an sie sein, daß

sie noch heute beschworen wurde. Matteos *nonna* hatte jedesmal, wenn sie dem Kind vom Teufel erzählte, auch seinen Namen genannt: Ezzelino. Wie jener furchtbare Tyrann des Mittelalters, der soviel Blut fließen ließ.

Venedig wartete klug und diplomatisch ab, daß sich die Stadtherrscher gegenseitig ausrotteten. Und dann nahm es die *terra ferma*, das Festland um Venedig, in seinen Besitz. Seit damals fletscht der Markuslöwe seine Zähne von jedem *palazzo communale* der kleinen Städte, und Uhrtürme und Arkadenhäuser im venezianischen Stil schmücken bis heute die eroberten Städte. Aber die mittelalterlichen Stadtmauern blieben häufig erhalten und gaben den überschaubaren Zentren ihre Geborgenheit.

Die Venezianer waren gute Gewinner, sie machten keine Märtyrer, sie verlangten keine übermäßigen Opfer, und so wurden aus den Städtern des Veneto überzeugte Festlandvenezianer.

«Schauen Sie doch, wie selbstbewußt und höflich sie geblieben sind, stolz und elastisch», hatte Gianni gesagt, der ihr die Geschichte seiner Region erzählte.

In den Weinhügeln, im Vorland der Dolomiten und entlang des Brentakanals schufen die Venezianer und die Aristokratie des Veneto eine paradiesische Villenlandschaft mit heiteren Gärten, einem Olymp steinerner Götter, mit Teichen, Grotten, Taubenhäusern. Fast jede dieser Villen hatte einen Wirtschaftstrakt. Die Venezianer waren gute Rechner und gaben dem Luxus ihrer Sommerhäuser eine solide ökonomische Basis. Ihre Äcker und Weiden mußten ihnen nach Jahrhunderten in der drangvollen Enge der Laguneninseln ein unbeschreibliches Gefühl der Freiheit gegeben haben. Wie sonst nur das Meer, dem sie ihren Reichtum verdankten.

Gianni hatte ihr einmal seine Theorie entwickelt, warum in den Teichen, Grotten und Hausnischen immer wieder Venusstatuen standen. «Ursprünglich war Venus die Hüterin der Haine und Gärten, der Äcker und Weingärten. Als der Hunnensturm über das Land hereinbrach, flüchteten die Bewohner der küstennahen Gebiete auf die Inseln. So entstand Venedig. Die Erinnerung an ihre Flurgöttin nahmen sie mit. Aus ihr machten sie die Stadtgöttin Venezia. Alle großen Maler der Stadt haben sie verewigt, blond und strahlend, üppig und weißhäutig. Je reicher und enger die Stadt wurde, um so mondäner stellten sich die Venezianer ihre Schutzfigur vor. Sie trug Taft und Brokat, Perlen und kostbare Steine. Und die Patrizierinnen, die sein wollten wie sie, bleichten auf den Altanen der Palazzi ihr Haar, durch das sie Goldschnüre und Perlen wanden.

Und dann gingen die Venezianer wieder zurück aufs Land. Und Venus mit ihrem Gefolge von Pan, Merkur und Neptun mit ihnen. Die Götter haben die Kleider wieder abgeworfen, in wunderbarer Nacktheit bevölkern sie unsere Gärten, balancieren auf den Simsen der Villen oder in den künstlichen Grotten – schamlos und schön.»

Ivo war fasziniert gewesen von diesen Geschichten und bezog sie in seine Bilder ein. Venus und Pan verdrängten die unberechenbaren Dämonen, die mysteriösen Tiere, die seinen früheren Bildern magische Spannung verliehen hatten.

Zur Villa Loredan hatte einst großer Landbesitz gehört, der im Laufe der letzten hundertfünfzig Jahre immer kleiner geworden war. Gianni stammte aus einem Seitenzweig der berühmten venezianischen Patrizierfamilie, einer Linie, die ihren großen Reichtum vor langer Zeit verschwendet hatte. Bereits im 18. Jahrhundert vernachlässigten seine Vorfahren ihre Geschäfte in Venedig, die Landwirtschaft verkam. Aus dem Wirtschaftstrakt entstand ein elegantes Gästehaus mit bezaubernden Rokokofresken.

Aber schon Anfang des 19. Jahrhunderts, in der Zeit des Niedergangs Venedigs, verfielen die luftigen Räume hinter den schöngewölbten Arkaden. Ein Loredan vermietete den Trakt als Fabrikdepot und schließlich, nach einer oberflächlichen Renovierung, an einen berühmten englischen Kunsthistoriker, der hier ein Buch über die Villen schrieb.

Gianni hätte die Villa längst verkauft, um sich ein bequemes Appartement in Vicenza einzurichten. Aber es gab Dutzende ebenso malerischer und weniger heruntergekommener Villen, die keinen Käufer fanden. Staatliche Institutionen hatten die kunsthistorisch bedeutsamen Villen Palladios und seiner Schüler zu retten versucht. Die Villa Loredan stammte von einem anonymen Architekten, und sie war in schlechtem Zustand. Wer sie kaufte, mußte die strengen Bestimmungen des Denkmalamts einhalten, ehe er an seine eigenen Wünsche denken konnte.

Gianni hatte wenig Hoffnung, mit seinem Haus zu Geld zu kommen. Also verkaufte er Bilder und Plastiken, arbeitete manchmal als Croupier, wenn es gar nicht mehr anders ging. Eine reiche Brasilianerin, die sich in ihn verliebte, hätte vielleicht ein Ende seiner Misere bedeutet. Aber der Preis seiner Freiheit war ihm zu hoch. Judith hatte ihn nie anders als gelassen und heiter erlebt. *Sprezzatura* war auch heute noch eine erstrebenswerte

Eigenschaft für einen Mann seiner Herkunft. *Sprezzatura* – das war elegante Leichtigkeit in den ernsten Dingen des Lebens, Klugheit ohne Wichtigtuerei, Humanität ohne Sentimentalität.

Es war ihm wichtig, daß jemand, den er mochte und respektierte, im Gästetrakt wohnte, auch wenn der Haupttrakt weit genug entfernt war, daß man einander nicht auf die Nerven ging. Seit vielen Jahren hatte er die Miete nicht erhöht, obwohl die Preise ringsum anstiegen.

In den ersten Jahren, als es ihnen noch nicht sehr gut ging, hatte er immer wieder Bilder von Ivo statt Bargeld angenommen und sie über die hellen Stellen gehängt, die seine alten Bilder nach dem Verkauf hinterließen. Gianni war ein sehr wichtiger Bestandteil ihres glücklichen Lebens im Veneto gewesen.

Ein leuchtender Himmel, wie ihn Tiepolo so gern gemalt hatte, wölbte sich über der Kapelle und verstärkte die matten Rottöne der Ziegel. Warmer Wind wehte ins Auto. Das Wetter würde bald umschlagen, dachte Judith.

Sie fuhr die schmale, steile Kurvenstraße durch die Weingärten und tauchte in ein Netz stark frequentierter Straßen ein, die die betriebsamen Orte der Ebene verbanden. Hier wimmelte es von kleinen, erfolgreichen Fabriken, die Keramik, Textilien, Möbel, Elektronik herstellten. Alles Familienbetriebe, in denen nie gestreikt wurde, Umschlagplätze für Phantasie und Geschäftssinn, Knotenpunkt eines Geflechts von Wohlstand und Sicherheit.

Jeder, der arbeiten konnte, fand hier sein Auskommen. Rund um den mauerumgürteten Kern der alten Städte breiteten sich Einfamilienhäuser, Supermärkte, Tankstellen aus. Die elitäre Schönheit der Villenlandschaft wurde von einer normalen Zivilisationshäßlichkeit überwuchert. Aber immer wieder durchbrachen reizvolle Enklaven deren Monotonie. In vielen desolaten alten Villen hatten sich Automechaniker oder Antiquitätenhändler eingemietet, zwischen rostigen Karosserien und Blechcontainern standen verwitterte Sandsteinvasen voll Unkraut, Nymphen und Satyrn, zwischen denen Wäscheleinen gespannt waren. Ein kleiner Pan aus Bronze diente als Ständer für einen Motorradhelm.

Judith fuhr in Vicenza ein, gab bei Handwerkern ihre Bestellungen ab und suchte nach einem Parkplatz in der Nähe des *teatro olìmpico*.

Vicenza – Ivo hatte ihr den Blick für seine heitere Würde, seinen gelassenen Machtanspruch geöffnet. Langsam ging sie durch die schattigen Gassen, genoß die Kühle, den Blick auf wuchtige Säulen, edelgeschwungene Arkaden, das Grün stiller Höfe, die Aussicht auf den üppig umwucherten Fluß. Dann das große Ausatmen auf der *piazza dei signori* vor dem machtvollen und doch nicht bedrückenden Kuppelbau der Basilika Palladios.

Judith war Vicenza auf den ersten Blick verfallen. Sie wußte noch nichts von Palladio, von dem ihr erst Ivo erzählte. Aber hier hatte sie ein Stück Kindheitsphantasie wiedergefunden. Ihre antiken Götter und Helden wohnten nicht zwischen den Ruinen, die man ihr in Griechenland und Italien zeigte. Sie wohnten in wundervollen tempelartigen Häusern und Villen mit prachtvollen Säulen, sie gingen über Marmortreppen und lebten in kleinen, überschaubaren Städten.

Viele der Renaissancepalazzi in Rom und Florenz, die sie kannte, waren ihr kalt und abweisend erschienen, aber die Häuser Vicenzas boten menschliche Dimensionen.

Für Judith war es wie eine Heimkehr gewesen. Hier, rund um Vicenza, hatten die alten Götter ihrer Kindheit neuen Lebensraum und hinter den Säulenfassaden Palladios und in den hügeligen Gärten am Fuß der Berge eine letzte Zuflucht gefunden. Hier suchte sie keiner. Und die Wissenden schwiegen.

Judith schleppte ihre schweren Taschen zum Parkplatz und fuhr zum Bahnhof, um den Zug aus Mailand nicht zu versäumen.

Wie oft war sie hier gestanden, um Ivo abzuholen, der in den letzten Jahren immer weniger gern Auto fuhr. Sie hatte ständig Angst gehabt, wenn er allein mit dem Wagen unterwegs gewesen war.

Plötzlich spürte sie wieder einen Schmerz, der ihr ganzes Inneres umdrehte. Sie durfte jetzt nicht an das Schreckliche denken, sie durfte überhaupt nicht mehr an etwas rühren, das irreversibel war. Versuch, tief zu atmen, den Krampf zu lockern. Du kannst es, du willst es, befahl sie sich.

Sie zwang sich, auf den Fahrplan zu schauen, ging automatisch zu dem Gleis, auf dem der Zug gerade einfuhr. Automatisch nahm sie das Stück Karton aus der Tasche, auf das sie «Steffa Kaplan» geschrieben hatte. Die Journalistin hatte zwar gesagt, sie kenne sie, aber sie wollte sichergehen.

Der Strom der Reisenden eilte an ihr vorbei. Judith

kämpfte gegen den Schmerz, atmete tief und versuchte sich auf die Gesichter zu konzentrieren. Sie fixierte eine große blonde Frau mit klarem, klugen Gesicht und war sicher, Steffa Kaplan entdeckt zu haben. Aber die Frau ging mit neugierigem Blick auf ihren Karton an ihr vorbei. Der Bahnsteig leerte sich. Enttäuscht blieb Judith noch eine Weile vor dem Bahnhof stehen, aber niemand kam auf sie zu.

Ein Gefühl der Leere erfaßte sie, als sie auf der von Platanen gesäumten Straße zurückfuhr. Es wäre gut, sehr gut gewesen, jetzt jemand im Haus zu haben, mit dem sie sprechen konnte.

Nur nicht zurückdenken, nur nicht wieder Beute dieser furchtbaren Gedanken werden: Was wäre gewesen, wenn ...

Als sie in die kurvige Hügelstraße einbog, fiel ihr ein, daß wenigstens Matteos Vater da sein würde. Er würde im Garten arbeiten, und sicher hatte er ihr den Wein mitgebracht, den er immer bei Verwandten für sie besorgte. Sie würden gemeinsam eine Flasche aufmachen, wenn er mit seiner Arbeit fertig war, und ohne viel zu reden auf der Bank unter dem Kakibaum sitzen.

Als sie in die letzte Kurve vor der Einfahrt bog, sah sie das Auto. Andreas, dachte sie erleichtert. Aber dann fiel ihr ein, daß er ja in Paris war.

Hinter dem Pferdestall stand der alte Matteo und kehrte abgefallene Blätter zusammen. «Es ist Besuch gekommen, Signora», sagte er und deutete zum Teich.

Dort kauerte ein Kind. Genau in jener Stellung, in der sie es immer in ihren Träumen sah. Das Kind, das sie aus ihrem Bewußtsein verjagt hatte. Und das immer wieder kam. Auch jetzt.

Judith blieb reglos stehen. Und dann bewegte sich das Kind, stand auf – und war eine sehr schmale, kleingewachsene Frau.

Ich darf das nicht zulassen, befahl sich Judith tonlos. Ich bin nicht der Mensch, der sich gewaltsam verrückt macht. Ich will und ich kann mit dem allen leben.

Judith ging über den knirschenden Kies auf die Frau zu. Die drehte sich um, wandte ihr ein trauriges kleines Gesicht zu, dem sie ein unsicheres Lächeln aufzwang.

«Ich habe angerufen», sagte sie entschuldigend, «daß ich nicht mit dem Zug komme. Aber Ihr Telefon funktioniert noch immer nicht.» Dann strich sie verlegen das dünne Haar aus der Stirn. «Ich bin Steffa Kaplan.»

Judith ergriff ihre ausgestreckte Hand. Sie war kühl und weich.

«Schön, daß Sie doch gekommen sind.»

«Ich bin bis Venedig geflogen und habe mir dort einen Wagen gemietet. Hoffentlich sind Sie nicht verärgert, daß Sie umsonst zum Bahnhof gefahren sind.»

Sie sah Judith ängstlich an und zog mit einer kindlichen Geste die Lippen durch die Zähne.

Judith schüttelte den Kopf. «Hauptsache, Sie sind da.»

Steffa sah sie überrascht an und lächelte erleichtert.

«Wie unkonventionell Sie sind! Ich habe Angst gehabt, Sie könnten Ihren Entschluß, mich zu sehen, inzwischen bereuen.»

«Ich freue mich auf unser Gespräch. Ich war sehr lange allein.»

Steffa schaute zum Teich. «Dieses Motiv hat Ivo Longhin doch in seiner *Figlia del mar* verwendet.»

«Sie kennen das Bild?» Es war Ivos letzte Arbeit gewesen. Er hatte es nach dem Auftreten der Algenpest gemalt. Es zeigte den Auszug der schmutzigen, teerverschmierten Meeresgötter aus der betonumzingelten Adria. Weit oben, in den Bergen, lockte der Teich einer venetischen Villa mit Venus in seiner Mitte.

«Greenpeace hat sich dafür interessiert», sagte Steffa.

Davon wußte Judith nichts. Sie rief Matteo, daß er Steffas Gepäck vom Auto holte, aber die wehrte ab und ging mit raschen Schritten zur Einfahrt. Judith sah ihr nach. Es war schwer, sie einzuschätzen. Sie war nicht so jung, wie sie auf den ersten Blick aussah, aber sicher etwas jünger als sie selbst.

Hinter ihrer mädchenhaften Schüchternheit schien eine unausgesprochene Kompetenz zu stecken. Judith hatte oft mit Journalisten zu tun gehabt, sie waren alle viel sicherer, selbstbewußter gewesen als Steffa. Aber gerade ihre Scheu machte sie sympathisch. Es paßte zu ihr, daß sie so wenig aus sich machte. Ihr Gesicht hatte regelmäßige Züge, aber die Haut war nicht gepflegt, das Haar zu einem Pferdeschwanz zusammengebunden. Sie hielt sich nicht gut. Eigentlich, dachte Judith, sieht sie wie jemand aus, der sich wenig um sich selbst kümmert.

Als Steffa mit der Tasche zurückkam, sagte Judith: «Es gibt in der Nähe keine vernünftigen Hotels. Wenn Sie wollen, können Sie im Gästezimmer wohnen.»

Sie gingen gemeinsam zum Gästetrakt zurück. Steffa streifte mit der Hand über die blassen, ausgeblühten Kletterrosen, die sich an den Arkaden entlangrankten.

«Wir gehen jetzt durch das Foyer und die Bibliothek in Ihr Zimmer. Aber wenn die Terrassentür offen ist, können Sie auch direkt hineingehen», sagte Judith.

Sie führte Steffa weiter in einen großen, fast quadratischen Raum, dessen Gewölbe verblaßte Fresken zeigten.

In einem Traubenspalier tummelten sich Putten und Nymphen, Faune und Silene. Steffa stand mit hochgezogenen Schultern in der Mitte des Raums, als fühle sie sich von der Schönheit der alten Möbel, den Brokatvorhängen, dem Muranolüster bedroht. Judith schob einen bemalten Wandschirm zur Seite und öffnete eine Tür in der hellgrünen Täfelung. «Das Bad ist im Alkoven.»

«Ich habe noch nie so feudal gewohnt. Hat Sie das nicht auch eingeschüchtert?»

Judith schüttelte den Kopf.

«Na ja, Sie sind das eben gewöhnt. Aber Ivo Longhin. Er ist doch ganz anders aufgewachsen?»

«Ivo war hier gleich zu Hause. Seine Familie stammt ja aus dem Veneto. Sie hatte vor zwei Generationen einen Besitz, den sie aufgeben mußte.»

«Longhin», sagte Steffa, «was ist das eigentlich für ein Name?»

«Venetisch. Kommt hier ziemlich häufig vor.»

«Komisch, ich habe immer geglaubt, das wäre ein Künstlername.»

«Ivo hat den alten Familiennamen wieder angenommen. Sein Großvater hat sich, als er sich in Wien ansiedelte, Langer genannt.»

«Nicht so edel wie Longhin», sagte Steffa lachend.

«Ivo hat immer gesagt: ‹Das Veneto ist in meinen Genen.› Mir ist es ähnlich gegangen. Ich habe mich gleich beim ersten Besuch hier zu Hause gefühlt.»

«Das gibt es», meinte Steffa nachdenklich. «Ich kenne das nicht von Plätzen, aber von Menschen. Wie wenn man ihnen in einem anderen Leben begegnet wäre.»

Schon einmal erlebt, schon einmal verloren und dann wiedergefunden – so war das auch bei Ivo und ihr gewesen, dachte Judith. Sie sah in Steffas sanfte, mitfühlende Augen und wußte, daß sie sich verstehen würden.

«Versprechen Sie mir», sagte Steffa, «daß Sie es mir sagen, wenn meine Fragen Sie belasten. Es ist ja alles noch so frisch, dieser Schmerz.»

Ein Gefühl der Wärme durchströmte Judith. Sie war unter Frauen aufgewachsen. Frauen waren ihre wichtigsten Freunde und Berater gewesen, nach dem Tod des Vaters und ehe ihr Ivo begegnet war. Aber in den Jahren mit ihm waren ihre Bindungen und Freundschaften zu Frauen brüchig geworden. Sie wußte selbst nicht mehr genau, wie das geschehen war.

Irgendwann hatte es eine Auseinandersetzung zwischen Ivo und Anna gegeben. Anna war immer die Klügere, Resolutere gewesen, und Judith hatte das nie gestört. Ivo begriff das nicht, er behauptete, daß Anna sich in ihre Ehe einmischte. Mamusch hatte temperamentvoll ihre Meinung gesagt, und dann waren sie schon mitten in einer Auseinandersetzung, die Judith zutiefst verstörte.

Sie wollte beides: Ivos Liebe und die Geborgenheit in der Familie. Das funktionierte doch immer bei den Jovanovic-Frauen. Mit Ivo funktionierte es nicht.

Und schuld daran war sie. «Du bist wie dein Vater», hatte Mamusch gesagt, «schwärmerisch, versponnen, unrealistisch. Aber dein Vater hat mich gehabt. Und du hast Ivo.»

«Sie sind traurig», sagte Steffa leise.

«Nein, nicht traurig. Aber es fallen mir so viele Dinge ein, an die ich seit einer Ewigkeit nicht mehr gedacht habe.»

Steffa packte ihre Tasche aus und hielt Judith Salami

und Brot entgegen. «Die habe ich unterwegs gekauft. Wollen wir sie teilen?»

«Die heben wir uns für morgen auf», sagte Judith. «Ich habe das Haus schon seit Monaten nicht verlassen. Gar nicht weit von hier ist ein gutes, sympathisches Lokal, dessen Besitzer ich kenne. Matteo, der Sie hereingelassen hat, ist der Mann der Wirtin. Haben Sie Lust?»

«Gern», sagte Steffa, «ich verstehe zwar nichts vom Essen, aber ich möchte gerne sehen, wie man hier lebt.»

Sie stiegen in Judiths Wagen, und Steffa fragte: «Wie sind Sie denn eigentlich zu dieser wundervollen Villa gekommen?»

«Ivo und ich sind nach einem Besuch der Biennale einfach losgefahren. Er wollte unbedingt etwas im Veneto finden, wo er ungestört arbeiten konnte. Damals, vor zehn Jahren, gab es noch viel mehr alte Villen, die man mieten konnte. Aber keine außer der Villa Loredan hat Ivo gefallen.»

«Ich dachte immer, er sei der absolute Stadtmensch», sagte Steffa. «Er hat doch lange in New York gelebt.»

«Lange, aber nicht gern», sagte Judith.

Sie fuhr in das Dorf, an dessen Rand Matteos Mutter das Restaurant *Le due sorelle* führte. Catarina und ihre Schwester Serafina sorgten für die Küche und gaben dem Lokal den Namen. Die Familie hatte eine kleine Landwirtschaft, in der Wein und Gemüse gezogen wurden. Der alte Matteo, der gar nicht so alt war, aber vom jungen Matteo unterschieden werden mußte, verdiente sich als Helfer in den benachbarten Gutshöfen und Villen ein Zubrot.

Catarina kam aus der Küche, um Judith zu begrüßen,

Serafina zog im Nebenraum mit großer Geschicklichkeit Nudelteig aus und winkte mit bemehlten Händen.

«War aber schon Zeit, daß Sie uns wieder besuchen, Signora», sagte Catarina. «Wir haben schon geglaubt, es schmeckt Ihnen nicht mehr bei uns. Aber Matteo sagte, daß Sie das Essen fast aufgegeben haben.»

Judith beschwichtigte, erklärte, und dann begann die rituelle gründliche Beratung über die Zusammensetzung des Abendessens. Steffa lachte. «Daß man daraus eine solche Zeremonie macht. Aber im Grund ist es schön, daß einen die Wirtin so ernst nimmt.»

Sie tranken herben, prickelnden Wein, und Judith erzählte von den Jovanovic-Frauen, die alle so gern und gut kochten, große Genießerinnen waren und mit wenigen Ausnahmen alle Probleme mit dem Gewicht hatten.

«Ich bin in den Düften von drei oder vier Eßkulturen aufgewachsen. Jede dieser Frauen hat auf eine andere mitteleuropäische Küche geschworen: Mamusch auf die wienerische, meine Tanten auf die kroatische, italienische, französische. Meine Schwestern und ich haben uns aus allem das Beste herausgepickt. Essen ist bei uns Teil des Miteinanders. Bei jedem Treffen, bei jedem Fest gibt es kulinarische Rituale. Um die Richtigkeit von Rezepten wird bei uns gestritten wie in der Politik um heikle Grenzen. Jede der Frauen verteidigt ihr kulinarisches Terrain gegen die Einfälle der anderen. Zur Familiendiplomatie gehört es, daß niemand dem Mann einer Schwester, Tante, Tochter etwas vorsetzt, das anders und vielleicht besser ist als seine gewohnte Kost.»

«Schwierig und schön», sagte Steffa. «Bei uns war es immer karg, unsinnlich. Zuerst, nach der Flucht meiner Eltern aus Ostdeutschland, aus Not. Später dann aus

Prinzip. Fürs Essen, für Kleidung, für Dinge, die über das Notwendigste hinausgingen, gab man kein Geld aus. Alles, was man nicht brauchte, kam aufs Sparbuch, damit mein Bruder studieren konnte. Aber mein Bruder ist mit zwanzig bei einem Unfall gestorben. Und ich habe nach zwei Semestern Germanistik zu arbeiten begonnen, um endlich eigenes Geld zu haben. Um nicht ewig zu hören, daß man verpflichtet war, die Opfer der Eltern zu honorieren. Sie haben mir bis zuletzt nicht verziehen, daß ich ihre Erwartungen enttäuscht habe. Journalistik, das ist doch ein Schwindelberuf, haben sie gesagt. Das aufzuschreiben, was andere sagen, ist doch keine Leistung. Ich habe es mir so schwergemacht wie nur möglich, um ihnen zu gefallen. Niemand hat so hohe Ansprüche an meine Arbeit gestellt wie ich selber. Und damit habe ich mir den Weg in den Erfolg mit dicken Steinbrocken gepflastert. Dauernd habe ich Dinge getan, für die ich noch nicht erfahren genug war, wo mich die anderen spielend ausgestochen haben. Nachdem ich bei Zeitungen und im Rundfunk ein bißchen Erfahrung gesammelt hatte, wollte ich unbedingt zum Fernsehen. Jeden Abend auf dem Fernsehschirm den Eltern zeigen, daß ich es geschafft hatte. Ich habe es tatsächlich geschafft, aber schon nach den ersten Auftritten hieß es: Nicht attraktiv genug, zu wenig Charme, keine Ausstrahlung. Und noch immer dieser norddeutsche Zungenschlag. Geschmack hat sie auch keinen, wie die sich nur anzieht. – In den Kleidern, die sie mir ausgesucht haben, mit den Frisuren und dem Make-up, das sie mir verpaßt haben, war ich mir selber entfremdet. Die Kollegen mit Bauch und Glatze und schiefer Nase sind dann mit guten Tips gekommen: Lassen Sie sich doch platinblond färben, das ist so weich.

Vielleicht einen Pagenschnitt. Oder am besten eine Schönheitsoperation. Schlupflider sind halt gar nicht telegen.

Ich bin dann nach Deutschland gegangen, dort war es besser, aber der Mensch, der mir nahestand, hat mir entsetzlich gefehlt. Also wieder zurück. Es war für mich so wichtig, endlich jemand zu haben, der zu mir gehörte. Die Eltern haben immer meinen Bruder bevorzugt, und nach seinem Tod haben sie mich noch mehr abgelehnt. Als sei es mein Fehler, daß ich lebte und er nicht. Aber der Beruf hat mir geholfen. Durch ihn habe ich meinen Lebensmenschen kennengelernt. Ich arbeite jetzt frei, bin Korrespondentin für deutsche Zeitungen, und ich habe mir als Ghostwriter für Künstlermemoiren bei Insidern einen Namen gemacht. Andreas hält sehr viel von mir.»

«Sonst hätte er Sie sicher nicht geschickt», warf Judith ein. Sie war ein bißchen niedergeredet von Steffas Wortschwall. Aber sie dachte sich, daß sie wohl auch einsam war, wie sie selbst.

«Ich kann ganz gut leben von meinem Beruf. Aber genießen kann ich noch immer nicht. Das muß man wohl als Kind lernen.»

Steffa sank in einer kindlichen Geste in ihrem Sessel zusammen. Sie sah verletzlich aus. Und entschlossen, das zu ignorieren.

Judith zog fröstelnd die Schultern zusammen. Wie leicht sie es als junger Mensch gehabt hatte, getragen vom dichten Netz der Jovanovic-Beziehungen, die sich quer durch Europa zogen. Ging die Arbeit mit Mamusch nicht, öffnete sich schon die Tür von Annas Galerie. Hatte sie Kummer, konnte sie bei Irene in Paris Zuflucht finden. Sie war niemand zur Last gefallen, hatte immer gute Arbeit geleistet, aber ihren Weg freikämpfen – das hatte sie nie gemußt. Den Weg hatten ihr die anderen bereitet. Gegangen war sie wohl selbst. Aber immer im Bewußtsein, daß die anderen sie auffingen, wenn sie strauchelte. Nur aus dieser Geborgenheit heraus konnte sie in Ivos schwieriges Leben hineinwachsen.

Ja, sie war dann sehr selbständig gewesen, hatte seine Arbeit organisiert, ihm alle Belastungen vom Leib gehalten. Aber da war sie auch von seiner Liebe getragen worden.

Vielleicht war sie so widerstandslos in das schwarze Loch ihrer Depression gefallen, weil sie es nie nötig gehabt hatte, sich zu wehren, sich ganz allein einem Widerstand zu stellen.

Steffa sah sie nachdenklich an. «Ich beneide Menschen, die leicht leben können. Sie werden auch leicht geliebt. Bei mir ist alles dunkel, kompliziert. Früher habe ich Menschen, denen alles in den Schoß fällt, gehaßt. Aber das nützt nichts, das kommt nur auf einen selbst zurück und macht einen noch unglücklicher. Jetzt suche ich ihre Nähe und hoffe, daß ihr Glück ein bißchen auf mich abfärbt.»

Catarina kam mit den Vorspeisen, und Judith erklärte Steffa, welches Meeresgetier, mariniert und überbacken, sie da auf ihrem Teller hatte. «Bei den Venezianern hat man das Gefühl, daß sie mit Fisch, Muscheln und Krebsen, die sie essen, ihre magische Beziehung zum Meer erneuern. Die sind viel mehr als nur Delikatessen, sie sind Teil ihres Lebensbereichs. Die Venezianer glauben es heute noch nicht, daß ihre Lagune jemals gefährdet sein könnte. ‹Die Flut reinigt alles›, sagen sie.»

«Und die Flut kommt aus der dreckigen Adria», ergänzte Steffa.

Sie stocherte lustlos in ihrem Teller mit den petersiliengesprenkelten Meeresfrüchten, kostete vorsichtig und schob den Teller dann weg.

«Das kann ich nicht essen», sagte sie.

«*Poverina*», sagte Catarina, die aus der Küche hereinschaute. «Ist sie krank, daß sie nichts ißt?»

«Es ist ungewohnt für sie», erklärte Judith.

«Also mache ich eine *bistecca*, die essen alle.»

Nach dem Essen kam Matteo mit einem kunstvollen halbfertigen Flaschenkorb und zeigte ihn Judith. «So einen möchte ich auch», sagte sie. «Nimmst du Bestellungen auf?» Matteo nickte und tastete mit seinem Stock rund um den Tisch. «Wer ist das», fragte er und deutete auf Steffa.

«Das ist Steffa. Sie ist Journalistin, kommt aus Wien, sie wird ein Buch über Ivo schreiben.»

Als sie sich zum Gehen wandten, stolperte Steffa über Matteos Stab, dabei zerbrach ihre Brille.

Catarina schoß aus der Küche, hob die Gläser auf und entschuldigte sich wortreich. «Ich fahre morgen nach Vicenza und lasse sie reparieren. Matteo bringt sie dann hinauf in die Villa. Sag doch auch etwas», fauchte sie und drehte sich nach Matteo um. Aber der hatte sich davongemacht.

Es war eine unnatürlich warme Nacht, wie im Hochsommer. Judith war unruhig, gespannt.

Sie ging den schmalen Weg zu dem kleinen Nymphäum hinter der Villa, im verwilderten Teil des Gartens. Der Mond ließ die Tritonen und Nereiden, die sich am Rand des Wasserbeckens zu ornamentalen Gruppen zusammenballten, bläulich aus dem Dunkel treten. Eine ergiebige Quelle, die auch das Haus versorgte, speiste das Becken des Nymphäums. Der Überlauf bildete einen kleinen Bach, der den tiefergelegenen Teich der Venus füllte. Das Wasser war sehr kalt, aber kristallklar. In der Quelle lebten Quellschnecken, die sich von kleinen Wasserpflanzen ernährten.

Judith schlüpfte aus den Kleidern und kletterte über die Einfassung des Beckens. Das Wasser war nicht sehr tief, aber man konnte darin schwimmen. Wie immer, wenn das klare, kühle Wasser sie umfloß, erfüllte sie ein Glücksgefühl. Sie mochte warme Swimmingpools nicht, und die feuchte, chlorgeschwängerte Luft von Hallenbädern war ihr zuwider.

Ivo und sie waren früher öfter an die Adria zum Schwimmen gefahren. Aber als sie vor Jahren zum ersten Mal den schillernden Schaumrand sahen, hatten sie darauf verzichtet. Damals hatten sie das Nymphäum in ihren Besitz genommen. Gianni hatte sie ausgelacht. Was für eine Verrücktheit, in so kaltem Wasser zu baden. Kein Italiener käme je auf solche Ideen.

Einmal hatte Gianni Ivo neben den Faun gestellt, der die grottenartige Rückwand des Beckens stützte. «Ihr seid Brüder», hatte er gesagt. Und tatsächlich gab es eine Ähnlichkeit der schmalen, sehnigen Männerkörper, der geheimnisvoll lächelnden Gesichter.

Judith hatte Ivo einmal mit dem Faun fotografiert und in übermütiger Laune davon Karten drucken lassen. Manchmal mit einer Einladung zu einem Wochenende im Gästezimmer der Villa Loredan versehen.

Das geschah jedoch nicht sehr oft. Ivo, der so leicht zum Mittelpunkt jeder Gesellschaft wurde, hatte nur ein begrenztes Talent für Freundschaften. Zuviel Nähe zu anderen als Judith vertrug er nicht. Und Menschen mit anderem Lebensrhythmus hielt er sich überhaupt vom Leib.

Aber es gab einige Menschen, die er genug mochte, um ihre Gesellschaft für beschränkte Zeit zu genießen. Künstler waren wenige darunter. Eine Zeitlang, vor ihrer Auseinandersetzung, hatte Anna zu den Privilegierten gehört, Mamusch hingegen nie. Ivo hatte eine Neigung zu Menschen mit ähnlich starkem Distanzbedürfnis, und das fand er bei einigen Aristokraten.

Judith überlegte, wie sich Ivos Freunde wohl nun ihr gegenüber verhalten würden. Sie hatten sie nach dem Begräbnis mit Blumen und Einladungen überhäuft – ein

Stoß dieser Briefe lag heute noch ungeöffnet auf ihrem Schreibtisch. Sie wußte, wie schnell das Interesse an Witwen bedeutender Männer erlosch. Und sie hatte ja auch wahrlich nichts dazu beigetragen, daß man sich um sie kümmern konnte. Bei Mamusch war das ganz anders. Aber sie war ja auch nie als die Frau ihres Mannes aufgetreten.

Immer galt Judiths Vater als der Mann von Mamusch, und es hatte ihn nie gestört.

Auch Anna hatte nach einer Scheidung die gemeinsamen Freunde behalten. Sie blieb das Zentrum des Kreises, nicht ihr Mann, dessen Stelle dann so viele andere einnahmen.

Plötzlich wurde Judith von Sehnsucht nach der unsentimentalen Wärme, dem zupackenden Realitätssinn der Schwester gepackt. Vielleicht konnte Anna ein paar Tage zu ihr kommen, um dann gemeinsam mit ihr nach Wien zurückzukehren. Der Gedanke an das Einwintern des Hauses, das Kofferpacken, beängstigte sie plötzlich. Ob sie das alles zustande brachte, ganz allein, so konfus und erschöpft wie sie noch immer war? Am meisten fürchtete sie die Konfrontation mit Ivos ganz persönlichen Dingen, die sie in einer ersten Verzweiflung ungeordnet weggepackt hatte, weil sie ihren Anblick nicht ertrug. Anna war tüchtig, sie widerstand allen Belastungen. Und es wurde gut sein, die alte Vertrautheit mit ihr wieder aufzunehmen.

Nach dem Begräbnis war sie ohne viel Worte da gewesen, hatte Judiths Kopf an ihre Schulter gezogen, sie umarmt und gesagt: «Wein dich aus, das ist das einzige, das dir jetzt hilft. Sei nicht so verdammt tapfer.»

Aber damals war sie innerlich verdorrt, keine Träne

lockerte den Druck in ihr. Jetzt wußte Judith es wieder! Anna hatte sie hierhergefahren. Und war bei ihr geblieben. Hatte sie jeden Abend ins Bett gebracht, sie am Morgen mit frischem Tee geweckt. Wie eine Mutter war sie zu ihr gewesen. Es war gut, daß ihr das wieder einfiel.

Judith streifte das Wasser von ihrem Körper und schlüpfte in ihr Kleid. Und als sie zum Haus gehen wollte, kamen die Tränen. So viele und so überwältigend stark, wie nie zuvor in ihrem Leben. Sie gab sich dem Weinen mit einer Leidenschaft hin wie einer Umarmung. Und als sie damit aufhörte, brannten ihre Augen wie Feuer. Aber sie fühlte sich befreit.

Halb blind ging sie zum Haus und registrierte nur beiläufig, daß aus dem Gästezimmer gedämpftes, flakkerndes Licht kam. Als hätte Steffa Kerzen angezündet. Judith umkreiste das Haus, um es von der Gartenseite zu betreten. Sie sah Steffa am Westfenster stehen, vor sich eine blaue Kerze. Sie breitete die Arme aus – Judith wußte nicht, ob sie das auf sich beziehen sollte, aber dann sah sie im Näherkommen, daß Steffas Augen geschlossen waren.

Der Mond versilberte den sanften Körper der Venus im Teich. Steffa bewegte sich weg vom Fenster. Judith sah, wie sie sich in dem schwach erleuchteten Zimmer mit langsamen Schritten zu dem Fenster bewegte, das nach Osten ging. Wieder hob sie die Arme und blieb lange Zeit regungslos stehen, als betete sie.

Das Wetter war überraschenderweise nicht umgeschlagen. Der Morgen war zunächst kühl, aber aus dem Dunst der Frühe schälte sich eine strahlende Vormittagssonne.

Judith hatte im Freien gedeckt. Nach all den kargen,

einsamen Mahlzeiten der letzten Monate gewann sie dem Tischdecken neues Vergnügen ab. Sie holte eine provenzalische Tischdecke in bräunlichem Rosé, die ihr Ivo einmal geschenkt hatte. Sie paßte gut zu dem blauweißen Porzellan. In einer Ecke der Küche stand ungeöffnet das Paket einer Wiener Teefirma mit Ivos Lieblingsmischung.

Judith setzte Wasser auf und warf dann von ihrem Frühstücksplatz einen kleinen Kiesel gegen Steffas Terrassentüre. Zwei Kakifrüchte, deren glasige Haut sich rötlich schimmernd über das Fruchtfleisch spannte, legte sie in eine blaue Schale. So war es immer gewesen, mit Ivo.

Steffa kam verschlafen aus ihrem Zimmer. Ihr zerknittertes T-Shirt roch nach dem Schweiß der Nacht. Sie rieb sich die Augen, als sie den Frühstückstisch sah: «Warum machen Sie denn soviel Geschichten? Ich esse nie was zum Frühstück.»

«Aber ich», sagte Judith. «Sie trinken doch Tee?» Sie nahm die Kanne mit einer Geste, die Ivo immer so gut gefallen hatte, und füllte Steffas Tasse.

«Oh, das ist gut», stöhnte Steffa und trank mit gierigen Schlucken. «Langsam wache ich auf. Kann ich noch Tee haben?» Sie schaute auf den von vertrockneten Hortensien und blassen Schlingrosen umgebenen Frühstücksplatz. «Ivo Longhin hat hier immer gefrühstückt?»

«Er hat den Platz geliebt. Den Blick auf den Teich, auf den Kakibaum. Im Sommer ist es hier immer noch sehr kühl.»

«Sie müssen mir alle Plätze zeigen, die für ihn wichtig waren.»

Judith lächelte angeregt. «Verbringen wir den Tag

heute so, als wäre Ivo dabei: Kaffee und Zeitungen in Marostica, mittags ein leichtes Essen hier. Siesta bei den Grotten, im Schatten der alten Linden. Dann können wir uns im Atelier und im Haus umschauen.»

«Wann hat er gearbeitet?»

«Immer am Vormittag und nach der Siesta. Pünktlich wie ein Beamter. ‹Wer auf Inspiration wartet, ist ein Hobbymaler. Die Inspiration kommt bei der Arbeit›, hat er immer gesagt.»

Sie hielt inne und wartete auf ihre eigenen Empfindungen. Würde der Schmerz wiederkommen? Er blieb fern. Der Gedanke, an das verlorene Gestern anzuschließen, belebte sie. Die Spannung, die sie monatelang in Muskeln und Sehnen gespürt hatte, die sogar ihre Haut dürr und gefühllos gemacht hatte, ließ nach. Sie fühlte wieder die angenehme Wärme in sich aufsteigen.

Steffa sah sie an, und ihr Gesicht verschloß sich für einen Augenblick.

«Haben Sie etwas?» fragte Judith.

«Sie sind ein glücklicher Mensch. Trotz allem.»

Judith atmete tief. «Die Erinnerungen kommen wieder. Manchmal überstürzen sie sich geradezu. Aber ich habe immer noch Angst, daß sie sich gegen mich wenden.»

Steffa hob den Kopf. «Wie meinen Sie das?»

«Ich habe in den letzten Monaten so bewußtlos gelebt. Mit den Erinnerungen kommt auch das Bewußtsein, was ich alles verloren habe.»

«Vielleicht ist das ein heilender Schmerz», sagte Steffa leise.

«Andreas hat das auch gemeint. Aber ich bin nicht sicher...»

Steffa legte mit einer hölzernen Bewegung die Hand auf Judiths Arm. «Ich werde behutsam sein. Und Sie sagen, wenn's weh tut.»

Judith räumte das Frühstücksgeschirr ins Haus. Steffa half ihr, und während sie die Geschirrspülmaschine einschaltete, fragte sie beiläufig: «Wie hat es eigentlich angefangen, mit Ihnen und Ivo Longhin?»

«Das ist eine komplizierte Geschichte», sagte Judith zögernd. «Und eigentlich gar nicht so wichtig für seine Biographie.»

Niemand außer Ivo und ihr wußte, wie es wirklich begonnen hatte. Wir haben uns bei der Eröffnung von Annas Galerie getroffen, hatten sie immer gesagt und gelächelt.

Ivo war damals, nach dem kurzen Schlagabtausch mit Mamusch, verschwunden. «Er ist mit dieser verrückten Cordula gegangen», sagte Anna. «Nach dem fünften Glas Wein erzählt sie jedem die Geschichte ihrer Reinkarnation. Dabei gibt es niemand, der sie noch nicht kennt.»

Immer mehr Menschen strömten in die Galerie – Maler, Journalisten, Neugierige und Schmarotzer, die auf keiner Einladungsliste standen und doch immer von der jeweils interessantesten Vernissage erfuhren.

Der Maler, dem dieser Abend galt, wurde immer betrunkener. Sein alter Galerist hatte die Samtfesseln des Jovanovic-Clans abgeschüttelt und wütete gegen die Hexen, die ihm das wichtigste Pferd im Stall ausgespannt hatten.

«Wer ist da ein Pferd», schrie der Maler, «ich bin ein Panther.»

Energieströme durchzuckten den Raum, Gewitterstimmung kam auf. Mamusch verständigte sich mit einem kurzen Blick mit Anna, und dann zogen sie mit dem Maler und seinem Anhang in ein nahegelegenes Restaurant, in dem der Galerist Hausverbot hatte.

Je nach Sympathie zogen die Gäste hinterher oder verloren sich in der nächtlichen Stadt.

Die Galerie leerte sich schnell. Judith sammelte mit den Studentinnen Gläser und Aschenbecher ein und schloß die Eingangstür ab. Die Studentinnen verließen die Galerie durch den Seitenausgang, und Judith machte, erleichtert, endlich allein zu sein, oberflächlich Ordnung, damit die Putzfrau am nächsten Tag nicht behindert war.

Es war kein Geräusch, es war der Blick, der sie aufsehen ließ. An eine Säule gelehnt stand Ivo und schaute sie an. Judith hatte oft das Begehren eines Mannes aus seinem Blick gelesen. Aber so hatte sie noch keiner angesehen. Nur sein unverhüllter Blick umkreiste sie, er selbst stand gelassen, abwartend vor ihr. Und sie wußte, daß sie ihn genauso begehrte wie er sie. Vom ersten Moment ihrer Begegnung an.

Sie sah ihn lange an, knöpfte langsam ihre Bluse auf, schlüpfte aus dem Rock und stand nackt vor ihm.

Ivo lächelte. Dann ging er ruhig auf sie zu, umfaßte ihren Kopf und küßte sie. «Ich habe es gewußt», sagte er. «Schon damals in Apulien.»

«Natürlich», sagte Steffa, «so bedeutungsvoll ist das für die Biographie nicht. Es wäre eine zusätzliche Farbe gewesen. Sie waren ja sehr wichtig für seine Arbeit.»

Sie wusch sich die Hände, benetzte dabei ihr Gesicht,

fuhr mit einem Steckkamm durchs Haar und sagte, sie sei bereit, nach Marostica zu fahren.

Sie gingen zu Judiths Auto. «Ohne Brille kann ich unmöglich fahren. Außerdem kennen Sie sich ja besser aus.»

Als sie von der kurvigen Straße durch die Weinberge in die belebte Straße nach Marostica einbogen, fielen Judith Veränderungen auf, die sie bisher nicht wahrgenommen hatte. Neue kleine Fabriken waren aus dem Boden gewachsen, wo vor einem Jahr noch Gärten und Äcker waren. Ihr Material war leicht, und sie sahen so schick aus wie die Fußballtrikots italienischer Mannschaften. Schrägstreifen in modischen Farben unterstrichen die Firmenembleme. Eine dieser Fabriken war getupft wie ein Fliegenpilz, andere zeigten stilisierte Blumen, elegante graphische Ornamente.

Das Veneto, früher eine der klassischen Auswandererregionen, hatte sich in den letzten Jahren den Wohlstand erobert.

Judith dachte an Sergio, den kleinen Automechaniker von Thiene, der jahrelang hingebungsvoll Ivos ramponierte Autos zu neuem Leben erweckt hatte. In diesen Jahren wurde seine Werkstatt immer größer und respektabler. Schließlich hatte er auch noch eine mittelgroße Halle dazugebaut. Durch Zufall kamen sie darauf, daß Sergio zu einem der führenden Hersteller komplizierter Autoelektronik einer Luxusmarke geworden war. Gemeinsam mit vier Brüdern und deren Familien schuf er eines jener krisensicheren Unternehmen, die durch Phantasie, Disziplin und Gemeinschaftssinn florierten. Im letzten Jahr hatte Sergio ganz stolz erzählt, nun hätte er insgesamt vier Häuser, und alle mit runden Marmorstufen

– die waren die teuersten. «Eines für die Mamma. Eines für den ältesten Sohn. Eines für die geschiedene Frau und ihre jüngeren Kinder. Und eines für mich und die neue Familie.»

Steffa, der sie die Geschichte erzählte, lachte. «Kein Wunder, daß sie hier aus Äckern Baugrund machen.»

«Mir gefällt es, daß es den Leuten hier gutgeht. Mich hat es immer bedrückt, wie ausgehöhlt eine so herrliche Landschaft wie die Toskana ist. In den alten Bauernhäusern, den Gutshöfen und Villen sitzen fast nur noch Ausländer und Großstädter. Von ihnen leben die Restaurants und Trattorien. Aber hier, in den Lokalen, wie sie Catarina führt, findet man fast ausschließlich Leute, die immer schon hier lebten.»

Sie fuhren an einer jener typischen Steinmetzwerkstätten vorbei, die Gärten und Terrassen mit Gipsgöttern und Heiligen möblieren. Hier wimmelte es von Putten, Faunen und Engeln. Venus in allen klassischen Positionen war besonders häufig vertreten, aber auch blauweißbemalte Madonnen für die hauseigene Lourdes-Grotte. Und ein einsamer grünbemalter Alpini-Soldat für den Garten des Veteranen. Die Götter und Genien der Villen hatten sich unters Volk gemischt. Auch eine zweischwänzige Nixe aus Gips, Kopie einer Brunnenfigur der Villa Maser, war ein erschwinglicher Schmuck für Swimmingpools. Noch bis zum vorigen Jahr hatte sich an das Ausstellungsgelände des Steinmetzes einer jener Weingärten angeschlossen, deren tänzerische Grazie Judith und Ivo immer wieder aufs neue bezauberten. Die langen, reichtragenden Reben der Weinstöcke schlangen sich wie graziöse Arme einer Ballerina um knorrige Maulbeerbäume. Ivo hatte einmal, davon angeregt, eine Verwandlung der Daphne als Zwitterwesen von Baum und Weinstock gemalt.

Aber jetzt war der Weingarten verschwunden, eine tiefe Baugrube öffnete sich, Krane ragten in den Himmel.

«Nein», rief Judith und hielt an, um sicherzugehen, daß sie die Werkstatt nicht verwechselt hatte. Aber es war der gleiche Platz. Ein Firmenschild am Bauplatz informierte, daß ein großer Textilkonzern hier eine neue Produktions-stätte eröffnete.

«Das bringt neuen Wohlstand», sagte Steffa ironisch, «neue Einfamilienhäuser, Schulen, Kindergärten, neue Supermärkte und Tankstellen. Und genug Gäste für Catarina.»

Judith fuhr stumm weiter.

«Wer weiß, wie es hier in zehn Jahren aussieht», sagte Steffa. «Ein Weingarten nach dem anderen wird Bauland werden. Immer mehr Leute werden immer weiter weg von den Fabriken wohnen wollen. Und so wird sich der Beton immer höher in die Hügel, in die Weingärten fressen. Neue Straßen müssen gebaut werden, um die Siedlungen zu erschließen, neue Autobahnzubringer, um den Verkehr flüssig zu halten.» Sie lächelte eigenartig. «Vielleicht werden dann die elitären alten Villen in den entlegenen Gebieten Teil eines neuen Ortes sein. An den stillen Parks werden Lastwagen und Motorräder vorüberdonnern. Geschäftsleute, die mit den Fabrikanten verhandeln, werden anspruchsvolle Quartiere suchen – vielleicht wird dann sogar aus der Villa Loredan ein Hotel.»

Judith fühlte, wie sich ihr Magen zusammenkrampfte. Steffa sprach etwas aus, das sie seit langem gefürchtet und aus ihrem Bewußtsein gedrängt hatte.

«Vielleicht», sagte Steffa, «ist das die späte Rache des Volks an seinen Ausbeutern. Jeder bewundert nur die Villen, aber wer denkt darüber nach, mit wieviel Leid sie für die verbunden waren, die sie finanzieren mußten. Schließlich kamen die Venezianer ja als Eroberer, Besatzer, auch wenn sie vielleicht klug genug waren, sich dabei Samthandschuhe anzuziehen. Aber natürlich haben sie enteignet, entrechtet, unterdrückt.»

«So habe ich das nie gesehen», sagte Judith. Die überwunden geglaubte Spannung erfaßte sie wieder. Sogar ihre Gesichtsmuskeln zogen sich zusammen. Es konnte doch nicht sein, daß sie alles verlieren mußte, was sie liebte.

Steffa berührte mit einer beschwichtigenden Geste ihren Oberarm. «Um Gottes willen, ich wollte Sie nicht traurig machen. Das sind ja nur Hirngespinste. Manchmal habe ich so eine Neigung zu extremen Gedanken. Man war nicht ungestraft ein Kind der DDR.»

«Wenn Gianni die Villa verkauft, bin ich heimatlos», sagte Judith tonlos. «Es gibt keinen Platz auf der Welt, der mir so wichtig ist, der mit so vielen Erinnerungen an Ivo verbunden ist.»

«Ja», meinte Steffa, «es ist schrecklich, heimatlos zu sein. Ich weiß bis heute nicht, wo ich eigentlich zu Hause bin. Sogar meine eigene Sprache habe ich verloren, auf dem Weg zu diesem Beruf.»

Sie fuhren schweigend nach Marostica. Hier hatte Ivo täglich seine Wiener Zeitungen abgeholt, die *Repubblica* gelesen und bei Gino, in der Bar an der Piazza, *cappuccino* getrunken. Judith und Steffa setzten sich auf die Stühle vor den Arkaden, mit dem Blick auf das Geviert des Platzes.

Gino begrüßte Judith überschwenglich, legte dann sein Gesicht in Falten und sagte ihr, wie sehr er den *Maestro* vermisse. Quer über den Platz kam Dottore Querini, wie immer gehetzt und viel zu schnell, um den Respekt der Honoratioren von Marostica zu gewinnen.

«Ein Dottore läuft nicht, zu dem kommen die Leute gelaufen», sagten die Geschäftsleute von Marostica.

Dottore Querini lächelte, als er Judith sah, und kam heran. «Sie sehen wunderbar aus, Signora. Alles in Ordnung? Sie haben doch das Medikament abgesetzt, wie ich gesagt habe?» Ohne eine Antwort abzuwarten, sagte er: «Die Natur hat Ihnen geholfen, sie wird Ihnen weiterhelfen. Nicht die Chemie. Die ist nur für Notfälle gut.» Und dann eilte er mit kurzem Gruß weiter.

«Was nehmen Sie denn?» fragte Steffa.

«Etwas gegen den Schmerz», sagte Judith abweisend. Anna hatte sie bei ihrem letzten Anruf beschworen, damit aufzuhören. «Davon wird man süchtig. Du zerstörst deine Seele», hatte sie gesagt. Aber was wußte denn sie, wie es war, ohne Ivo.

«Manchmal braucht man so etwas», sagte Steffa. «Wahrscheinlich hätte ich mich ohne Medikament umgebracht, damals, nach dem Tod des Menschen, der für mich am wichtigsten war. Es dämpft, es lindert, und irgendwann kann man auch wieder darauf verzichten.»

Sie sahen auf den belebten Platz, unter dessen schattigen Arkaden die Nachfahren mittelalterlicher Wollweber, Töpfer, Seidenspinner und Sesselflechter ihre Läden hatten.

Die kleine Stadt mit ihrer wehrhaften Architektur verriet dem, der die Zeichen deuten konnte, viel von ihrer Geschichte. Auf dem Hügel stand das obere Kastell, mit dem alles begonnen hatte. Hinter den Schwalbenschwanzzinnen dieser Festung aus dem frühen 12. Jahrhundert hatten sich die grausamen und machtgierigen Ezzelini fast 150 Jahre erfolgreich verschanzt. Im Schutz ihrer Burg siedelten sich Handwerker und Kaufleute an. Eine kleine Stadt wuchs um das Kastell. Aber noch stärkere Eroberer besiegten die Ezzelini und bauten unten, am Rand der Stadt, ein eigenes Kastell. Und dann schlossen sie ihren ganzen Besitz gegen die feindliche Außenwelt ab: eine Mauer umgab den Ort, das neue Kastell und kletterte zinnen- und turmbewehrt den Berg hinauf zur alten Festung.

«Ivo hat immer gesagt: ‹Wer Marostica kennt, kennt die meisten jüngeren venetischen Städte.› Die älteren sind auf dem Grundriß römischer Kastelle entstanden. Niemand, der diese geschlossenen, überschaubaren Städte kennt, wundert sich über die Sicherheit und das Selbstbewußtsein ihrer Bewohner.»

«Und was sagen Sie?» fragte Steffa.

«Was meinen Sie?»

«Ich höre immer nur, was Ivo sagte und meinte.»

«Sie sind doch gekommen, um etwas von Ivo zu erfahren.»

«Natürlich, aber doch von Ihnen. Sie sind genauso wichtig.»

Judith lachte. «Bei mir müssen Sie nicht für die Gleichberechtigung missionieren. Ich glaube nicht daran. In meiner Familie haben die Frauen fast alle mehr Rechte als ihre Männer. Ich selbst glaube an Gleichgewicht und daran, daß man es ständig neu ausbalancieren muß.»

Jetzt fängt sie an wie Anna, dachte Judith. Von ihr hatte sie auch dauernd gehört, sie stelle sich zu sehr zurück, vor lauter Anpassung verliere sie noch ihre ganze Persönlichkeit. «Wo bleibt dein eigenes Leben?» hatte sie immer wieder hören müssen. Judith hatte nie darauf geantwortet. Wie sollte man einem Menschen erklären, was Liebe war, der selbst nie liebte. Männer waren Anna nur wichtig, wenn sie sich ihren Plänen fügten. Nie hätte sie für einen davon irgend etwas in ihrem Leben verändert. Eigentlich lebte sie wie ein altmodischer Mann. Wer sich ihr anpaßte, hatte eine Chance. Wer sich ihren Forderungen widersetzte, verlor sie. Ivo, der zunächst von ihrer Offenheit, ihrem Witz und ihrer Tüchtigkeit begeistert war, lehnte sie schließlich völlig ab. Er fand sie zynisch, menschenverachtend. Aber er wurde ihrer grundlegenden Ehrlichkeit und Großzügigkeit nicht gerecht. Zu Menschen, die ihre Freiheit nicht einengten, konnte sie warmherzig und liebevoll sein. Eigentlich gab es keine Frau, die Judith mehr liebte als Anna. Mamusch und ihre andere Schwester Irene bügelten sich ihre Wahrheiten zurecht, sie waren verbindlicher und machten es den anderen leichter. Anna machte sich und den anderen nichts vor. Sie hatte für Judith die Latte der Freundschaft mit Frauen sehr hoch gelegt. Alle ihre Freundinnen hatte sie an Anna gemessen. Nur wenige hatten dabei bestanden.

Die Sehnsucht nach ihrer Nähe erwachte aufs neue. Jetzt wäre es gut, mit ihr zu reden, rückhaltlos und ehrlich.

Sie hatte es nicht gekonnt, als der Schmerz um Ivo noch ganz frisch war.

Sie sah in Steffas teilnahmsvolles Gesicht.

«Sie allein sind jetzt wichtig», sagte Steffa.

«Das muß ich erst lernen.»

Sie tranken ihren Kaffee aus und bummelten unter den Arkaden, vorbei an Läden, Restaurants, Bankfilialen und Bars. Ein Fotohändler hatte ein Plakat in der Auslage: *Partita a schacchi.* Die Schachpartie.

Alle zwei Jahre fand vor dem unteren Kastell, auf einem im Pflaster eingelassenen, überdimensionalen Schachbrett eine spektakuläre Partie mit lebenden Figuren statt.

Vor einem Jahr war Judith mit Ivo hiergewesen, mit Catarina und dem alten Matteo, Serafina und dem halben Dorf. Fünfhundert junge Leute in Brokat und Samt, mit wehenden Federn auf den Kappen und glitzernden Schleiern zogen auf den Platz. Mit ihnen Fanfarenbläser, Flötenspieler, Falkner mit Jagdfalken unter goldbestickten Kappen, Fahnentänzer, deren bunte, federleichte Seidenfahnen sich bei jeder Bewegung blähten. Dann kamen die Figuren der Schachpartie, darunter Matteo als Turmträger.

Catarina hatte Judith erzählt, was es mit der Schachpartie auf sich hatte. Sie erinnerte an den Kampf zweier junger Edelleute um die Hand der schönen Lionora. Und da sie selbst sich für keinen entscheiden wollte, wurde die Auseinandersetzung auf Befehl des klugen Kastellans nicht mit einem blutigen Duell, sondern mit einer Schachpartie ausgetragen. *«Stupida Lionora»*, hatte Catarina geschimpft, «hat man schon so was gehört, daß man nicht weiß, welcher Mann einem gefällt! Vielleicht waren beide die falschen! Aber immerhin, wir haben so noch viele Jahrhunderte später ein schönes Fest!»

Judith beugte sich über die Fotos vom Vorjahr und zeigte auf eines mit dem Turm. «Das ist Matteo. Es war wunderbar für ihn, daß er mitmachen konnte. Er mußte von dem zweiten Turmträger gar nicht geführt werden. Er hat das Schachbrett im kleinen wie im großen völlig im Kopf und ist ein exzellenter Schachspieler. Im Vorjahr haben sie die Partie des amerikanischen Schachmeisters Paul Morphy aus dem Jahr 1858 nachgespielt. Der hat mit verbundenen Augen den Herzog von Braunschweig und den Grafen von Isouard in siebzehn Zügen besiegt. Matteo kann diese Partie Zug für Zug auswendig. Er ist wirklich ein ganz ungewöhnlicher Mensch.»

«Sagt Ivo?» fragte Steffa.

«Sage ich», antwortete Judith und lachte.

«Ich mag Sie sehr», sagte Steffa spontan. «Sie sind nicht nachtragend und so herrlich unneurotisch. Sie haben mein Provokationsspiel vorhin richtig verstanden. Manchmal muß man so arbeiten, damit Spannung ins Gespräch kommt.»

«Ich habe mich nicht provoziert gefühlt», antwortete Judith. «Ich komme aus einer Familie, in der die Frauen zwar sehr oft ‹mein Mann› sagen, wenn sie ‹ich› meinen, aber das hat überhaupt nichts zu bedeuten.»

«Eine tolle Familie, dieser Jovanovic-Clan», sagte Steffa.

«Sie kennen meine Familie?»

«Wer kennt sie denn nicht, wenn er eine Zeitlang in Wien lebt.»

Judith lachte. Es tat ihr gut, daß sie in diesem Gespräch nicht nur Ivos Arbeit, sondern auch ihren eigenen Hintergrund voraussetzen konnte.

«Ihre Schwester Irene lebt noch in Paris?» fragte Steffa.

«Das wissen Sie auch?»

«Mich haben immer Frauen interessiert, die so ganz anders leben als ich. Sehr interessiert.»

Irene, die schönste von uns. Und diejenige, die Mamusch am ähnlichsten ist, dachte Judith. Irene war die Jüngste, die am meisten verhätschelte, die am wenigsten streng erzogene. Anna und sie hatten als Kinder daran gedacht, sie an Zigeuner zu verkaufen, um wieder den Normalzustand herzustellen. Aber weit und breit waren keine Zigeuner. «Sie hätten sie ohnehin nicht genommen», sagte Anna. «Oder höchstens für sehr viel Geld.»

Erstaunlicherweise wurde aus diesem egozentrischen, undisziplinierten Kind eine höchst vernünftige junge Frau. Waren es die Gene, das Vorbild der Familie, die eher rauhe Herzlichkeit der älteren Schwestern? Judith und Anna hatten sich erst spät mit ihr abgefunden. Irgend einmal war ihnen klargeworden, daß sie ganz anders war, aber doch nicht so sehr, wie sie gefürchtet hatten. Was für sie am wichtigsten war: Eines Tages konnten sie miteinander lachen und sich gegen die Erwachsenen verbünden. Judith und Anna sorgten schon dafür, daß Irene bei ihren kleineren und größeren Teufeleien mittat und auch in den Genuß eines mütterlichen Donnerwetters kam.

Inzwischen hatten auch die Erwachsenen aufgehört, den Nachkömmling, dem alles so leichtfiel, zu bestaunen. Irene konnte zwar mit fünf lesen und zählen, aber dieser Vorsprung verringerte sich mit den Jahren. Aus dem altklugen kleinen Mädchen wurde eine durchschnittliche Schülerin mit einem allerdings beachtlichen Ehrgeiz zu gefallen, immer das Richtige zu tun.

Sie war eine Tochter ganz nach dem Herzen von Mamusch. Eine, die sich brennend für die Firma interessierte, die sehr früh kaufmännisches Talent entwickelte und jene starke Hingezogenheit zu Geld und Gewinn zeigte, die Judith völlig abging. Es war sehr bald klar, daß sie das Geschäft übernehmen sollte. Aber dann heiratete sie mit knapp achtzehn den Sohn eines Pariser Geschäftspartners von Mamusch. Sie hatte sich das nicht ausreden lassen. Und es erwies sich, daß sie – frühreif auch hier – das kühle Kalkül, das Mutter und Tanten erst später entwickelten, bereits im kleinen Finger hatte. In kürzester Zeit wurde sie zu einer Paradefranzösin von distanzierter Eleganz, die sie in keinem Bereich ihres Lebens im Stich ließ. Mit ihrer Perfektion eroberte sie die skeptisch-abwartenden Schwiegereltern, die sich zunächst nicht vorstellen konnten, daß eine Nichtpariserin, geschweige denn eine Nichtfranzösin in die traditionsreiche Lingeriefabrik hineinwachsen könnte. Irene gelang das mit unglaublicher Zähigkeit und einem Arbeitseinsatz, der keinerlei äußere Spuren hinterließ. Sie gebar ihrem Jean-Luc, der fast ein Ebenbild seines stillen, liebenswürdigen Wiener Schwiegervaters war, drei Söhne, die sie makellos erzog und auf die Eliteschulen vorbereitete, für die die Familie sie bestimmte. Sie führte ein gastliches Haus, in dem sie die Pariser Spielart der böhmisch-byzantinischen Küchenzauberei der Jovanovic-Frauen entfaltete.

«Ich halte sie nicht aus», fauchte Anna, wenn sie von einem Besuch aus Paris kam. «Da haben wir mühsam einen Menschen aus ihr gemacht, und jetzt ist sie eine neue Art von Wunderkind. Keine Falte, wo sie nicht hingehört! Keine Blößen im Gespräch! Liebenswürdig, aber nie devot zu den Schwiegereltern! Nicht einmal einen heimlichen Liebhaber hat sie!»

Judith fand sich leichter mit ihr zurecht als Anna, die einen weit chaotischeren Lebensstil pflegte.

Unter der polierten Oberfläche von Irenes Leben entdeckte Judith die harte Arbeit, die Disziplin, aber auch die Phantasie, die nötig war, um sich hier zu behaupten. Irene war ein Genie der Organisation, sie schaltete jeden Leerlauf aus. Auch hier eine perfekte Tochter ihrer Mutter. Judith, die später viel Zeit mit der Schwester verbringen sollte, nahm von ihr vieles an, was sie in der Übermittlung durch die Mutter nur bedingt akzeptierte.

Was sie am meisten anzog, war Irenes versteckter Humor und ihr Verständnis für das ganz anders verlaufende Leben der Schwestern.

Irene half ihr noch viel mehr als Anna, als Judith erkannte, wie schwierig ihr Leben mit Ivo wurde.

Nach ihrer stürmischen ersten Begegnung in Annas Galerie fand ihr gemeinsames Leben einen zunächst ziemlich beständigen Rhythmus. Ivo kam regelmäßig in Judiths kleine Wohnung und machte bald Anstalten, bei ihr einzuziehen. «Ich habe noch nie eine Wohnung erlebt, die soviel Atmosphäre, soviel Behaglichkeit hat, ohne einen dabei einzuengen. Ich glaube, ich bin in deine Wohnung fast so sehr verliebt wie in dich.»

Ivo wehrte ab, als Judith sein Atelier sehen wollte. «Es ist nur provisorisch. Damals, als ich aus Amerika kam, habe ich das erstbeste genommen. Es hat wunderbares Licht, aber ich schlafe auf einer Couch zwischen den Bildern. Es gibt nur einen Kocher für Tee. Und eine tropfende Dusche. Das Klo ist auf dem Gang. Du würdest dich dort nicht wohl fühlen. Und ich mich mit dir auch nicht.»

Ein Beamter aus dem Kulturamt der Stadt Wien hatte Ivo ein besseres Atelier versprochen, aber es dauerte, ehe es soweit war. Judith war sehr damit zufrieden, daß sich ihre Begegnungen auf vertrautem Terrain vollzogen. Sie hatte sich schon zu Besuch in Allans kalt-repräsentativer Mietwohnung schlecht gefühlt. Für sie gehörte angenehme Beleuchtung, die Behaglichkeit ihres Betts mit den federleichten Decken, die sinnliche Freude an schönem Porzellan und Glas zu den Begegnungen mit einem Mann, den sie liebte.

Sie hatte nicht damit gerechnet, aber es war sehr viel mehr als die sich ständig steigernde Freude am körperlichen Gleichklang, die sie mit Ivo verband. Sie erlebte, wie er sich ihr aufschloß, wie seine spröde Beherrschung rissig wurde und einen Mann mit ungeheurer Sehnsucht nach Wärme, Berührung, Verschmelzung freigab. Es war, als hätte dieser Mann, dem Frauen so leicht erlagen, auf diese eine, unverwechselbare Begegnung gewartet. Judith war erfahren genug, um den Überschwang der ersten Leidenschaft von tieferen Gefühlen zu trennen. Aber sie erlebte, je mehr sie sich auf ihn einließ, den absoluten Höhepunkt ihrer Empfindungen.

Ivo hatte ihr gesagt, daß es einen Menschen gab, den er nicht im Stich lassen konnte. «Cordula ist sehr krank, es sind Schübe einer seelischen Beeinträchtigung, mit der sich die Ärzte nicht auskennen. Versteh mich bitte, daß ich Rücksicht nehmen muß. Sie war für mich sehr wichtig, damals, nach meiner Rückkehr aus Amerika.»

Viele Geschichten begannen bei ihm mit: «Damals, nach Amerika.» Über Amerika selbst sprach er nicht. Judith erfuhr nur, daß er drüben verheiratet gewesen war. Daß er New York nicht mochte. Und daß er den Erfolg dort im Stich gelassen und völlig anders zu malen begonnen hatte. Wie viele Maler der Wiener Nachkriegsgeneration war er ursprünglich einer altmeisterlichen Technik verpflichtet gewesen. In Amerika hatte er plötzlich abstrakt gemalt. Seine Bilder verkauften sich gut, er stellte in wichtigen Galerien aus. Aber er konnte drüben nicht leben, seine Ehe zerbrach. Verzweifelt war er nach Wien zurückgekehrt. Und da war Cordula gewesen.

Judith kannte sie vom Sehen. Manchmal tauchte sie bei Vernissagen auf – eine nicht mehr junge Frau mit einem faszinierenden, verwüsteten Gesicht, in das sich ihre sprunghaften Stimmungsumschwünge eingegraben hatten.

Es gab Tage, an denen sie von innen zu leuchten schien. Da stand sie im Mittelpunkt der Künstlercliquen ihrer Generation. Dann wieder war sie düster, abweisend, ihr schönes, gezeichnetes Gesicht entgleiste zu einer schiefen Fratze. Aber wie immer auch ihre Launen wechselten, man mußte sie ansehen. Und sie genoß die Macht, die sie über Menschen hatte.

Ursprünglich war sie Malerin, und es hieß, sie hätte Ivo nach seiner Rückkehr wichtige Impulse für seine Arbeit gegeben. Jedenfalls änderte er seinen Stil völlig. Er kehrte zu seiner altmeisterlichen Technik zurück, seine Bildinhalte wurden immer mystischer. Aber die Leute, die sich fanatisch dafür begeisterten, hatten kein Geld, sie zu kaufen. Wie schlecht es ihm finanziell ging, als sie einander kennenlernten, erfuhr Judith erst nach und nach. Ivo war unglaublich asketisch, was seine persönlichen Bedürfnisse anging. Aber das hatte seine Freude an schönen Dingen keineswegs zerstört. Irgendwann würde er sie aus eigener Kraft gewinnen, das wußte er genau.

Anna hatte Judith eine alte Kunstzeitschrift gezeigt, mit einem Gruppenbild junger Maler, Bildhauer und Schriftsteller der Nachkriegszeit. Ivo, ein fast knabenhafter Ivo mit entrücktem Blick, war darauf zu sehen. Und ein wenig abseits der Gruppe: Cordula. Ganz in Schwarz, mit brennenden Augen im weißen Gesicht. Einer aus dieser Gruppe, der sich auf alttestamentarische Themen spezialisierte, hatte sie als Luzifer gemalt, als gestürzten Engel, traurig und böse.

Ihren Anteil an der Kunst ihrer Zeit eroberte sie sich nicht als Malerin eher unbedeutender Bilder, sondern als Modell. Sie war eine jener Musen, an denen Wien so reich ist. Eine Frau, die Kunstwerke provozierte. Es gab unendlich viele Bilder und Plastiken, zu denen sie Künstler inspirierte. Keiner von ihnen konnte sich ihrer düsteren Anziehungskraft entziehen. Aber das alles lag lange zurück, als Judith mit Ivo zu leben begann. Niemand wußte genau, wie und wovon Cordula lebte. Ivo hatte selbst nur das Nötigste. Cordula hatte ein kleines Haus im Waldviertel, in das sie sich immer wieder zurückzog. Judith nahm an, daß sie inzwischen in Ivos Atelier wohnte, obwohl ihre Beziehung seit langem erloschen war.

In ihrem ersten Jahr mit Ivo beschäftigte Judith ihre neue Arbeit sehr. Anna hatte die Absicht, in Salzburg eine zweite Galerie zu eröffnen, da war sie dem deutschen Kunstmarkt näher. Sie wählten nun gemeinsam die Künstler aus, aber Judith allein verhandelte mit ihnen. Sie allein entwarf die Einladungen, sorgte für den Versand, organisierte die Vernissagen. Sie lernte es, sich die Beziehungen des Jovanovic-Clans für offizielle Ankäufe nutzbar zu machen. Es gab in Ämtern und Behörden niemand, zu dem Mamusch, die Tanten, Schwestern, Cousinen oder deren Männer nicht Zugang hatten.

Judith fuhr zunächst mit Anna, später allein zu Messen und Ausstellungen, sie lernte internationale Künstler und

Kunsthändler kennen. Manchmal kam ihr Ivo in seinem klapprigen 2 CV nach oder sie trafen einander auf halbem Weg. Das waren ihre schönsten Stunden. Weit weg von Wien hatte sie das Gefühl, frei von den immer quälenderen Verstrickungen Ivos zu sein. Cordula wußte nun von ihrer Verbindung. Bei einer ihrer Vernissagen tauchte sie in einer düsterglühenden Aura auf. Mit weitaufgerissenen Augen ging sie an Judith vorbei, schlängelte sich durch die zurückweichende Menge. Und dann ging sie – ohne eines auszulassen – von Bild zu Bild und spuckte inbrünstig davor aus.

Das war noch ein Spektakel, das die immer gleiche Vernissagen-Atmosphäre belebte. Es sollte anders kommen.

Eines späten Abends, nachdem sie endlich einen Fehler in ihrer Buchhaltung gefunden hatte, kehrte Judith allein nach Hause zurück. Die Nachbarin hatte für sie ein Päckchen übernommen, das liebevoll in rosenholzfarbenes Papier gewickelt war. Nur wenige wußten, daß das ihre Lieblingsfarbe war. Sie öffnete es in neugieriger Vorfreude. Und als sie eine durchlöcherte Schachtel aufmachte, kam eine halb betäubte Ratte herausgekrochen und biß sie in den Zeigefinger, ehe sie sich an einem unzugänglichen Ort versteckte.

Die Tierrettung, die Judith verzweifelt anrief, war überlastet, die Feuerwehr fühlte sich nicht zuständig. Schließlich befreite sie der halbwüchsige Sohn ihrer Hausmeisterin vor einer Nacht mit Cordulas Ratte.

Ivo war entsetzt und zugleich ungläubig: «So was macht sie nicht. Das ist einfach unter ihrem Niveau.»

Die Frage: «Wer sonst könnte es sein?» wußte er nicht zu beantworten.

Dann war eine Weile Ruhe. Nur gelegentlich klingelte das Telefon, und wenn Judith abhob, meldete sich niemand. Nach ein paar Wochen ohne Störung begann der Telefonterror aufs neue. Diesmal meldete sich der Anrufer musikalisch: mit einer Auswahl klassischer Trauermärsche.

Judith ließ ihre Telefonnummer ändern und bekam eine Geheimnummer.

Nach einer Reise, als sie todmüde die Treppen zu ihrer Wohnung hinaufstieg, sah sie eine kauernde Gestalt.

«Ich weiß, daß Sie mit Ivo in Zürich waren», flüsterte Cordula mit erstickter Stimme. «Lassen Sie ihn in Ruhe. Hören Sie auf, ihn von der Arbeit abzuhalten. Er braucht Sie nicht. Er braucht mich.»

Und dann weinte sie hemmungslos, bis ihr Geschluchze in schrille Schmerzensschreie überging. Judith flüchtete an ihr vorbei in die Wohnung. Die Türen der Nachbarn gingen auf, ratlose Fragen prasselten auf Cordula nieder. Und sie weinte und schrie, bis Judith, die das Ganze hinter der Türe beobachtete, den Ärztenotdienst anrief.

Als der Arzt eintraf, ging Cordula, vergnügt lachend und mit beziehungsvoller Geste an die Stirn, in Judiths Richtung, an dem ratlosen Arzt vorbei.

Ivo war verzweifelt. «Was soll ich tun? Sie weiß seit langem, daß alles aus ist. Aber ich kann sie nicht im Stich lassen. Sie ist zu allem fähig – ich muß vorsichtig sein.»

Anna lachte nur, als sie das hörte. «Typisch Mann. Nur vorsichtig, nur keine Entscheidung. Kapiert er nicht, daß sie das alles nur aufführt, weil er es zuläßt?»

Mamusch ging die Sache frontal an. Sie besuchte Ivo ohne Ankündigung in seinem Atelier und sagte: «Sie kennen uns schlecht, wenn Sie glauben, daß wir uns gefallen lassen, was hier mit Judith geschieht.»

Ivo blieb kühl. «Judith ist volljährig. Ich bin ihr Rechenschaft schuldig, sonst niemandem.»

Mamusch lächelte zart. «Glauben Sie mir bitte: Das ist nicht Ihre Privatsache.»

Und dann ging sie mit einem gelangweilten Blick auf Ivos Bilder.

Es war natürlich überhaupt kein Zufall, daß aus einer lange projektierten Ausstellung Ivos in einer wichtigen Galerie nichts wurde. Es war auch überhaupt kein Zufall, daß von seiner Professur an der Hochschule für Angewandte Kunst plötzlich nicht mehr die Rede war. In dem Atelier, das ihm fest zugesagt worden war, hatten sich bedauerlicherweise massive Bauschäden gezeigt. Und für eine Sanierung fehlte das Geld.

«Diese Bestien», tobte Ivo, «sie wollen mich umbringen.»

«Ist das wahr, daß ihr gegen Ivo interveniert habt?» fragte Judith verzweifelt bei einem Familientreffen. Mamusch und Tante Lisa lächelten nur.

Irene, mit der Judith gemeinsam wegging, sagte: «Komm zu uns. Wir sind den ganzen Sommer in der Bretagne. Dort ist alles klar und kühl, nicht so hysterisch wie in Wien. Du wirst sehen, dort klärt sich alles.»

Judith hatte überhaupt keine Lust, Irene in der Bretagne zu besuchen. Dann kam die Todesanzeige. Schwarz auf weiß las sie:

Ohne jeden Schmerz kündigt der Jovanovic-Clan den verdienten Tod ihrer Tochter, Schwester, Nichte, Enkelin

Judith
Betrügerin und Hure an,
Unfriede ihrer Seele.

Judith war sprachlos über dieses Ausmaß kindischer Bosheit. Als Ivo kurz darauf kam und sie ihm die Anzeige geben wollte, hielt sie ein weißes Blatt in der Hand. Das allerdings im Gegenlicht noch den Abdruck des mit Geheimtinte geschriebenen Textes preisgab.

Ivo schwor, ein endgültig klärendes Gespräch mit Cordula zu führen.

Das Ergebnis war eine expreß geschickte Schachtel mit Exkrementen, in pastellblaues Marmorpapier gepackt.

Es war eine sehr heiße Julinacht, und Judith war erschöpft von einem Gespräch mit ihrem Steuerberater heimgekommen. Sie packte einen Koffer, warf die Schachtel in den Müll und fuhr zu Irene in die Bretagne.

Mochte sich Ivo selbst einen Reim auf ihr Verschwinden machen.

Irene fragte nicht viel, das Gästezimmer war bereit, und Jean-Luc und die Kinder nahmen Judith mit offenen Armen auf. Der ständige Wind, der über die herbe Landschaft fächelte, die salzgesättigte Luft, die von der brodelnden Brandung der Küste kam, vertrieben die glühende Wut, die nagende Scham aus ihrer Seele. Sie schlief eine Nacht und einen Tag, stürzte sich dann ins eisige Wasser und fühlte sich besser.

In dem alten Steinhaus mit dem lavendelduftenden Garten umhüllte sie wieder die Geborgenheit ihrer Kindheitssommer. Nur war es nicht Mamusch, die kompetent und tatkräftig in der Küche rumorte und dann die Tischgespräche dominierte. Es war Irene, freundlich und etwas vage, mit angenehmer Distanziertheit und nie nachlassender Perfektion.

Judith gab sich entspannt den kleinen Abwechslungen dieser Ferientage hin. Sie radelte mit den älteren Kindern ins nächste Fischerdorf, um Muscheln und Krebse zu holen und frischen Apfelkuchen vom Bäcker. Sie tanzte auf ländlichen Festen mit kompakten, schweigsamen Männern, die ihr Cidre vom Buffet holten, ehe sie mit schwerfälliger Verbeugung zu ihren Freunden zurückkehrten.

Und immer wieder beglückte sie der Sprung in die Brandung, der Körper und Seele neu belebte. Jean-Luc war von ihrer Sucht, sich in kaltes Wasser zu stürzen, ebenso schockiert, wie es Gianni später sein würde. «Du wirst dir den Tod holen, *chérie*», schimpfte er. – «Ich hol mir das Leben», sagte Judith. «Es gibt nichts, was mich so lebendig macht.»

Jean-Luc lächelte und zog Irene an sich. «Ich wüßte schon noch was.»

Mittags aßen sie im Schatten eines Kirschbaums und ließen Siestamüdigkeit in sich einsickern, wenn die Kinderstimmen schläfrig verstummten, der Kaffeeduft verwehte.

Irene und Jean-Luc verschwanden in ihrem Zimmer. Judith legte sich mit einem Buch in die Hängematte im Garten. Aber sie las nicht. Mit offenen Augen träumte sie von einem ruhigeren Glück, als sie es mit Ivo kennengelernt hatte. Es mußte ja nicht ganz so ruhig sein wie das von Irene und Jean-Luc.

Gegen Abend tauchte einer ihrer Nachbarn auf, der häufig mit Jean-Luc im gemeinsamen Boot zum Fischen fuhr.

Bertrand, ein Arzt aus Paris, machte Judith auf witzige, unsentimentale Weise den Hof. Es tat ihr gut, manchmal mit ihm in ein Restaurant im nächsten Ort essen und danach tanzen zu gehen.

Bertrand war geschieden und machte keinen Hehl daraus, daß er sich eine neue, stabile Beziehung mit ihr vorstellen konnte. Irene redete ihr nicht zu. Aber sie lebte ihr diese vernünftige und kultivierte Art des Zusammenseins so nachhaltig vor, daß es Judith nicht mehr so ausgeschlossen erschien, etwas Ähnliches zu versuchen. Schließlich hatten alle Jovanovic-Frauen Verstandesehen geschlossen und waren damit gut gefahren.

Und dann stand eines Tages Ivo vor der Tür. Mit grauem, verquältem Gesicht und einem Blick, der sie alles vergessen ließ, was jetzt war.

Irene sagte nicht viel, als sie am nächsten Tag glückstrahlend gemeinsam abfuhren. Nur: «Du weißt, du bist immer willkommen. Jean-Luc meint auch, du bist der einzige Mensch, der im Urlaub nicht stört.»

Judith umarmte die Schwester. Anna hätte sicher ironisch gelacht, Mamusch hätte mit ihrer Meinung nicht hinter dem Berg gehalten. Irene hielt die Tür für sie offen.

Sie fuhren in Ivos klappernder Blechkiste im Zickzack durch Frankreich. Um Paris machten sie einen weiten Bogen. Sie suchten kleine, freundliche Landgasthöfe zum Übernachten, besuchten die Schlösser von Blois und Chambord, bis ihnen deren opulente Pracht zuviel wurde. Sie wurden im blauen Dämmerlicht der Kathedrale von Chartres sehr schweigsam und nachdenklich. Und ließen sich vom Charme der kleinen provenzalischen Bergstädte, die sie schließlich ansteuerten, aufheitern.

Gleich am ersten Abend hatte Ivo ihr gesagt, daß Cordula endgültig aus Wien verschwunden war. Und daß er ihr klargemacht hatte, er würde sie nie wiedersehen.

«Sie bekommt Geld, wenn ich Bilder verkaufe. Das bin ich ihr schuldig. Aber ich werde es nicht mehr dulden, daß sie mein Leben zerstört.»

Am Rand eines Lavendelfelds oberhalb der Côte d'Azur, wo sie einen wahrhaft lodernden Sonnenuntergang erlebten, sagte er: «Ich habe mein ganzes Leben keine Angst gehabt. Immer war da jemand, der meine Einsamkeit geteilt hat. Und den ich wieder verlassen habe, wenn mir die Nähe zuviel wurde. Aber ohne dich habe ich Angst, nicht mehr zu erleben, was ich nur mit dir erlebe: glanzvolle Freude, wie ich sie bisher nicht gekannt habe. Ohne dich ist alles dunkel, die Farben verlassen mich, die Bilder. Mit dir allein möchte ich leben.»

Als sie wieder in Wien waren, sagte Anna, die sie miteinander gesehen hatte: «Kann er ohne dich nicht leben, nicht arbeiten? Oder was ist es?»

«*Ich* kann ohne ihn nicht leben», antwortete Judith.

«Ja, dann», meinte Anna und lachte.

Eines Tages lag vor ihrer Tür ein halbverwelkter Strauß Wiesenblumen mit einem Papierstreifen, auf dem kaum leserlich: «Verzeihung! Friede!» stand. Er war von Cordula.

Ivo begann wie besessen zu malen: Bilder, in denen

Szenen klassischer Harmonie von düsteren Kräften bedroht wurden. Anna mochte diese Bilder nicht, und sie weigerte sich, sie auszustellen.

Als die ersten Anrufe kamen, bei denen sich niemand meldete, dachte Judith an Zufall. Als sie sich wiederholten, wußte sie, daß Cordula alles andere als Frieden im Sinn hatte. Aber sie war nicht mehr bereit abzuwarten, was noch kam. «Es gibt zwei Möglichkeiten», sagte sie zu Ivo, «entweder du stellst das ab, oder es ist aus. Ich lasse mich nicht so behandeln. Kein Mann der Welt ist es wert, daß man sich solchem Terror aussetzt.»

«Das geht vorüber», sagte Ivo erschöpft. «Glaub mir, es setzt mir genauso zu wie dir.»

Damals begannen seine Herzprobleme. Niemand fand eine organische Ursache, aber zeitweise raste sein Herz wie ein Rennmotor. Ivo verfiel, sein schmales Gesicht, das sich soviel Jungenhaftigkeit bewahrt hatte, wurde plötzlich alt.

Judith fand heraus, daß es ihm auch finanziell sehr schlecht ging. «Hör endlich auf, ihn zu torpedieren», schrie sie Mamusch an. «Willst du ihn umbringen, mir zuliebe?»

Bald darauf kam die lange verschobene Ausstellung seiner Bilder doch zustande. Sie wurde kein großer Erfolg. Ein paar seiner alten, abstrakten Bilder, die er noch in New York gemalt hatte, fanden Käufer. Unter keinem seiner neuen Bilder klebte ein roter Punkt.

«Was willst du», sagte Anna zu ihm, «du hast jetzt einen Stil, der nicht mehr geht. Ja, in den Fünfzigern, da war das was. Da bestand ein Nachholbedarf an Surrealismus. Heute ist das passé. Aber es ist durchaus möglich, daß es irgendwo noch Sammler gibt, die so etwas mögen.»

Die Anrufe ließen nach, aber irgend etwas verschob sich zwischen Ivo und Judith. Sie konnte es sich selbst nicht erklären. War es seine Hilflosigkeit gegenüber einer bösartigen, offensichtlich kranken Frau? War es ihre Enttäuschung, daß er nicht mehr für ihre Liebe tat, die er als besten Teil seines Lebens bezeichnet hatte?

Cordula war nun wieder in Wien. Judith erfuhr, daß sie bei einer Freundin lebte und daß sie auch körperlich schwer krank war. Ihre Freundin fand sie nach einem Blutsturz, brachte sie in die Intensivstation – sie war dem Tod näher als dem Leben. Ein Tumor wurde diagnostiziert, der sich als inoperabel erwies.

«Du wirst mich für verrückt halten», sagte Ivo eines Nachts verzweifelt, «aber sie hat mich und ihre Freundin zu sich geholt. Wir sollten die Hand auf ihren Leib legen und den Tumor wegdenken. Wir sind die ganze Nacht bei ihr gesessen. Und am nächsten Tag hat der Arzt festgestellt, daß der Tumor verschwunden ist.»

Der weggedachte Tumor gab für Judith den Ausschlag. «Ich kann nicht mehr», sagte sie sehr ruhig. «Ich bin in eine Rolle gedrängt, die mir völlig fremd ist. Du verlangst von mir, daß ich mich wie eine ewig geduldige, verständnisvolle Ehefrau benehme, die die Kaprizen einer unberechenbaren Geliebten tolerieren muß. Nur daß Cordulas Kaprizen ihre Krankheiten sind. Diesmal, Ivo, ist es endgültig. Der Irrsinn dieser Beziehung zu dritt ist zuviel für mich.»

Ivo verfiel, als er ihren entschlossenen Blick sah. Dann nahm er sie in die Arme, und es war schwer, sich daraus zu retten. Aber sie rettete sich.

Es war gut zu wissen, daß Irenes Türen für sie offenstanden.

Die Sonne brannte mit sommerlicher Intensität auf den Platz. Judith und Steffa schleppten ihre Einkäufe zum Auto. Steffa war sichtlich nervös geworden, wie lange das alles dauerte, daß Judith sich mit dem Gemüse- und dem Feinkosthändler, dem Fleischer, dem Bäcker, der Frau, die vor ihren Augen frische Pasta machte, in endlose Gespräche einließ.

«Daß Sie das aushalten», sagte sie. «Bei mir dauert ein Einkauf im Supermarkt höchstens zehn Minuten.»

«Hier ist das anders», sagte Judith. «Und es gefällt mir.»

Sie fuhren durch eine lange, angenehm überschattete Platanenallee. «Erstaunlich», sagte Steffa, «daß sie noch stehen. Bei uns wurden doch alle Alleebäume umgehauen, weil sich möglicherweise ein unvorsichtiger Autofahrer herumwickeln könnte.»

Es war ein so oft erlebtes und immer wieder neues Glück für Judith, in die Stille, den Duft der Hügel zurückzukehren.

Sie aßen in der Kühle des Hauses und gingen dann zu Ivos Siestaplatz. Er lag in jenem Teil des Parks, der durch die Zufahrtsstraße vom Haus und dem Terrassengarten getrennt lag. Eine naturbelassene Kastanienallee nahm sie auf. Sie traten aus dem Baumschatten auf eine Lichtung, auf der ein Dutzend bemooste Steine lagen. Am Rand der Wiese stand auf einem verwitterten Steinsockel die Bronzefigur eines tanzenden Pan. Fünf alte Linden mit meterdicken Stämmen begrenzten den Platz und warfen flirrende Schatten. Dahinter erhoben sich schroffe Felsen, die sich zu einer Grotte öffneten.

Steffa blieb gebannt stehen. «Das ist ja ein Kultplatz!»

«Ivo –», Judith hob entschuldigend die Schultern, «Ivo hat das auch vermutet. Gianni glaubt nicht daran. Er meint, hier hätten Alvise Loredan und die schöne Letizia ihre Picknicks abgehalten. In der kühlen Grotte wäre wahrscheinlich der Wein temperiert worden.»

«Und Pan?» sagte Steffa.

«Der ist immer da, wenn es zwei Menschen gut miteinander haben.»

Steffa ging von Stein zu Stein auf die kleine Figur zu. Ihre Finger zeichneten die Umrisse der muskulösen Arme, des gehörnten Kopfes, der pelzigen Beine nach.

«Man hat ihn schon einmal gestohlen, aber Gianni hat ihn wiederbekommen. Freunde haben ihm geraten, ihn wegzunehmen oder eine Kopie aufzustellen. Aber er findet, der Pan gehört hierher, so wie er ist.»

Judith ging in die Grotte, holte Sessel, einen Liegestuhl und einen Tisch heraus und stellte die Gartenmöbel im Schatten der Linden auf.

«Manchmal haben wir hier tatsächlich gepicknickt. Meist hat Ivo aber hier nach dem Essen geruht. Sein Skizzenblock war immer dabei. Hier sind ihm die besten Einfälle gekommen.»

«Und Sie?» fragte Steffa.

«Ich?» Judith wehrte die Frage irritiert ab, als könnte Steffa Gedanken lesen. «Ich war auch gerne hier.»

Es sollte lange dauern, ehe Judith in die Villa Loredan kam. Aber jeder Schritt ihres Umwegs führte sie auf ihr schicksalhaftes Ziel zu.

Nach ihrer Auseinandersetzung mit Ivo war es still und kalt zwischen ihnen. Ivo rief sie noch einmal an, als sie längst bei Irene in der Bretagne war. Judith war selbst am Telefon, und als sie Ivos Stimme erkannte, hängte sie ein. Was sollte sie noch sagen.

Bertrand tauchte wieder auf und setzte seinen Flirt mit Judith fort, als sei seit dem letzten Jahr nichts geschehen. Aber sein Witz erschien ihr jetzt schal, seine Eleganz fadenscheinig. Die Dringlichkeit seiner Heiratswünsche klang in ihren Ohren wie der Hilfeschrei eines Mannes, der statt anspruchsvoller Freundinnen, unverläßlicher Ordinationshilfen und unverschämter Köchinnen lieber eine tüchtige Frau im Haus haben wollte. Verletzt über ihre Kühle, zog er sich zurück. Irene und Jean-Luc sagten nichts, aber sie setzten ihre Darbietungen heilen Familienlebens mit großer Intensität fort.

Der kühle Zauber der Bretagne hatte für Judith mit einem Mal seine Wirkung verloren. Nichts und niemand konnten ihr helfen, mit ihrer Wut, ihrer Sehnsucht und ihrer Einsamkeit fertig zu werden.

Sie fuhr nach Wien zurück und stürzte sich in den Umbau der Galerie, den sie eigentlich erst im nächsten Jahr vorgehabt hatte. Eine Nebenwohnung konnte in die Galerieräume einbezogen werden. Sie hatte dann mehr Platz für ihre schon seit langem projektierte Ausstellung von Graphiken und Kleinplastiken. Ärger und Freude, Befriedigung und Frust dieser Arbeit lenkten sie ab. Sie mußte mit Bauleuten und Handwerkern verhandeln, deren Arbeit koordinieren und immer wieder aufs neue improvisieren, wenn sie Termine platzen ließen. Im Overall mit Kopftuch und Handschuhen stand sie im Schutt, um zu verhindern, daß ein Handwerker die Arbeit des Vorgängers zunichte machte.

Es war gut, daß diese Arbeit sie todmüde machte. Und es war gut, daß sie wenigstens in ihrem Arbeitsbereich verändern, eingreifen, korrigieren konnte, wenn es ihr schon in ihrem Privatleben nicht gelang.

Im Spätherbst erstrahlte die Galerie in einem Glanz, der auch ihr selbst Eindruck machte. Sie eröffnete die Saison mit Gobelins und Keramiken einer hochtalentierten Italienerin. Es war die erste Ausstellung ohne Ivo. Bisher hatte er ihr immer bei den Vorbereitungen geholfen. Er hatte ein untrügliches Auge für die wirkungsvollste Plazierung von Kunstwerken. Diesmal war sie allein. Anna bereitete in Salzburg eine Ausstellung vor. Aber Judith hatte jetzt die Erfahrungen von zwei Jahren.

Mariella, deren Arbeiten sie zeigte, hatte eine große Gruppe gutgelaunter Freunde mitgebracht, die bald nach Eröffnung der Vernissage zu musizieren begannen. Mariellas Mutter hatte in Judiths Küche gemeinsam mit ihr tagelang an einem Buffet gearbeitet. Die Stimmung bei diesem liebevoll vorbereiteten und dann aus der Situation improvisierten Fest war hervorragend. Natürlich wurde über sie und Ivo getratscht. Ein paar Leute gratulierten ihr allzu überschwenglich zu ihrer konsequenten Haltung. Aber sie wurde mit diesem ersten Alleingang gut fertig.

Und als sie am nächsten Tag in ihrem Lieblingsespresso am Graben Ivo sah, war das keineswegs so dramatisch wie ihre Wiederbegegnung vor einem Jahr in der Bretagne.

Ivo sah nicht gut aus, er roch auch anders, als sie ihn in Erinnerung hatte. Und er redete mehr als bisher über seine Arbeit, seinen Erfolg, von dem sie bisher noch nichts erfahren hatte.

Als sie sich ohne ein Wort über ein weiteres Treffen trennten, war sie sehr ruhig. Es überraschte sie fast, daß sie so wenig Schmerz verspürte. Ob sie Ivo überstanden hatte?

Sie fuhr oft nach Mailand, zu einer Kunsthändlerin, die Judith interessante italienische Künstler vermittelte und im Austausch dafür österreichische Talente bekam.

Ihr Geschmack stimmte weitgehend überein. Judith erlebte, was auch schon ihre Mutter erfahren hatte, daß italienische Touristen in Wien mit großer Begeisterung italienische Produkte kauften. Hingegen erwachte in Mailand ein starkes Interesse für österreichische Künstler. Die Fäden eines uralten Kulturnetzes begannen sich wieder zu verknüpfen.

Bei einem ihrer Besuche in Mailand war ihr Giorgio begegnet. Er war Kritiker, Sammler, ein ruhiger, nachdenklicher Mensch, der sie inmitten der temperamentvollen Künstlerrunden durch seine sparsamen, immer treffenden Bemerkungen für sich einnahm. Wie so oft in Italien, war durch einen kurzen Blickwechsel die gegenseitige Sympathie geklärt. Giorgio besuchte sie in Wien, er nahm sich immer Zeit für sie, wenn sie nach Mailand kam.

Es war eine sehr stille Freundschaft, und Judith war

nicht sicher, ob sich daraus mehr entwickeln könnte. Was immer daraus wurde, war ihr recht. Giorgio war sehr zurückhaltend, und manchmal dachte sie, daß er vielleicht mehr Ermutigung von ihr erwartete. Aber aus einem unerklärlichen Gefühl blieb sie auf Distanz.

Sie verbrachten eine strahlende Herbstwoche im Piemont. Der Duft des frisch gekelterten Barolo, der Rebholzfeuer, der Trüffel lag über den Orten, in denen sie nach langen Wanderungen über die Hügel einkehrten. Giorgio erzählte von seiner kargen Kindheit, aus deren Erinnerungen er sich erst so spät befreien konnte. Und er wechselte ohne Pose in die heiteren Gespräche über die Reichtümer dieser Landschaft, in die sie Bauern, Pfarrer, Wirte und Kustoden verwickelten.

Er hatte gute trockene Hände, deren spontane Berührung im Gespräch ihr angenehm war. In der Unbeschwertheit dieser Woche konnte sich Judith plötzlich vorstellen, für Giorgio mehr als Freundschaft zu empfinden. Die quälenden Träume, in denen sie Ivo und Cordula sah, verblaßten.

Aber noch immer stagnierte ihre Beziehung zu Giorgio im Unverbindlichen, und Giorgio machte keine Anstalten, das zu ändern. Jeden Abend brachte er Judith höflich zu ihrer Zimmertür, verabschiedete sich bedächtig mit einem freundschaftlichen Wangenkuß. Judith wußte genug über Männer, um sich und ihn nicht mutwillig in eine unangenehme Situation zu bringen.

Später, in Mailand, trennte er sich von ihr mit melancholischem Lächeln und brüderlicher Umarmung.

Kurz darauf erfuhr sie, daß er von einem jungen Liebhaber erstochen worden war.

Judith trauerte um einen Mann, der so viele Eigenschaften besaß, nach denen sie sich sehnte. Und um einen Freund, der Teil ihres Sicherheitsnetzes geworden war. Sie brauchte mehr denn je Freunde, mit denen sie Gefühle und Gedanken teilen konnte, die sie bisher ausschließlich auf Ivo konzentriert hatte.

Je länger sie von ihm getrennt war, desto klarer erkannte sie, wie viele ihrer Emotionen ohne ihn brachlagen.

Ihre seltenen Begegnungen ließen sie nicht mehr so unbeteiligt wie jene erste, nach der sie geglaubt hatte, alles sei überwunden.

Bei einem Fest von Freunden sah sie ihn gleich beim Eintreten mit einer schönen jungen Frau von so starker erotischer Ausstrahlung, daß sie wie vor einem Brandherd zurückscheute.

Judith war unbemerkt gekommen, und sie ging sofort. Eine Reihe elender Nächte mit schweren Träumen warfen sie wieder in ihre Verlassenheit zurück.

Anna, die einzige, die diese Szene beobachtet hatte, war Judith gefolgt und schloß sie impulsiv und ohne zynische Bemerkungen, die sie sonst für Liebesleid übrig hatte, in die Arme.

«Es geht vorbei», sagte sie in jenem summenden Ton, den Mamusch immer gehabt hatte, wenn sie sich als Kinder verletzten.

«Irgendwo sitzt schon einer, mit dem du wieder glücklich wirst. Ihr wißt nur nichts voneinander. Du wirst sehen, wie schnell du dann Ivo vergißt.»

Was für Anna offenbar immer wieder funktionierte, war kein Trost für sie.

«Nette Männer gibt es doch mehr als genug. Sie müssen ja nicht auf ewig halten.» Anna hatte es leicht.

Anna tauchte in ihre Männergeschichten ein wie in ein Bad, das erfrischt und keine Spuren hinterläßt.

Als hätte sie gespürt, wie unglücklich Judith war, erschien am gleichen Abend noch Mamusch. Sie schüttelte über Anna den Kopf. «Ausprobieren ist schon gut. Aber irgendeinmal ist es aus damit. Dann findet man den einen, bei dem man bleibt, wenn man älter und ruhiger wird. Wenn du nicht aufpaßt, Anna, wird aus dir eine unwürdige Alte. Eine, die sich ihr Vergnügen kaufen muß.»

Anna schüttelte sich vor Lachen. Sie und einen Mann kaufen! Mamusch war wirklich rührend. In Annas Spiel hatte Geld nichts verloren.

«Einmal sind uns allen Grenzen gesetzt», sagte Mamusch und kontrollierte im Spiegel ihre unerschütterliche Frisur. «Und das kommt schneller, als man glaubt.»

«Wenn's mit Männern nicht mehr klappt, probier ich's vielleicht mit Frauen», sagte Anna mit erwartungsvollem Blick auf Mamusch. Sie reagierte ganz wie erwartet, verdrehte die Augen und stieß die Luft geräuschvoll durch die Nase. «Was fängst du mit einer Frau an – die kennt doch selber alle Tricks!»

«Sie geraten in Vergessenheit. Vielleicht ist es meine Aufgabe, sie an die nächste Generation weiterzugeben.»

«Und was hast du davon?» meinte Mamusch trocken.

Ihr gemeinsames Lachen holte Judith aus ihrer Isolierung. Sie hatte nicht nur Ivo nachgetrauert. Sie sah sich auch als Außenseiterin in dieser Gruppe strahlend erfolgreicher Frauen, als Versagerin vor dem unausgesprochenen Familienziel, einen Mann zärtlich und klug zu domestizieren. Sie mochte das für altmodisch, für total überholt halten. Aber aus dem Bauch stieg die alte Sehnsucht auf, auch so zu sein wie die anderen, die sie liebte.

«Weißt du was», sagte Anna in plötzlicher Eingebung. «Diesmal fährst du zur Biennale. Ich überlaß dir meine Einladung zur Eröffnung. Ein Hotel ist auch gebucht, und die Flugtickets kriegst du von mir zum Geburtstag.»

Venedig im Juni? Das bedeutete zwar hinter Schirmen, Fächern und Plastikblumen dreinstolpernde Touristengruppen, die die schmalen Gassen verstopften und die Stille ihrer Lieblingskirchen mit zischelndem Geschnatter störten.

Aber es bedeutete auch die Einkehr in kühle Marmorsäle nach der flirrenden Hitze des Nachmittags, die Rast in versteckten Gärten, perlmuttfarbiges Licht über der Lagune und über den Inseln, die kein Tourist jemals fand.

Sie freute sich auf die Begegnung mit Künstlern und Galeristen in der anregenden Atmosphäre der Kunstpavillons zwischen dem düsteren Friedhofsgrün der *giardini pùblici*.

Mit Ivo war sie im November in Venedig gewesen, in der Zeit, wo der Nebel die Wunden der Stadt gnädig verhüllt, wo der Reflex der Lichter auf den Kanälen einen zerfransten Teppich in die Nacht breitet.

Ivo und sie waren durch das erste Hochwasser der Saison gewatet, und nachher hatten sie sich im rosagoldenen Schimmer des Café Florian erwärmt. Schokoladeduft hüllte sie ein, die sanft gehauchten Töne des Venezianischen umgaben sie wie ein Samtmantel.

Ein Freund hatte ihnen seine Wohnung überlassen, eine düstere, kaum zu beheizende Flucht von Sälen in einem Palazzo beim Campo San Polo. Nie waren sie einander so nahe gewesen wie unter der Felldecke eines verschnörkelten Metallbetts, das ihren selbstvergessenen Umarmungen mißtönend nachjammerte. Venedig im

Juni würde diese Erinnerungen vertreiben, andere an ihre Stelle setzen.

Als ihr Flugzeug in einer Schleife über die Stadt und die Lagune flog, erfaßte Judith ein tiefes Glücksgefühl. Sie war wieder stark und voll Erwartungen aus der schwarzen Höhle ihrer Verzweiflung ans Licht gekommen.

Bei ihrem ersten Rundgang zu den gewohnten Plätzen traf sie Mariella, die mit Freunden an der Theke der Bar Ducale lehnte und sie begeistert in die Arme schloß.

Gemeinsam fuhren sie zur Giudecca, zu einem versteckten Insider-Lokal, das allerdings inzwischen zum bekanntesten aller Geheimtips geworden war. Sie trafen Wiener Kunstkritiker und Mailänder Galeristen, Sammler und Maler. Und schließlich kam ein ziemlich undurchsichtiger Wiener Geschäftsmann mit einer ganzen Flotte von Gondeln, aus denen bekannte Wiener Maler, Architekten, Journalisten und Gesellschaftstiger an Land stiegen. Sie machten sich lärmend an den reservierten Tischen breit. Dann kam noch ein Nachzüglerboot und legte an. Ein bekannter Schauspieler stieg aus. Und Ivo.

Judith wußte, daß Paul, der Schauspieler, in einer Fernsehversion den Dorian Gray gespielt hatte, den Mann, der immer jung und schön bleibt, indessen sein Bild altert und verfällt. Ivo hatte die verschiedenen Stadien dieser Veränderung gemalt. Am Ende der Dreharbeiten hatte sich Paul ein Porträt von Ivo gewünscht, das seine eigene Entwicklung vorwegnehmen sollte. Ivo gab dem jungen, glatten Gesicht Pauls einen schmeichelhaft vergrübelten, edel verwitterten Zug. Die Fotos von Modell und Bild gingen durch viele Zeitungen. Bald darauf wollte sich eine Reihe Prominenter auf diese Weise malen lassen. Zum ersten Mal stand Ivo nicht in den Kunstkritiken, sondern in den Gesellschaftsrubriken.

«Jetzt wird er Salonmaler», hatte Anna diese Meldungen kommentiert. «Und reich.»

Judith beobachtete aus den Augenwinkeln, wie Ivo und Paul die Terrasse betraten. Sie bemühte sich, nichts von ihren Gefühlen merken zu lassen, aber es fiel ihr schwer, an den fröhlichen Gesprächen Mariellas und ihrer Freunde teilzunehmen.

«Ist dir nicht gut?» fragte Mariella. Judith nickte befreit, legte den Finger auf den Mund und griff zur Tasche, um unauffällig zu gehen. In diesem Moment drehte sich Ivo um. Seine zwischen Blaugrau und Steingrün irisierenden Augen fingen ihren Blick und ließen ihn nicht los. Er sah sie ohne Lächeln und Lidschlag an, als warte er auf ein Zeichen von ihr.

Sie wandte sich ab, traf mit Mariella eine Vereinbarung für den nächsten Tag und ging dann durch einen Seitenausgang der Terrasse, ohne zu Ivo hinzusehen.

Sie ging durch eine schmale Gasse zur Uferpromenade. Junge Paare flanierten vor den einfachen Bars und Trattorien von Venedigs Arbeiterbezirk. Tramper mit hochbepackten Rucksäcken strebten der nahen Jugendherberge zu. Eine Rockband spielte auf einem Podium, das mit grellbunten Lampen behängt war. Vor einem Zelt wurde gegrillt, der Duft von Rauch und Fisch mischte sich mit den Wein- und Biergerüchen und dem Schweiß und Deodorant der Tanzenden. *L'Unità*, die kommunistische Zeitung, veranstaltete ein Fest.

Jenseits des Giudecca-Kanals und des Hafenbeckens schimmerte die Stadt im Mondlicht.

Judith schlenderte zur Schiffsstation. Sie merkte, daß dort gerade ein *vaporetto* anlegte, und begann zu laufen. Sie wollte die Giudecca und mit ihr Ivo so schnell wie möglich hinter sich lassen. Sie lief und spürte, wie ihr Herz gegen die Rippen schlug. Und plötzlich wußte sie, daß Ivo hinter ihr herkam. Sie hörte seine schnellen Schritte, seinen Atem. Ohne sich umzudrehen, rannte sie weiter und erreichte mit einem Satz das Schiff, in wahnsinniger Sehnsucht, von seinen Armen umfangen zu werden, und doch unfähig, stehenzubleiben, ihm die Chance zu geben, sie zu erreichen. Und dann hörte sie den harten Aufprall seiner Schuhe an Deck, den verärgerten Ausruf des Matrosen, der das Halteseil bereits eingeholt hatte. Und dann legten sich seine Hände um ihre Taille. Sie schloß die Augen und lehnte sich zurück an seinen schmalen, sehnigen Körper, der ihr vertraut war wie nichts auf der Welt.

Sie redeten kein Wort, sie bewegten sich kaum, sie spürten nur die Wärme, den sanften Druck ihrer Körper. Langsam wurde ihr Atem ruhiger. Erst als die Passagiere, die in San Giorgio Maggiore ausstiegen, an ihnen vorbeidrängten, drehten sie sich um und sahen einander an.

«Wir haben soviel nachzuholen», sagte Ivo. «Zwei Jahre Leben haben wir vergeudet.»

Sie gingen wie in Trance über die Piazza. Nur die endlosen, verzerrten Schatten von San Marco füllten sie. Die Touristen waren verschwunden.

Sie tauchten in die finsteren Durchgänge, in denen es nach Naphthalin und Gewürzen roch, in die verwinkelten Gassen, die nur Venezianer kannten.

Die Marmorfassaden der Kirchen warfen das Echo

ihrer Schritte zurück. Katzensippen huschten über den Weg, auf der Suche nach Resten, die alte Frauen unter die Brücken streuten.

Ivo und Judith lehnten sich an bröckelnde Mauern, unter dem Schattenriß sternumkränzter Madonnen. Sie mußten einander immer wieder Gewißheit geben, daß sie beisammen waren.

Der Himmel über Venedig war grünsilbrig, als wäre die Stadt im Wasser versunken, wie Vineta. Schwerelos schwammen sie in diesem flüssigen Licht dahin, vorbei an mattbeleuchteten Unterwassergärten mit lächelnden Nixen und Tritonen – den wahren Bewohnern der Stadt, die nur in magischen Momenten zu sehen waren.

Noch nie war Judith die Stadt so offen und zugänglich erschienen. Ganz Venedig war ihr Komplize, behütete ihre Schritte, öffnete die geheimsten Tresore für sie.

Als Ivo das Tor zu der vertrauten Wohnung am Campo San Polo öffnete, schmiegte sich eine kleine graue Katze, die ihnen schon eine Weile nachgelaufen war, an Judiths Knöchel. Sie hob das federleichte Tier auf, es leckte mit rauher Zunge ihre Hand und nistete sich in ihrer Armbeuge ein. Mauro trat in ihr Leben, als es eine neue Wende nahm.

Schimmelgeruch empfing sie, wie immer, wenn sie in das feuchte Vestibül traten.

Später, im Schlafzimmer mit dem verschnörkelten, melancholisch singenden Bett, umfing sie wieder der Duft von Pfeffer und Safran – Ivos Geruch, wenn es ihm gutging. Sie öffnete die Arme, ließ es geschehen, daß Ivo die zarte Seide ihres Kleides ungeduldig zerriß, und nahm ihn in sich auf.

Das Unterwasserlicht dieser Nacht umfloß ihre Körper. Sie waren zueinander zurückgekehrt. Nichts konnte sie mehr trennen...

Am nächsten Morgen malten sie sich lachend die Reaktion ihrer Freunde und Bekannten aus, wenn sie Arm in Arm bei der Eröffnung auftauchten. Ivo hatte ein Talent, Stimmen und Mienen nachzumachen. Er spielte ihr den schönen Paul, einen lispelnden Kunstkritiker, den Kommissar des Österreichpavillons vor und die beiden Maler, die darin ausstellten.

Judith verschluckte sich vor Lachen an ihrem Cappuccino. Jetzt hatte ihr zerrissenes Seidenkleid auch noch Flecken. Aber sie vertrödelten die Zeit so sehr, daß sie nicht mehr in ihr Hotel zurückgehen konnte, um sich umzuziehen. Ivo lieh ihr ein Hemd und Jeans, die sie mehrfach umkrempeln mußte. Sein Duft umfing sie die ganze Eröffnungszeremonie hindurch wie eine Liebkosung.

Bekannte und Freunde begrüßten sie mit beziehungsvollem Lächeln, mit offenen Gratulationen und Gezischel hinter ihrem Rücken. Wellen der Freundlichkeit und der Mißgunst trugen sie, als sie von Pavillon zu Pavillon gingen. Judith mußte sich zur Konzentration zwingen. Was ihr hier geboten wurde, war für die Arbeit des kommenden Jahres wichtig.

Erschöpft ruhten sie schließlich in der Cafeteria aus, übersättigt von den vielen Eindrücken, hungrig nach Alleinsein.

«Kommst du mit mir ins Veneto?» fragte Ivo.

Judith hatte vorgehabt, noch zwei Tage in Venedig zu bleiben, um sich die Biennale genauer anzusehen. Sie wollte mit Ivo zusammen bleiben, hatte dabei aber Schuldgefühle, ihre Arbeit zu vernachlässigen.

Wie stark doch noch immer ihre Angst war, Anforderungen nicht zu genügen, Erwartungen zu enttäuschen. Anna hatte es leichter. Sie fand immer einen Weg, ihren Stimmungen nachzugeben und trotzdem die Arbeit nicht aus den Augen zu verlieren.

Judith faltete aus ihrer Einladung ein Papierschiff und warf es in die Lagune, wo es in den Strudel eines abfahrenden Boots geriet. Sollten ihre ewigen Schuldgefühle, ihr übersteigertes Verantwortungsgefühl mit ihm untergehen.

Ivo holte sein Auto aus der Garage. Es war nicht mehr die geliebte alte Blechente, sondern ein wesentlich teureres, schnelleres Auto. Mit naiver Begeisterung führte Ivo ihr die Ausstattung und die Leistung der Neuerwerbung vor. «Da stecken vier Porträts drin», sagte er. «Und jetzt bin ich wieder pleite.»

Sie fuhren den Brentakanal entlang, Richtung Padua. Vorbei an den Sommerfrischenvillen der Venezianer, Häusern voller Grazie und Grandezza, mit Gärten, in denen sich Götterfiguren aus Stein unter Magnolienbäumen, Lorbeer und Glyzinien versteckten. Die alten Geschichten von Liebe und Täuschung, List und Leidenschaft der alten Götter fielen ihr wieder ein, die ihr als Kind soviel bedeutet hatten. Sie waren ihr immer als Vorgriff auf das wahre Leben erschienen, auf ihr Leben als Frau.

Die von grünen Weidenschleiern umwehte *Malcontenta* tauchte am Ufer des Brentakanals auf. Eine der kraftvoll gegliederten Villen Palladios. Ein Haus mit einer säulengetragenen Tempelfassade, streng und anspruchsvoll, als wäre darin bereits das Schicksal seiner ersten Bewohnerin beschlossen. Sie mußte sehr schön und sehr leichtherzig gewesen sein, und als sie gegen die Spielregeln ihrer Familie verstieß, büßte sie ihre Übertretung mit lebenslänglicher Gefangenschaft in diesem Haus. Die Familie Foscari mied sie, die sommerlichen Feste rauschten an ihrem Zimmer vorbei. Die grauen, nebligen Winter machten die Leere des Hauses noch unerträglicher. Kein Wunder, daß die unglückliche Bewohnerin bald dem ganzen Haus den Namen gab: *La Malcontenta*, die Unzufriedene.

Drehbrücken verbanden die beiden Straßen längs des Kanals. Sie wurden zur Seite geschoben, wenn ein Schiff den Kanal passierte. *Il burchiello*, das alte Postschiff zwischen Padua und Venedig, auf dem sich auch Goethe der Lagunenstadt genähert hatte, gab nun einem Ausflugsboot den Namen, von dem aus braungebrannte Touristen den Wartenden im Vorbeifahren zuwinkten. Sie holten es zweimal ein, als sie immer wieder von einem Ufer zum anderen wechselten, um die Herrlichkeit der Villen aus der Nähe zu sehen.

Die Wartezeit vor einer der beweglichen Brücken nutzte Ivo, um sein Gesicht in Judiths Halsgrube zu bergen. Männer drehten sich lachend nach Judith um und warfen Ivo komplizenhafte Blicke zu. Ivo winkte zurück. Hupen, Blinken, Fahrradgeklingel antwortete ihm. Es war, als nähmen alle, die durch diese von Liebe und Lebensgenuß durchdrungene Landschaft fuhren, Anteil an ihrem Glück.

Und dann, außerhalb von Dolo, überholte sie ein Lastwagen sehr riskant, es krachte, splitterte, Ivo mußte den Wagen herumreißen, um nicht durch die Wucht des Anpralls gegen einen Telegraphenmast zu schlittern.

Judith schrie auf und hielt die Hände vors Gesicht. Als

sie zum Stehen kamen, war der Lastwagen abgebogen und verschwunden. Ivo konnte nicht hinterherfahren, weil der eingedrückte Kotflügel sein Rad blockierte. Ein nachkommendes Auto blieb stehen, der Lenker fragte, ob sie verletzt seien, dann nahm er gutwillig und hoffnungslos die Verfolgung des verschwundenen LKWs auf. Nach einer Weile kam er erfolglos zurück. Er hatte Werkzeug in seinem Auto, und gemeinsam mit Ivo bog er das verbeulte Blech so weit zurück, daß das Rad wieder Spielraum hatte.

Niedergeschlagen fuhr Ivo immer wieder mit der Hand über den geborstenen Lack, als könne er die Wunde im Blech damit heilen.

«Zehn Jahre bin ich unfallfrei mit der Ente gefahren, und jetzt das! Es ist wie verhext.»

Sie suchten einen Carabiniere, der den Vorfall lustlos notierte und ihn wohl schnell vergessen würde.

«Irgendwer hat mir gesagt, daß mir diese Fahrt kein Glück bringen wird», sagte Ivo.

«Und wer war das?»

«Niemand, der mir wichtig ist», sagte Ivo nach kurzem Zögern. Und auf ihr Schweigen: «Es war nicht Cordula.»

«Ich kenne einen Schutzzauber gegen Mißgunst», sagte Judith.

«Sag ihn», forderte Ivo, viel ernster, als sie erwartet hatte.

«Schau mich an», sagte Judith und überlegte, wie denn ein effektvolles Ritual aussehen müsse.

Ivo sah sie an. Judith legte eine Hand auf sein Herz, die andere auf seine Stirn. Dann flüsterte sie Feierliches. Die Merseburger Zaubersprüche ihrer Schulzeit tauchten aus ihrer Erinnerung auf, und sie ließ sich von ihnen inspirieren. «Herz zu Herz und Hirn zu Hirn, daß wir sicher verbunden sind gegen böse Gedanken, schlechten Willen.» Dann legte sie seine Hände auf ihr Herz und ihre Stirn. Schließlich küßte sie ihn. «Nichts kann uns mehr passieren», sagte sie.

Das Lachen saß ihr in der Kehle, aber Ivo blieb so ernst, als glaubte er ihren Hokuspokus. Bald darauf besserte sich seine Stimmung. «Zum Glück habe ich wieder Aufträge für Porträts. Eigentlich wollte ich damit aufhören, aber jetzt muß ich sie machen. Die Reparatur wird sündteuer sein.»

«Nichts, was sich mit Geld in Ordnung bringen läßt, ist es wert, daß man sich aufregt, hat mein Vater immer gesagt.»

Sie verließen das flache Hinterland der Lagune, ließen die Autobahn links liegen und drangen auf schmalen, steinigen Straßen ins Hügelland zu Füßen der Dolomiten vor. Ivo hatte von venezianischen Freunden die Adressen einiger alter Villen bekommen, die zu vermieten waren. Sie lagen abgelegen in den Weinbergen, meist ohne Wegweiser, sie mußten sich zu ihnen durchfragen. Ein paarmal verfuhren sie sich. Die Straßenschilder hingen schief und wiesen in die falsche Richtung.

Eine in ihren Proportionen vollendet schöne Villa mit drei Rundbögen über dem Treppenaufgang war ihr erstes Ziel. Ein früher Palladiobau, aber seit langem verfallen. Die giebelgeschmückten Fenster waren mit Holz verschalt, die Treppen eingebrochen, Unkraut und kleine Sträucher wuchsen zwischen den Rohrziegeln des Dachs. Aus einem Nebengebäude kam ein alter Mann und ließ sie in Räume von verwitterter Schönheit ein. Nasse Flekken und Schimmel signalisierten, wie weit der Verfall hier schon fortgeschritten war. Es würde ein Vermögen kosten, das Haus bewohnbar zu machen.

Traurig fuhren sie weiter zu ähnlich verfallenden Villen. «Wir müssen eine finden», sagte Ivo. «Ich brauche diese Landschaft, die Vernunft und Klarheit dieser Architektur. Da muß ich leben, arbeiten, mit dir glücklich sein.»

Judith war verzaubert vom Reiz der kleinen Orte mit ihren schmucklosen Kirchen, den in allen Schattierungen von Ocker und Terrakotta gefärbten Häusern.

Schließlich kamen sie zu einer wunderbar erhaltenen Villa in einem Garten voll rosa Lilien und puderfarbigen Hortensien. Vor den Fenstern bauschten sich weiße Musselinvorhänge, frisch geschnittene Buchsbaumrabatten säumten die tadellos gerechten Kieswege.

Eine Wirtschafterin führte sie ins Innere des Hauses, durch Räume mit erlesenen Fresken, von denen sich moderne Sitzmöbel und mit kostbaren Intarsien verzierte Schränke abhoben. Auf den riesigen Tischen standen Alabasterschalen mit getrockneten Rosenblättern. Ihr Duft verbreitete sich im ganzen Haus.

Ivo und Judith sahen einander an, als sie den Mietpreis erfuhren, und verabschiedeten sich blaß und wortkarg.

Die Villa Loredan war die vorletzte auf ihrer Liste. Eigentlich wollten sie sich gar nicht die Mühe eines Besuchs machen, so weit ab von der nächsten, letzten Villa lag sie. Es war drückend heiß, die Zunge klebte ihnen am Gaumen.

Und dann standen sie vor einem abweisenden Gittertor, sahen in den Vorgarten mit einem plätschernden

Brunnen, um den weiße Pfaue ihre Räder schlugen. Ein Emu führte einen sonderbar altjüngferlichen Tanz auf. Der riesige Vogel spreizte in genierter Koketterie seine Flügel, hopste unbeholfen im Kreis und schnappte schließlich nach einem unvorsichtig seine Deckung verlassenden Frosch.

Eine untersetzte Frau in mittleren Jahren kam auf ihr Läuten aus der Villa. Sie machte eine beschwichtigende Geste in ihre Richtung und scheuchte den Emu dann mit dem Besen in einen abgesperrten Teil des Gartens. «Jimmy, sch, sch, geh doch, du dummer Kerl», rief sie.

Dann ließ sie sie in die köstliche Kühle des Hauses. Ivo und Judith sanken in die tiefen Stühle des Salons. Luciana brachte ihnen kalte Getränke.

Bald darauf erschien Gianni Loredan, ein schlanker, mittelgroßer Mann in Weiß, mit starken Augen und weißem Haar, das nicht zu seinem wahren Alter paßte. Seine Liebenswürdigkeit war so spontan, als hätte er die beiden erwartet.

«Ich muß den Gästetrakt vermieten, weil ich das Geld brauche. Aber es müssen Menschen sein, die ich mag, deren Ausstrahlung mir angenehm ist.»

Er zeigte ihnen die nur oberflächlich restaurierten Räume des Gästetrakts, wies auf ihre Defekte hin, die vom Mieter zu reparieren waren.

Das einstöckige, langgestreckte Haus unterhalb der Villa mit den vorgebauten Arkaden war kühl und hell, seine verblaßten Barockfresken gaben ihm einen besonderen Charme. Es gab nur vereinzelte Möbel – ein paar Tische, einen Empiresekretär, einige Sessel.

«Die gehören dazu», sagte Gianni. «Der Kamin zieht gut, den ließen die Vormieter umbauen. Man kann ein starkes Feuer brauchen, wenn im Herbst die Nebel kommen.»

Und dann sahen sie die Venus im Teich mit ihrer Botschaft der Liebe. Und waren dem Haus verfallen.

Als Gianni die Höhe der Anzahlung nannte, überlegte Judith, ob sie etwas vom Schmuck ihrer Großmutter verkaufen sollte. Sie mußten dieses Haus bekommen.

Zwischen Ivo und ihr herrschte stummes Einverständnis, daß sie mit Gianni handelseinig werden mußten. Judith schickte Ivo einen beruhigenden Blick zu. Und dann kam Gianni selbst mit dem Angebot, einen Teil des Preises in Bildern abzugelten.

Er lud sie ein, mit ihm zu essen, ein Glas Wein zu trinken auf die neue Nachbarschaft. Plötzlich war Judith klar, was das bedeutete: Ein gemeinsames Haus mit Ivo, das man nicht nur ein paar Urlaubswochen bewohnte. Es bedeutete die völlige Veränderung ihrer Lebensgewohnheiten, das Ende ihrer Arbeit in der Galerie. Das Ende ihrer Unabhängigkeit. Ivo merkte instinktiv, daß etwas in ihr vorging, das den Glanz dieser Stunde verdunkelte. Er legte seine Hand auf ihr Herz und ihre Stirn und sah sie an. Judith nickte.

«Ein Geheimnis?» fragte Gianni.

Ivo schüttelte den Kopf. «Herz und Hirn sind doch immer nötig, wenn man die richtigen Entscheidungen treffen will.»

Judiths Blick sagte ihm, wie ihre Entscheidung ausgefallen war.

Nach dem Kaffee bat Gianni sie, sich allein in den Gärten umzusehen, und verabschiedete sich. Er mußte nach Vicenza. Vorher gab er Luciana Anweisung, für sie im Schatten der alten Bäume Liegestühle aufzustellen.

Mauro, der den größten Teil der Fahrt und ihres Essens mit Gianni in einem Korb verschlafen hatte, verlangte nach Auslauf, Spiel, Jagd. Sie ließen ihn zwischen der Venus im Teich und dem Haus herumtoben, ehe sie ihn aufnahmen, um weiterzugehen.

Immer tiefer drangen sie in die verschiedenen Teile des Parks vor, die durch Hecken oder niedrige Mauern voneinander getrennt waren. Sie entdeckten das Nymphäum mit seinen bizarr-manieristischen Göttern und Genien und konnten dem kristallklaren Wasser nicht widerstehen. Sie tauchten ein, lieferten sich eine Wasserschlacht, die Mauro so sehr aufregte, daß er sich aus seinem Korb befreite und am Rand des Bassins, in sicherer Entfernung, Posten bezog.

Ihre Haut prickelte von der Kälte des Wassers, die Hitze legte sich wie ein flauschiger Mantel darüber. Sie waren schläfrig und matt und suchten einen Ruheplatz. Fast wären sie schon zu Lucianas Liegestühlen zurückgekehrt, aber Ivo fand Zugang zum durch die Straße abgetrennten Teil des Parks und rief Judith zu, ihm zu folgen.

Die Lichtung mit dem Pan, den fünf im Kreis stehenden Linden mit ihrem tiefen Schatten, der kühle Hauch der Grotte – einen idealeren Platz für eine Siesta in der Hitze des frühen Nachmittags konnte man sich nicht denken. Judith stellte den Korb mit dem wieder schlafenden Mauro auf einen Baumstumpf, und sie legten sich ins Moos unter den Bäumen.

Judith war fast schon eingeschlafen, als Ivos Hand sie berührte. Sie zeichnete die Konturen ihres Gesichts nach, kroch ins Nest ihrer Brüste, zwischen ihre Schenkel.

Unter halbgeschlossenen Lidern hervor sah sie Ivos intensiven Blick. Ihre Hand wanderte über das wollige

Vlies auf seiner Brust, über seinen muskulösen Bauch, die knochigen Hüften. Der Kontrast zwischen den sparsamen Linien seines Körpers und der unvermuteten Massigkeit seines Geschlechts erregte sie. Ihre Finger berührten den pulsierenden, stark geäderten Schaft, liebkosten die prallgespannte, seidige Eichel. Jede dieser Berührungen weckte neue Funken der Lust in ihnen. Sie entdeckten die alte Vertrautheit ihrer Körper wieder, ihr nie vergessenes Wissen um ihre geheimsten Wonnen. Aber etwas Neues war hinzugekommen. Zum ersten Mal waren sie sich ihrer gegenseitigen Anziehung voll bewußt. Doch ihre Empfindungen steigerten sich zu einer Wildheit fern allen Bewußtseins. Judith verströmte sich, als müßte sie all ihre Lebenskraft auf Ivo übertragen. Sie hörte noch ihren rauhen Schrei, in dem sich ihre Hochspannung entlud, und dann versank sie in farbige Träume. Nur gelegentlich mischte sich das sanfte Lispeln der Blätter und Ivos Atem in die phantastischen Bilder, die sie umgaukelten. Gerade lang genug, um zu wissen, daß sie geträumt hatte. Und daß die Realität es mit ihren Träumen aufnehmen konnte.

Sie hörte auch noch das kratzende Geräusch, als Mauro aus seinem Korb kletterte. Und dann den Aufprall seines weichen leichten Körpers und seiner kleinen Krallen, die ihrer hochempfindlichen Haut viele seichte Kratzer zufügten.

«Mauro, du Untier», schrie sie und schüttelte ihn ab. Er galoppierte davon, in plötzlich ausbrechender Jagdlust. Judith lief hinter ihm her, und Ivo erhob sich langsam, um sich anzuziehen.

In diesem Augenblick fiel der Ast auf den Platz, den sie eben verlassen hatten. Ein schwerer, langer Ast, verzweigt und voller Blätter. Judith sah sprachlos in den Himmel. Nur ein ganz leichtes Lüftchen ließ die Blätter der Linden flirrend vibrieren.

Ivo rannte auf Judith zu und riß sie an sich. Er zitterte am ganzen Körper.

«Es sind sehr alte Bäume», sagte Judith, «wahrscheinlich kommt hier kein Gärtner her, um dürre Äste wegzuschneiden.»

«Es war kein dürrer Ast», sagte Ivo und versuchte vergebens, ihn aufzuheben.

«Mauro hat uns gerettet.»

«Vielleicht war's dein Schutzzauber», sagte Ivo tonlos.

Judith ging übermütig darauf ein. Umkreiste ihn mit outriert beschwörenden Gesten. Sie wandte sich zum Himmel, zur Erde, in alle Weltgegenden. Berührte sein Herz und seine Stirn. Und er legte seine Hände auf sie.

«Das hält jetzt ewig», sagte sie lachend.

«Woran denken Sie?» fragte Steffa und lehnte sich an den Stamm der Linde, aus der damals der Ast gebrochen war.

«Vielleicht haben Sie recht. Vielleicht ist das wirklich ein besonderer Platz, obwohl ich eigentlich nicht an solche Dinge glaube. Archäologenfreunde von Gianni haben behauptet, daß die Anordnung dieser Steine dem Sternbild des Skorpions entspricht. Was immer das auch bedeuten soll.»

«Sie glauben nicht an geheimnisvolle Energien?»

«Nein», sagte Judith. «Aber ich denke mir, daß es Plätze gibt, an denen sich – aus welchem Grund auch immer – Menschen gut fühlen. Und daß sich diese Erinnerungen speichern. In den Bäumen, im Gras, in den Steinen. Und daß an solchen Plätzen Tempel und Kirchen, Burgen und Schlösser gebaut werden. Die Menschen, die hier beten und leben, die Plätze verteidigen, die sie lieben, vermehren diese positiven Erinnerungen. Und irgendeinmal sind sie so stark, daß böse Kräfte keine Chance haben.»

Steffa lachte, und ihr Lachen ging in Husten über.

«Das ist eine hübsche Theorie. Sie sind ein so positiver Mensch. Man könnte Sie wirklich beneiden! Aber wenn Ihre Theorie stimmt, dann müßten Sie doch noch viele Jahre mit Ivo Longhin hier glücklich und zufrieden leben.»

Diese Entgegnung kam so schnell und unerwartet, daß Judith für einen Augenblick der Atem wegblieb. Wohin hatte sie sich in ihren Erinnerungen verloren? Ivo war tot. Das Glück hatte sie verlassen.

«Jetzt habe ich Sie verletzt», sagte Steffa unglücklich. «Es tut mir so leid. Ich kann einfach den Mund nicht halten, wenn ich eine Idee habe, die mir richtig erscheint. Immer wieder bin ich damit in Schwierigkeiten gekommen.»

Sie sah so verzweifelt aus, daß Judith das Gefühl hatte, sie trösten zu müssen. Nie hatte sie es ertragen können, wenn andere wegen ihrer Ungeschicklichkeit litten. Die grundlegende Fairneß, die ihr Vater sie gelehrt hatte, stand oft im Mittelpunkt des Familienspotts. Weder Mamusch noch Anna oder Irene hielten etwas davon, sich allzu viele Gedanken über die Gefühle von Leuten zu machen, denen sie überlegen waren.

Judith spürte ein körperliches Unbehagen, wenn sie jemand, der guten Willens war, bei einer ungewollten Taktlosigkeit ertappte. «Man muß ihnen helfen», hatte der Vater immer gesagt, «nur so schafft man das Böse, Verletzende aus der Welt, wenn man denen hilft, die es unbeabsichtigt verbreiten. Nicht jeder hat das Glück, liebevoll erzogen zu werden wie ihr. Darum habt ihr die Verpflichtung weiterzugeben, was ihr bekommen habt.»

Dieses unglücklich aussehende Mädchen, das so unbeholfen fragte und das aus dieser Unbeholfenheit auch noch einen Beruf machen mußte, appellierte an Judiths Gefühl für Fairneß. Und sie war ihr dankbar, daß ihre Fragen, die kaum die Oberfläche berührten, so viele Erinnerungen wachriefen. Wer weiß, ob sie nicht wieder in ihre Lethargie zurückgefallen wäre ohne Steffa.

«Ich bin in einer komischen Gefühlslage», sagte Judith, «manchmal vergesse ich total, daß Ivo tot ist. Es ist wie in einem Traum, in dem ein geliebter Mensch wieder lebt. Beim Aufwachen weiß man, daß es nicht stimmt. Aber irgendwann werde ich nicht mehr träumen, und es wird auch kein furchtbares Aufwachen mehr geben.»

«Soll ich Sie allein lassen?» fragte Steffa.

«Nein», sagte Judith, «es ist gut, daß Sie da sind.»

Sie standen auf, räumten die Möbel wieder in die Grotte, und Steffa schaute auf die Lichtreflexe, die ihren Weg durch die dichten Kronen der Linden fanden. Wie Irrlichter zuckten sie über das Moos, man wurde schwindlig, wenn man zu lange hinsah, dachte Judith.

«Hat er diesen Platz eigentlich gemalt? Er ist ungewöhnlich schön.»

«Es gibt ein Bild, das hier entstanden ist. ‹Stunde des Pan›.»

Steffa sah sie überrascht an. «Das war doch eines seiner wenigen fast abstrakten Bilder aus der mittleren Schaffensperiode.»

Judith nickte. Kaum jemand kannte das Geheimnis dieses Bildes, das aus einem bestimmten Blickwinkel ein Liebespaar inmitten stilisierter Blätter und Gräser zeigte, unter einem drohend abwärtsgerichteten Ast. Ivo hatte es nur einmal ausgestellt. Es hing in ihrer Wiener Wohnung. Ivo hatte sich geweigert, es zu verkaufen.

«Hat es eine bestimmte Geschichte?»

Judith zögerte. «Ein Ast hätte hier fast jemand erschlagen.»

«Sie? Ivo?»

Judith nickte.

«Wann war das?»

«Am ersten Tag, an dem wir die Villa Loredan besichtigten.»

«Wissen Sie noch das Datum?»

Judith erschien Steffas Drängen sonderbar.

«Ich müßte nachschauen. Aber ich weiß, daß es der Peter-und-Pauls-Tag war. Mein Vater hieß Paul, und ich habe an seinem Namenstag immer in einer Kirche eine Kerze für ihn angezündet. Ich habe es damals, unterwegs von Venedig, in Asolo getan.»

«Und wie viele Jahre ist das jetzt her, daß Sie in der Villa Loredan sind?»

«Zehn Jahre.»

«Der Peter-und-Pauls-Tag», sagte Steffa.

«Hat das eine Bedeutung?» fragte Judith irritiert.

«Nein», sagte Steffa und verbiß ihre Tränen. «Es ist nur jemand sehr krank geworden, der für mich wichtig war. Und das Furchtbare war, daß ich es ein paar Tage vorher schon gewußt habe.»

Der leichte Wind legte sich, und drückende, feuchte Hitze lastete über dem Park. Sie gingen zurück in die Villa. Judith holte Futter für die Pfauen und für Jimmy und streute es ihnen vor.

Der Emu, der in den letzten Jahren immer zahmer geworden war, lief tagsüber frei im Park herum und wurde abends, nach dem Füttern, eingesperrt. Nun stellte er sich in Kampfhaltung vor Steffa auf und versetzte ihr mit dem Schnabel einen schnellen Hieb.

Sie flüchtete mit einem Aufschrei. «Warum holt man ein so exotisches Tier nur als Dekorationsstück in einen Garten? Wahrscheinlich ist er total neurotisiert.»

Judith entschuldigte sich, daß sie nicht daran gedacht hatte, ihn ins Gehege zu scheuchen. Manchmal war Jimmy launenhaft, wenn Fremde sich ihm näherten.

«Früher gab es in der Villa Loredan eine große Menagerie. Auf alten Stichen sieht man sogar Leoparden und Giraffen.»

«Aber heute weiß man doch, was ein Tier braucht!»

«Viele Italiener haben zu Menschen ein weit besseres Verhältnis als zu Tieren. Bei uns ist es manchmal umgekehrt.»

Judith ärgerte sich wieder einmal über ihre Bereitschaft, für Dinge die Verantwortung zu übernehmen, mit denen sie nichts zu tun hatte. Aber sie wollte, daß Steffa begriff, wie sie hier lebten, und Gianni und seine Tiere gehörten dazu.

Sie gingen gemeinsam ins Haus, und Judith lud Steffa ein, mit ihr zu essen.

«Ich bin sehr froh, daß Sie mir die Möglichkeit geben, Ivo Longhins Umgebung so genau kennenzulernen. Es ist eine große Hilfe beim Schreiben, wenn man weiß, wie ein Künstler gelebt hat. Bitte erzählen Sie mir alles, was Ihnen dazu einfällt.»

Sie gingen in das Kaminzimmer, in dem sich Judith und Ivo am liebsten aufgehalten hatten. Es war ein großer Raum mit einem schweren, niedrigen Tisch, um den sich die verschiedensten Sitzgelegenheiten gruppierten: ein türkisches Taburett, ein holländischer Ohrenfauteuil mit indischem Paisley überzogen, ein strengliniger Stuhl der Wiener Werkstätte mit schwarzweiß gewürfeltem Sitzpolster, ein Eames Chair und ein Renaissance-Wiegenstuhl.

Sie hatten sie bei Trödlern und auf Antiquitätenmessen aufgestöbert, und jedes Stück war mit der Erinnerung an Reisen und Ausflüge verbunden.

An den Wänden hingen Bilder und Zeichnungen von Kollegen, die Ivo gegen eigene Arbeiten eingetauscht hatte.

In Nischen rechts und links des Kamins, standen, aus Erde und Zement geformt, ihre beiden Hausgötter. Zwei lebensgroße Plastiken, halb Mensch, halb Tier, die sich an Herz und Stirn griffen.

«Was ist das?»

«Unsere Hausmeister», antwortete Judith lachend. «Der Herr Woprschalek und die Frau Zwerschina. Die geben acht auf uns. Ivo wollte etwas zum Schutz unseres Hauses beitragen, etwas Urzeitliches, Primitives.»

Es gab tatsächlich Besucher, die etwas von afrikanischen Idolen murmelten, wenn sie der Figuren ansichtig wurden. Und Ivo ließ ihnen grinsend den Glauben.

Andere tippten auf Kunst der Aborigines und hielten auch die Namen für hochexotisch. Dabei waren es tschechische Namen, die in Wien häufig vorkamen.

«Aber Ivo hat sie leider erst nach dem Umbau modelliert. Da haben sie das ganze Unheil nicht von uns abhalten können.»

Ivo hatte darauf bestanden, für den Umbau ein erprobtes Handwerkerteam aus Österreich ins Veneto zu holen. Gianni lächelte erstaunt und sagte nichts. Freunde hatten ihnen die Gruppe empfohlen, sie wären schnell und verläßlich, hieß es.

Nach einem kurzen Lokalaugenschein durch Joschi, den Chef der Partie, war es klar, daß sich der Gästetrakt der Villa Loredan in wenigen Wochen in ein wahres Schmuckkästchen verwandeln würde.

Judith wollte beim Umbau dabei sein. Sie suchte eine Vertreterin für die Galerie, die den Sommer über nur halbtags geöffnet war.

An einem regnerischen Junitag fuhr Judith allein ins Veneto, um alles für den geplanten Umbau vorzubereiten. Gianni hatte ihnen auch das Nutzungsrecht für den leerstehenden Pferdestall und die angrenzende Remise gegeben. Sie hatte Nordlicht, man konnte Dachfenster einbauen – der Raum war ideal für ein Atelier. Hier, wo relativ wenig zu verändern war, sollten die Handwerker beginnen. Wenn sie fertig waren, konnten Judith und Ivo hier einziehen, bis das Gästehaus fertig war.

Die Handwerker erwiesen sich als eine gutgelaunte Gruppe jüngerer Männer, denen es Spaß machte, in einem so romantischen Umfeld zu arbeiten. Judith hatte inzwischen genug Erfahrungen mit Umbauten, sie sah dem Unternehmen gelassen entgegen.

Ivo hatte mit Joschi einen Pauschalpreis und eine Endfrist ausgemacht. Judith organisierte Quartiere im Dorf und erklärte sich bereit, tagsüber für Verpflegung zu sorgen. Und die Organisation des Baumaterials zu übernehmen. Es machte ihr Freude, aktiv daran mitzuarbeiten, daß Ivo und sie ein gemeinsames Dach über dem Kopf bekamen. Beim Umbau ihrer Wiener Galerie hatte sich ihre Autorität und Fürsorglichkeit gut bewährt.

Das erste Problem tauchte auf, als die meisten Handwerker sich weigerten, die vorbereiteten Quartiere zu beziehen. Sie hatten drei Campingbusse mitgebracht, die ihnen als Unterkunft genügten. Dafür wollten sie lieber das Geld für die Zimmer. Judith war einverstanden. Sie hatte allerdings nicht bedacht, daß sich nun auch das gesamte Privatleben ihrer Helfer auf der Baustelle abspielen würde.

Gianni hatte ihnen erlaubt, die Busse im Garten, beim Nymphäum, aufzustellen. Da waren sie für ihn unsichtbar.

Joschi, ein sportlicher Mann von Anfang Dreißig, freundete sich schnell mit den Annehmlichkeiten kühlen Wassers in der Hitze dieser Sommertage an. Seine Kollegen folgten zögernd, irritiert durch die Temperatur und das fremdartige Göttergewimmel.

In den Abendstunden versammelte sich hier ein ganzer Harem von Dorfschönen, die, von Joschi ermutigt, seinen Schwimm- und Tauchkünsten zusahen. Die anderen Männer genossen zwar die unerwartete Gesellschaft junger Frauen, aber sie konnten Joschi bei ihnen nicht so schnell ausstechen.

Judith amüsierte diese Entwicklung zunächst. Aber sie merkte bald, daß sich zwischen den Männern des Dorfs und den Handwerkern wahre Hahnenkämpfe zu entwikkeln begannen. Mariucca, das hübscheste und koketteste Mädchen des Dorfs, heizte sie bewußt an.

«Signora», sagte Catarina, wenn Judith wieder einmal vor den Spannungen zu den *Due sorelle* flüchtete, «Signora, machen Sie dem ein Ende. Das geht nicht gut aus.»

Bei der nächsten *Sagra*, dem Weinfest des Dorfs, explodierte die Spannung. Die Dorfleute saßen beisammen und blockten die Mädchen gegen die gemeinsam eintreffenden Handwerker ab. Keines der Mädchen wagte es, mit ihnen zu tanzen. Die Handwerker betäubten den

Ärger über die Abfuhren mit viel Wein. Ihr Lachen wurde lauter und aggressiver. Und als dann Mariucca mit einem Burschen aus dem Dorf aufs Tanzparkett trat, stand Joschi auf und begann allein zu tanzen. Zunächst so übermütig, daß auch die Dorfleute lachen mußten. Dann umkreiste er das Paar immer enger, während ihm Mariucca erst kokette, dann verlegene und schließlich flehende Blicke zuwarf.

Joschi war nicht zu bremsen. Wie ein Kreisel drehte er sich um die beiden. Mariuccas Freund blieb stehen und machte eine verächtliche Geste. Joschi versuchte Mariucca an sich zu ziehen. Sie entzog sich ihm, er packte sie heftiger. In diesem Augenblick traf ihn das Messer zwischen die Rippen. Er brach mit einem Schrei zusammen, die Mädchen liefen weg, Joschis Freunde scharten sich um den Verletzten. Ein Arzt kam, bald darauf die Ambulanz. Skandal, Verzweiflung, Aufruhr gegen die Fremden, die sich nehmen wollten, was ihnen nicht zustand. Joschi kam ins Spital nach Vicenza. Er hatte Glück, seine harte Schwarte hatte eine schwere innere Verletzung verhindert. Der Arzt, ein passionierter Jäger, erklärte Judith, nur bei Wildschweinen hätte er einen so festen Muskelpanzer gesehen. Aber das verstand Joschi nicht. Judith lieferte eine schmeichelhaftere Übersetzung.

Nach ein paar Tagen kam er bleich und heftig bandagiert, um seine Arbeit fortzusetzen. Judith blieb hart. «Wenn Sie ihn nicht hinausschmeißen, Signora», hatte Catarina gesagt, «haben Sie das Dorf gegen sich.»

Also fuhr Joschi zornig nach Caorle, wo er seine Frau und drei Kinder deponiert hatte, und schwor ihnen, daß das sein letzter Italienaufenthalt gewesen war.

Ferdl, ein hünenhafter Maurer, übernahm triumphierend das Kommando über die dezimierte Truppe. «Sie wissen, was Ihnen blüht, wenn Sie sich so aufführen wie Joschi», warnte Judith.

«I bin net der Joschi», sagte Ferdl knapp.

Es gab also kein Bacchanal im Nymphäum. Aber auch nicht die Autorität, mit der Joschi seine Männer zusammengehalten hatte.

Ferdl tat, was er konnte, die Handwerker machten, was sie wollten. Sie waren auf Joschi eingeschworen und nicht bereit, sich von einem Stellvertreter etwas befehlen zu lassen. Autoritätsverlust und Triebverzicht beeinträchtigten Ferdls Konzentration. Beim Abklopfen von morschem Mauerwerk fiel er vom Gerüst und brach sich einen Knöchel. Es blieb nichts anderes übrig, als sie alle heimzuschicken. Gianni lachte Tränen über ihre Abenteuer und empfahl Judith eine Gruppe arbeitsloser junger Restauratoren aus Vicenza, die perfekte Maurer, Dachdecker, Tischler und Schlosser waren.

Wenn sie keine Aufträge hatten, verdingten sie sich für Reparaturen an den vielen alten Häusern in und um Vicenza. Der Auftrag in der Villa Loredan war ihnen willkommen. Sie hatten gerade erst ihre Arbeit an der Basilika abbrechen müssen, weil das Jahresbudget dafür verbraucht war.

Judith atmete auf, als sie die jungen Leute sah. Sie waren kompetent und einfallsreich, und sie arbeiteten mit einer fröhlichen Intensität, die ansteckend wirkte. Pünktlich um sechs Uhr abends verschwanden sie zu ihren Familien. Das Nymphäum blieb ungenutzt – sie hätten jeden für wahnsinnig gehalten, der mutwillig in dieses kalte Wasser ging.

Judith kochte mittags für sie – das hob ihre Stimmung und verstärkte die gegenseitige Sympathie.

Renzo, einer aus der Gruppe, verriet Judith Adressen von Möbelmachern, Webereien, Keramikern der Umgebung, wo sie günstig einkaufen konnte. In einem der Ateliers fand sie ein handgeschnitztes Bett. Das Kopfstück hatte eine Girlande aus ineinanderverschlungenen Händen.

«Du hältst mich, und ich halte dich, auch wenn wir schlafen», sagte Ivo und umkreiste glücklich das Gestell, um die Schnitzereien von allen Seiten zu betrachten. «Ineinanderverschlungene Hände – das bedeutet Treue, ewige Vereinigung.»

Judith hatte das einfache und ungewöhnliche Bild dieser Hände sehr gefallen. Ivo umarmte sie. «Du tust immer und überall das Richtige – aus einem Instinkt für das Gute. Du darfst mich nie verlassen.»

Er sah sie angstvoll an. Dabei war er es doch immer, der Frauen verließ. Von Anna wußte sie, daß er ständig in Frauenaffären verstrickt gewesen war. Nur wenige hatten längere Zeit Bestand. Nur seine amerikanische Frau, Cordula und eine sehr schöne, sensible Schauspielerin hatten ihm mehr bedeutet als kurze Leidenschaft.

Sie erprobten nun eine neue Art des Zusammenlebens. Nicht die geordnete Atmosphäre ihrer Wiener Wohnung, sondern eine improvisierte Arbeitssituation bestimmte ihre Gemeinschaft. Für Judith war es eine Herausforderung, einem sich ständig wandelnden Chaos ein paar Inseln der Ruhe abzugewinnen. Wo immer auch die Renovierungsarbeiten tobten – es gab immer einen geordneten Raum zum Schlafen, einen Winkel zum Kochen und einen Arbeitsplatz für Ivo.

Es verblüffte sie, wie sprunghaft er arbeitete. Der Impuls eines Augenblicks ließ ihn drei, vier Arbeiten anfangen und nicht zu Ende bringen. Darauf mußte sie Rücksicht nehmen – sein Arbeitsplatz mußte ihm Spielraum geben.

Ivo hatte ungemein geschickte Hände, und er lernte bei den Restauratoren sehr schnell Techniken, die er noch nicht beherrschte. Aber sobald er merkte, wie leicht sie ihm fielen, begann er etwas Neues.

Dazwischen rannte er ins Atelier, weil er die Idee für eine Zeichnung, ein Bild festhalten mußte. Die Restauratoren übernahmen gutmütig seine Arbeit.

Judith merkte bald, daß seine Korrespondenz mit Kunden und Galeristen und seine Buchhaltung genauso unsystematisch geführt wurden.

Sie legte für ihn Mappen und Ordner an, und Ivo überließ ihr das gern. «Endlich jemand, der mich davon befreit. Du hast keine Ahnung, wie sehr mich Ordnung belastet.»

Judith kaufte einen Büroschrank und einen Schreibtisch, die sie Ivo übersichtlich eingeräumt übergab. Er lachte sie aus, daß sie glauben konnte, er würde ihre Systematik übernehmen.

«Wenn ich diese Schubladen nur einmal aufmache, herrscht wieder Chaos.»

«Du wirst dich damit anfreunden», sagte Judith. «Wenn ich wieder in der Galerie bin, mußt du selbst damit fertig werden.»

«Ausgeschlossen», wehrte Ivo ab. «Dann bleibt alles, wie es war.»

Sie schmiedete Pläne, wie sie ihre eigene Arbeit mit der Organisation von Ivos Leben kombinieren könnte.

«Mach dir keine Gedanken», sagte Ivo. «Natürlich gibst du im Herbst die Galerie auf.»

«Ich brauche meine eigene Arbeit.»

«Aber die hast du doch», sagte Ivo überrascht. «Ich pfusche dir sicher nicht hinein.»

Mit Männern zu streiten, bringt gar nichts, hatte Mamusch immer gesagt. Man redet nicht viel und macht, was man für richtig hält. Judith war das recht autoritär erschienen. Aber nun überlegte sie, ob es nicht Fälle gab, wo das am klügsten war. Sie hatte wenig Zeit zum Grübeln. Und der Herbst war noch weit.

Mit einem geliehenen Kleinlaster kurvte sie über die schmalen Straßen, um Baustoffe, Fliesen, Armaturen abzuholen. Dann bereitete sie auf zwei Kochplatten das Mittagessen. Sie kam sich wie eine Pionierfrau vor, mit rauhen Händen und einer ständig wachsenden Sicherheit in der Bewältigung unerwarteter Katastrophen. Die provisorischen elektrischen Leitungen waren zu schwach und mußten völlig erneuert werden. Zwischendurch streikte das Telefon, sie mußte zu Catarina ins Dorf fahren, um wichtige Anrufe zu erledigen. Aber aus ihren Mahlzeiten machte sie immer wieder ein improvisiertes Fest. Sie deckte den Steintisch im Schatten des Kakibaums mit bäuerlicher Keramik aus Bassano di Grappa. Der alte Matteo brachte Wein, frisches Gemüse und manchmal eine Schachtel Teigwaren von Catarina. Das alles gehörte zusammen. Die schwere Arbeit und das entspannte Essen gemeinsam mit allen, die ihnen hier halfen.

Die schwere Hitze des Augusts bestimmte ihren Arbeitsrhythmus. Sie begannen zeitig und überließen sich in der Mittagsschwüle ihrer Siestamüdigkeit. Die Restauratoren schliefen im Schatten der alten Bäume. Ivo und sie gingen ins Atelier und versanken in ihrem Bett, in guter Hut der verschränkten Hände.

Ivo machte Pläne für den Herbst, und immer war sie für deren Organisation zuständig. Sie sagte nichts, aber sie merkte, wie ihr innerer Widerstand nachließ. Sie spann seine Pläne weiter und reicherte sie mit eigenen Ideen an.

Was Ivo bisher getan hatte, um seine Bilder zu vermarkten, war so chaotisch gewesen, daß sie sich wunderte, daß er überhaupt welche verkauft hatte.

In den Jahren, in denen sie die Galerie selbständig führte, hatte sie gelernt, welche Maschinerie sich in Bewegung setzen mußte, um einem Maler Aufmerksamkeit zu verschaffen. Sie wußte, daß damit auch viel Untalentiertere als Ivo Erfolg haben konnten. Hinter ihnen stand ein tüchtiger Galerist, ein durchschlagskräftiger Manager. Oder eine kluge Frau. Ivo verachtete dieses Marketing. Er verachtete Galeristen noch mehr. Und am meisten verachtete er Kunstkritiker. Es war ihm gelungen, sich mit einigen der wichtigsten zu zerstreiten. Wenn er wollte, konnte er ungeheuer bissig sein, seine bösartigen Wortspiele kursierten in der Wiener Kunstszene, die sie mit sattem Behagen an diejenigen weiterreichte, die besonders aggressiv darauf reagierten.

Der Luxus seiner ungebremsten Gefühle schlug sich in elenden Kritiken und nur sehr sporadischen Ausstellungen nieder. Beides drückte auf den Preis. Es juckte Judith in den Fingern, zuzupacken, um Ivo zu dem Erfolg zu verhelfen, der ihm zustand.

Sie nahm ihm Schaufel und Bohrer aus der Hand und lockte ihn ins Atelier.

Er hatte zwischendurch immer wieder Skizzen gemacht, die das Eindringen einer scheinbar ordnenden und dabei so vieles zerstörenden Macht in die verkommene Harmonie der Villa zeigten. Joschis Bacchanal und sein Bauchstich beim Weinfest, Ferdls Sturz vom Gerüst, der Einzug der Restauratoren, die er statt in Arbeitsmäntel in römische Togen kleidete und unter deren Händen sich das Chaos in Harmonie wandelte. Judith, die zweihändig, über zwei Kochern Spaghetti bändigte wie ein weiblicher Laokoon, war verewigt. Und die Venus im Teich, die Ivo mit Judiths Bikini malte.

Eines Nachts sprang er aus dem Bett und stürzte zu seinem Arbeitstisch. Er riß Packpapier von einer Rolle und skizzierte in rasendem Tempo ein Bild, das all diese Szenen verband. Weinranken und Putti, wie auf den barocken Fresken des Gästehauses, umfingen und verbanden die Szenen wie ein Netz.

«Was wird das?» fragte Judith.

«Jetzt weiß ich endlich, was wir mit dem kleinen Salon neben dem Schlafzimmer machen, wo die Fresken abgeschlagen wurden.»

Sie waren zur Zeit, als das Gästehaus Fabrikdepot war, verlorengegangen.

Am nächsten Tag scheuchte Ivo die Restauratoren aus diesem Raum, der bis auf Türen und Fenster fertig war, und begann, ihre Geschichte des Hauses auf den Verputz zu malen. Die Restauratoren waren begeistert von Ivos altmeisterlicher Technik. Gianni, der immer wieder hereinschaute, fand das Ganze sehr vergnüglich. «Sie werten ja das Gästehaus so auf, daß ich eigentlich die Miete erhöhen müßte.»

Ivo revanchierte sich mit dem Vorschlag, in die leicht

abgeblätterten Renaissancefresken der Villa einen Mohren auf dem Fahrrad ins Gefolge der schönen Letizia zu schmuggeln. «Das machen Sie unbedingt», begeisterte sich Gianni. In vorgerückter Stunde, nach ziemlich viel *cartizze* entstand dann tatsächlich als Ergänzung früchtetragender Dienerinnen, Pagen mit Papagei und Mandoline spielenden Höflingen in einer dunklen Ecke des Vestibüls ein sehr kleiner Mohr auf einem Hochrad.

«Vielleicht bin ich jetzt den Denkmalschutz los und kann die Villa endlich verkaufen», strahlte Gianni.

Anna kam auf Besuch und war hingerissen von dem neuen Fresko im Gästehaus. «Damit kannst du viel Geld verdienen, Ivo. Eine Menge meiner Kunden renovieren gerade alte Häuser. Sie wären begeistert, wenn jemand die Baugeschichte auf einem Fresko festhalten würde.»

«Ich mach doch keine Auftragsarbeiten für Neureiche», ärgerte sich Ivo.

«Kannst du dir aussuchen, wer deine Bilder kauft?»

Judith las von Ivos Augen seine wütende Ablehnung ab.

Sie lenkte ihn ab und brachte Anna schließlich hinaus. Die warf Ivo einen belustigten Blick zu und sagte später zu Judith: «Denk darüber nach. Ich kann mir vorstellen, daß dieser Umbau viel Geld kostet. Und die Leute, an die ich denke, haben sehr viel davon.»

Als sie gegangen war, setzte sich Judith an den Rand des Nymphäums, atmete die kühle Wasserluft ein und dachte nach. Wenn sie es übernahm, Ivos Leben zu organisieren, würde sie eine ihr fremde, mütterlich disziplinierende Rolle übernehmen müssen. Sie wußte, was das bedeutete.

Sie war immer die Geliebte gewesen, und so sollte es

bleiben. So viele Frauen von Künstlern, die sie kannte, hatten als Geliebte begonnen. Geendet hatten sie als eine Mischung von Übermutter und Managerin. Geliebt wurde inzwischen eine andere, die es nicht nötig hatte, unpopuläre Entscheidungen zu treffen.

Das war nicht ihr Weg, wußte sie. Aber würde sie einen anderen finden?

Von sich aus konnte sich Ivo nicht aus dem Chaos befreien. Wahrscheinlich war es auch Teil seiner Kreativität, den man ihm nicht nehmen durfte. Er sehnte sich nach Klarheit, darum hatte er sich auch in diese Kulturlandschaft geflüchtet.

Wenn es ihr gelang, das Management von Ivo Longhin genauso zu handhaben wie das Management ihrer Galerie, mußte er Erfolg haben.

Ein paar Generationen Jovanovic-Frauen waren dem Dilemma zwischen Beruf und Liebe ausgewichen. Natürlich waren ihre Männer für sie nie von so schicksalhafter Bedeutung gewesen wie Ivo für Judith. Aber gerade ihre Liebe, ihre Leidenschaft würden ihr die Kraft geben, ihre Aufgabe zu erfüllen, dachte sie.

Und wie so oft, wenn sie sich einer Aufgabe stellte, kam aus der Mitte ihres Körpers ein Gefühl der Wärme, der magnetischen Kraft. Sie kannte alle Schwierigkeiten, und sie würde damit fertig werden.

«Sie haben sein Leben wohl sehr verändert?» sagte Steffa und fuhr tastend über die Oberfläche von Ivos Fresko. Judith hatte sie im Haus herumgeführt und ihr Fotos gezeigt, die den Rohzustand des Hauses und verschiedene Phasen des Umbaus zeigten.

«Ja», sagte Judith und wunderte sich über diese Frage, die sich doch nur mit Ja oder Nein beantworten ließ. Andere Journalisten hatten ganz anders gefragt – bohrender, provokanter, und man mußte sich ihren Fragen dann auch stellen. Manchmal hatte sie das Gefühl, daß Steffa viel mehr wußte als die anderen. Sie hakte auf eine unerwartete Weise nach, als wollte sie die Informationen, die sie bereits gesammelt hatte, nachprüfen.

«Was wissen denn Sie über Ivos Leben?» fragte Judith neugierig.

«Ich?» antwortete Steffa gedehnt. «Ich kenne nur Bruchstücke seines Lebens. Natürlich habe ich schon vorrecherchiert, mir Hintergrundmaterial beschafft. Aber den roten Faden müssen Sie mir zeigen, Sie haben ja seinen großen Erfolg bewirkt. Eigentlich erstaunlich, wenn man sich sein Werk anschaut, wie viele Brüche es darin gibt. Seine abstrakten Bilder aus der Zeit in New York sind für mich wie Fremdkörper.»

«Er ist sich drüben selbst als Fremdkörper erschienen. Später einmal hat er sich auch von ihnen distanziert. ‹Es war ein anderes Leben, und es hat nichts mehr mit mir zu tun›, hat er gesagt.»

Judith wußte auch sehr wenig von Jennifer, die er dann geheiratet hatte. Nur, daß sie in der Nachkriegszeit als Journalistin nach Österreich gekommen war und daß sie offenbar ihre beträchtlichen Beziehungen eingesetzt hatte, um Ivo in New York zu lancieren.

Jennifer hatte ihr nach Ivos Tod geschrieben, erinnerte sie sich. Einen sonderbaren Brief, den sie nicht verstanden hatte.

«Jetzt ist er endgültig davongekommen. Friede seiner Flucht.»

Sie hatte Jennifer schreiben wollen, um sie zu fragen, was diese Worte bedeuteten. Sie klangen nach einer Bitterkeit, die ihr nicht zu dem Bild einer klugen und selbständigen Frau zu passen schien, wie es Ivo einmal entworfen hatte.

Irgendwo mußte noch die Mappe mit Ivos amerikanischen Unterlagen sein. Judith ging in ihr mit hohen Schränken verbautes Arbeitszimmer. Sie enthielten Mappen, die nach Jahren und Werknummern geordnet waren. Sie hatte sehr lange gearbeitet, bis sie diese Systematik zustande gebracht hatte. Jetzt war es einfach, etwas zu finden.

Sie nahm den Ordner mit in das Kaminzimmer und breitete seinen Inhalt vor Steffa aus.

Bereits ein halbes Jahr nach seiner Übersiedlung nach

New York hatte er seine erste Ausstellung in einer recht guten Galerie. Erstaunlich, die vielen Pressestimmen, die sich mit dem Unbekannten auseinandersetzten. Jennifer hatte dafür gesorgt, daß Ivos Debüt nicht unterging. Bei einem Vernissagenbericht war ein Foto Ivos. Er war noch schmäler, als sie ihn kennengelernt hatte, mit einem knabenhaften Gesicht und wissenden Augen. Neben ihm eine sehr gut aussehende, offenbar ältere Frau, die besitzergreifend den Arm um ihn legte. «Jennifer Longhin, the artist's wife» stand darunter.

Ein Luftzug trug den Ausschnitt davon. Steffa fing ihn ein und warf einen Blick darauf. «Oh, Jennifer. Ein gutes Bild von ihr.»

«Woher kennen Sie sie?» sagte Judith überrascht.

«Sie war in Wien, weil sie gehofft hatte, hier einen Arzt zu finden, der dem Kind hilft.»

«Welchem Kind?»

«Ivos Kind. Haben Sie nicht gewußt, daß die beiden ein Kind haben?»

Judith biß sich auf die Lippen. «Ich habe nicht gewußt, daß Sie es wissen. Ivo hat nicht darüber gesprochen.»

«Natürlich», sagte Steffa. «Er ist nicht damit fertig geworden, daß das Kind so schwer behindert ist. Das war ja auch ein Grund, warum er nach Wien zurückgekommen ist.»

«Ich glaube nicht, daß Sie das richtig sehen», sagte Judith und hatte Mühe, ihre Erregung zu verbergen.

«Ich kann Ihnen die Korrespondenz zwischen Ivo und Jennifer nach seiner Rückkehr zeigen. Ich konnte sie kopieren.»

«Danke», sagte Judith, «das ist nicht notwendig.»

Steffa löste die Spange, die ihren Pferdeschwanz zusammenhielt, und schüttelte ihr Haar. Sie wirkte gelöster und souveräner als sonst.

«Ich verstehe Sie, Judith», sagte sie sanft, «wenn man einen Mann sehr liebt, dann will man von seinen Schattenseiten nichts wissen. Schon gar nicht, wenn er tot ist. Und jetzt ist es ohnehin zu spät, sich damit auseinanderzusetzen.»

«Was hat dem Kind eigentlich gefehlt?»

«Es war autistisch. Ein wunderschönes Mädchen mit erstaunlichen mathematischen Fähigkeiten, aber emotionell völlig unzugänglich und außerstande, mit den alltäglichsten Dingen fertig zu werden. Wie ein Wesen von einem anderen Stern. Jennifer hat dem Kind ihre Karriere geopfert, sie wollte es nicht in ein Heim geben.»

Steffa fischte in der unförmigen Tasche, die sie ständig mit sich schleppte, in der auch das Tonbandgerät verstaut war, das sie benützte, und zog ein Kuvert heraus.

«Sehen Sie, das war Ivos und Jennifers Tochter», sagte sie und zog ein paar Fotos heraus.

Ivo mit einem bildhübschen, sehr ernsten Baby. Dann Jennifer, Ivo und ein etwa vierjähriges Mädchen mit starrem, abweisenden Gesichtsausdruck. Jennifer allein mit der halb von ihr abgewandten zehnjährigen Tochter. Die Vierzehnjährige allein, in sich gekehrt, mit leerem Blick.

«Sie sagen: war?» fragte Judith, als sie die Bilder zurückgab.

«Ja, sie ist tot. Verunglückt. Jennifer hat es Ivo geschrieben. Hat er es Ihnen nicht erzählt?»

Judith schüttelte den Kopf. Sie war verwirrt und entsetzlich müde. Nicht mehr imstande, Ivo vor den unausgesprochenen Vorwürfen dieser Frau zu schützen.

Sie ordnete die Mappe mit den amerikanischen Unterlagen und klappte sie zu. «Ich muß sie wieder einordnen», sagte sie zu Steffa und ging zurück in ihren Arbeitsraum.

So oft hatte es ihr geholfen, äußere Ordnung zu machen, um mit innerer Unordnung fertig zu werden. Aber diesmal funktionierte das nicht. Zerfahren öffnete sie Schubladen und Mappen, als könnte der Einblick in die verschiedenen Schaffensperioden Ivos ihr auch Einblick in ein Stück Leben geben, das er ihr vorenthalten hatte.

Nie war davon die Rede gewesen, daß er ein Kind mit Jennifer hatte und daß es so krank war. Sie hatte geglaubt, alles von Ivo zu wissen, über seine Ängste und Sehnsüchte, seine Liebe und seinen Haß. Wie hatte er ihr etwas so Wichtiges verschweigen können?

Es fiel ihr ein, wie sie ihm nach ihrem dreiunddreißigsten Geburtstag gesagt hatte, daß sie sich ein Kind wünschte. Sie wollte nicht zu lange damit warten. Ivo war fünfzehn Jahre älter als sie. Judith war sicher, daß sie schwanger war. Sie hatte in den letzten Monaten keine Vorkehrungen dagegen getroffen. Und wie so oft, wenn sie etwas sehr stark ersehnte, hatten ihre Träume ihr den Wunsch erfüllt. Immer wieder träumte sie von dem Kind, das zusammengekrümmt an einem Teich lag und ihr die Hände entgegenstreckte, als sie sich zu ihm niederbeugte.

Ivo lag neben ihr, unter den verschränkten Händen ihres geschnitzten Betts, als sie mit ihm darüber sprach. Er setzte sich abrupt auf und sprang dann aus dem Bett.

«Ich will keines», sagte er. «Ich will dich allein haben. Unsere Liebe ist nicht teilbar. Ich will nicht, daß du etwas ausbrütest, das dich mir wegnimmt. Den Gedanken kann ich nicht ertragen.»

Judith war von seiner schroffen Unabdingbarkeit verstört. Da war keine Erklärung, kein Eingehen auf ihren Wunsch, kein Versuch eines Brückenschlags in die Zukunft. Sie spürte, daß Ivo auf eine tiefe Verletzung reagierte, aber er sprach nicht darüber, als sie ihn fragte.

Sie nahm Ivos Kopf zwischen ihre Arme und drückte ihn gegen ihren Körper, als könnte sie damit seine Schwäche mit ihrer Kraft aufladen. «Wir müssen nicht teilen», sagte sie, «ein Kind gibt mehr, als es nimmt.»

Er preßte die Stirn gegen ihre Brüste, daß es schmerzte, und flüsterte: «Versprich mir, daß wir allein bleiben. Ich könnte es nicht ertragen, daß sich jemand zwischen uns schiebt.»

Sie strich tröstend über seinen Kopf und dachte, daß vieles anders würde, wenn sie länger miteinander lebten. Aber es wurde nicht anders.

Sie ließ ihre Schwangerschaft unterbrechen, und eine zweite Chance hatte sie nicht mehr.

Matteo war damals noch ein Kleinkind mit einem schwachen Schimmer von Augenlicht. Seine kleinen Hände tasteten über Judiths Gesicht.

«Wo ist dein Kind?» fragte er.

Judith hatte bei dieser Erinnerung das Gefühl, durch einen Spalt im Boden ihres Arbeitszimmers zu fallen. Sie fiel und fiel, immer tiefer in Kälte und tödliche Einsamkeit.

Nichts von all dem, was sie erobert hatte, war ihr geblieben. Ivo war tot. Und sie trieb dahin, ein Spielball ihrer Erinnerungen. Der Schmerz fiel wieder so wütend über sie her, daß sie sich zusammenkrümmte wie ein Kind, ehe es die schützende Hülle des Unbewußten verläßt.

Steffa war lautlos eingetreten und berührte sie mit einer sanften Bewegung.

«Was haben Sie?» fragte sie.

«Nichts», sagte Judith heiser. «Ich habe – nichts.»

Sie spürte eine scheue, zögernde Berührung, die kaum durch den Stahlpanzer der Verzweiflung drang.

«Legen Sie sich hin, dann wird es besser», sagte Steffa.

Judith streckte sich auf der Bank beim Fenster aus. Die leichte, weiche Hand strich über ihren verkrampften Hals, lockerte behutsam die Schultermuskeln. Judiths Körper wurde warm und weich, sie dehnte sich, wünschte, daß diese Berührungen, die den Schmerz wegstrichen, nicht aufhörten. Die Hände änderten ihren Rhythmus, sie verharrten in fast schmerzhaftem Druck auf empfindlichen Punkten ihrer Halsgrube, ihrer Gelenke. Judith wurde schläfrig und matt, und plötzlich war Ivo da. Noch stand er im Nebenraum, aber sie hörte seine Stimme, roch seinen Duft, fühlte die Vibration seiner Schritte. Sie wollte aufspringen, aber sie war wie von unsichtbaren Fesseln auf ihrem Platz niedergehalten. Sie rief seinen Namen, aber ihre Stimme versagte. Alle Energie war aus ihr geflossen, durch vier oder fünf Kanäle in ihren Armen, ihrer Halsschlagader. Sie sah diese Energie als goldenen Strom, der quer durch den Raum ins Nebenzimmer floß. Dorthin, wo Ivo war. Ivo und noch jemand.

Sie hörte Stimmen, Lachen, Musik, dann wurde es still. Nur sanftes Trommeln klang an ihr Ohr. Sie witterte einen bitter-süßlichen Duft, ähnlich wie Weihrauch. Kerzen knisterten, ihr Wachsgeruch kam in Schwaden ins Zimmer. Dann verstummten die Trommeln, fremdartige Stimmen erhoben sich, beschwörend und dunkel. Sie verstand die Worte nicht, konnte auch die Sprache nicht verstehen. Dann ein grelles, aufreizendes Lachen, eine Stimme, die sie schon gehört hatte. Qualvoll, sie zu erkennen. Schließlich sanftes Gemurmel einer anderen Stimme, demütig, bittend. Es ging um Ivo, wußte sie. Als sie sich noch einmal gegen ihre Fesseln aufbäumte, spürte sie einen harten Druck auf ihrer Halsschlagader. Die Fesseln zerrissen, sie setzte sich auf und sah in Steffas Augen. Kein Weihrauch, keine Trommeln, keine Stimme. Leere.

Sie kämpfte gegen das Weinen an, aber es war stärker als sie, rang sich machtvoll aus ihrem Körper. Sie hörte ihr heiseres Stöhnen, den gurgelnden Schrei, und dann kam der Strom der Tränen. Er riß das Treibholz ihrer verwirrten Gedanken mit sich, brach die Dämme ihrer Disziplin, überschwemmte ihre Scham, sich einer Fremden auszuliefern.

«Lassen Sie los», sagte Steffa, «lassen Sie Ivo los. Er gehört Ihnen nicht!»

Das schnarrende Geräusch des Telefons durchbrach das lange Schweigen zwischen ihnen. Judith wartete ab, ob es – wie schon sooft – wieder abbrechen würde. Als sie abhob, umhüllte sie Maureens tiefe, herzliche Stimme wie eine Umarmung. «Was ist los mit dir, Darling? Entweder ist dein Telefon kaputt, oder wenn es geht, hebst du nicht ab. Mach jetzt keine Geschichten, komm herüber zu mir, es ist höchste Zeit, daß wir uns sehen. Es kommen ein paar lustige Leute.»

Judith überlegte einen Moment, aber Maureen nahm das als Zusage. «Ich habe einen Gast», sagte Judith.

«Nimm ihn mit. Und kommt gleich, sonst überlegst du es dir wieder.»

Seltsam, daß sie auf einmal aus Erinnerungen ausbrechen wollte, die ihr doch so willkommen gewesen waren. Vielleicht war es auch gut, etwas Distanz zwischen Steffa und sich zu legen. Sie wußte nicht, wieso sie ihr so nahegekommen war. Es war ein Erlebnis gewesen, über das sie noch nachdenken mußte.

Sie erzählte Steffa von Maureen und versuchte sie ihr so interessant wie möglich zu schildern.

«Ivo hat sie auch sehr gemocht. Es hat nur wenige Frauen gegeben, mit denen er so lachen konnte.»

«Und Sie?» fragte Steffa lächelnd.

«Ich habe sie ja entdeckt. Wir sind bei einem Trödler in Asolo ins Gespräch gekommen, und sie hat mir sofort gefallen.»

Maureen hatte damals mit einer gelassenen Selbstverständlichkeit um den Preis eines Muranoglases gehandelt, die Judith imponierte. Sie war eine auffallende Erscheinung, groß, hager, mit einem sonnengegerbten, männlichen Gesicht, in dem hellblaue Kinderaugen leuchteten. Das rotgraue Gestrüpp ihres Haars war notdürftig mit einem zusammengedrehten Seidentuch gebändigt. «Signora», hatte der Trödler gesagt, «Sie wissen, daß es eine Ehre für mich ist, daß eine so berühmte Frau bei mir kauft, aber Sie reißen mir das Herz und die Leber dazu aus dem Leib, wenn Sie auf diesem Preis bestehen.»

Maureen bestand ungerührt weiter darauf und half schließlich auch noch Judith, einen kunstvollen, aber brüchigen Spitzenschal zu einem anständigen Preis zu erstehen.

Judith mochte Maureen auf den ersten Blick. Sie war einer jener völlig offenen, fairen Menschen, die einen nie enttäuschten.

Ivo, der neuen Bekannten immer sehr distanziert entgegentrat, war von ihrer Direktheit entwaffnet und bald darauf auch gewonnen.

«Oh», sagte Maureen bei ihrer ersten Begegnung mit Blick auf ihn zu Judith, «was für eine Aufgabe! Aber es lohnt sich. Und Sie haben das Zeug, mit diesem vertrackten Menschen fertig zu werden!»

Ivo lachte amüsiert und geschmeichelt.

Maureen war Amerikanerin und Schriftstellerin. Sie hatte ein Buch über Catarina Cornaro geschrieben und war in Asolo, wo die unglückliche Königin von Zypern im Exil gelebt hatte, schließlich hängengeblieben.

Ihr Buch, in dem sie das Schicksal einer Frau beschrieb, die zum Spielball venezianischer Machtpolitik geworden war, geriet zum Bestseller, der in viele Sprachen übersetzt wurde.

Maureen kaufte einen alten Gutshof in den Zypressenhügeln von Asolo, mit Blick auf die Burg, in der Catarina Cornaro ihren Musenhof etabliert hatte. Eine Aussicht, die für Maureen schicksalhaft wurde. Immer wieder kehrte sie zu Figuren rund um Catarina Cornaro zurück, zu jenem klugen Kardinal Pietro Bembo, der die Freundschaften, Liebschaften und Intrigen rund um die Burg von Asolo in einem Buch geschildert hatte. Zu Dichtern, Komponisten, Sängern, die sich um Catarina Cornaro geschart hatten. Und schließlich zu jenen Venezianern, die wahrscheinlich den Mord an Catarinas Mann und ihrem Kind beschlossen hatten, damit Venedig sich der reichen, strategisch wichtigen Insel bemächtigen konnte. Eine italienische Fernsehstation kam auf die Idee, aus diesen Geschichten eine Endlosserie voll Leidenschaft und Haß, Mord und Intrige, Sentimentalität und Zynismus zu machen.

Maureen schrieb Dutzende von Folgen. Sie war klug genug, mit der venezianischen Kindheit der Patrizierstochter zu beginnen, um möglichst viel Spielraum für die weitere Entwicklung zu haben. «Die Liebe der Catarina Cornaro» war die mit postmodernem Raffinement gestylte Rückkehr zu Mantel- und Degenromantik, zu wogenden Dekolletés und stählernen Männerblicken. Und das alles vor der unvergleichlichen Kulisse Venedigs, Zyperns und der Hügel um Asolo. Höhepunkt war natürlich die prunkvolle große Regatta gewesen, die man zu Ehren der verwitweten Königin von Zypern veranstaltete. Aber mit der Zeit wurde es schwierig, eine an sich einfache Geschichte mit Hilfe vieler Nebenfiguren immer mehr zu komplizieren.

Maureen hatte zwar eine blühende Phantasie, aber sie brauchte die Anregung durch extravagante Menschen.

«Deshalb trifft man bei ihr immer ziemlich spannende Leute. Und wenn man nicht genau aufpaßt, findet man sich selbst, ein bißchen verfremdet, in der nächsten Folge der ‹Catarina Cornaro›», sagte Judith lachend.

«Ich fürchte, ich bin da sehr unergiebig», sagte Steffa. «Wahrscheinlich gibt es niemand, der weniger an einen Renaissancehof paßt als ich.»

Sie fuhren im rötlichen Licht des späten Nachmittags über die gewundene Hügelstraße hinauf nach Asolo. Der kleine Ort mit seinen schmalen Einbahnstraßen, in denen sich im Sommer die Touristen stauten, war im Herbst sehr still.

Maureen wohnte außerhalb des Orts, nicht weit von dem Friedhof, wo die berühmte Schauspielerin Eleonore

Duse unter einem schlichten weißen Marmorstein begraben lag.

Ihr verdankte Maureen ihren einzigen Mißerfolg. Sie hatte die Liebesaffäre der Duse mit dem Dichter Gabriele d'Annunzio als Geschichte einer Ausbeutung von Liebe und Talent geschrieben. Aber den Italienern, die in d'Annunzio immer noch einen strahlenden Nationalheros sahen, der mit einer Privattruppe Fiume erobert hatte, gefiel diese Darstellung überhaupt nicht.

Ein halbes Dutzend Hunde aller Größen und Rassenmischungen kam ihnen kläffend entgegen, als sie in den Hof traten.

Judith und Steffa kämpften sich durch die sie anspringende, hechelnde, sabbernde Meute. Maureens Hunde waren die unerzogensten weit und breit. Ivo, dem ihre Zudringlichkeit furchtbar auf die Nerven gegangen war, hatte Maureen das auf sehr ungewöhnliche Weise einmal klarzumachen versucht. Er hatte sich bellend und blaffend vor ihr niedergekniet und ihr mit viel Spucke die dürren Beine abgeschleckt. Maureen fand das überaus originell und ließ sich diese Idee schenken. Ein Höfling der Catarina Cornaro tat es in der nächsten Folge Ivo nach – allerdings mit amourösen Absichten.

Maureen saß in angeregtem Gespräch in einer Gruppe von Besuchern in ihrem überladenen Wohnraum. Sie war eine große Sammlerin, hatte Glasschränke voll mit verstaubten Flacons, Masken, Folianten, Apothekengefäßen und Wände voll mit mottenzerfressenen Jagdtrophäen.

«Das ist Judith, sie war eine wundervolle Managerin und Muse für Ivo Longhin, den Maler. Er fehlt uns allen sehr», sagte Maureen und überließ es den übrigen Gästen, sich untereinander bekanntzumachen.

Mittelpunkt der Gruppe war eine grauhaarige Frau, von der Maureen erzählte, sie sei eine Spezialistin für Transkommunikation. «Lena hat einen Draht ins Jenseits – so kann man doch sagen, Darling?»

Lena schüttelte den Kopf und sah streng an ihrer langen Nase entlang. «Manifestationen aus paranormalen Quellen», verbesserte sie.

«Das ist mir zu kompliziert», sagte Maureen.

Es stellte sich heraus, daß Lena imstande war, über nicht mehr funktionierende Fernsehgeräte die Bilder Verstorbener zu übertragen. Sie empfing über Computer, Radio und Telefon sehr verschlüsselte Nachrichten, die nur sie zu deuten wußte.

Lena hatte gerade versucht, mit Kardinal Bembo, dem Vetter der Catarina Cornaro und dem Chronisten ihrer Jahre in Asolo, Kontakt aufzunehmen, was ihr für sich allein schon einmal gelungen sein sollte.

Judith sah mit komplizenhaftem Lächeln auf Steffa, aber die schaute gebannt auf das kleine Radio auf dem großen Eichentisch. Lena zog sich zur Meditation ins Nebenzimmer zurück. Ein schüchterner junger Mann und Steffa begannen sich über das Phänomen der Transkommunikation zu unterhalten. Judith staunte, wie beschlagen Steffa über dieses Thema war.

Die Hunde begannen wieder zu kläffen, und bald darauf trat eine sehr schöne junge Frau in den Raum, die an der Schwelle stehenblieb, um auf ihren Begleiter zu warten. Er trat ein, um lächelnd auf Maureen loszugehen, stutzte bei Judiths Anblick und begrüßte sie dann überrascht. Allan. Judith hatte ihn nach ihrem Abschied in Apulien nur einmal flüchtig bei einem Empfang gesehen. Sie wunderte sich über seine gelöste Herzlichkeit.

Maureen war hoch erfreut, daß sie sich kannten. Es war ihre Leidenschaft, Freunde untereinander in Verbindung zu bringen. Allan machte Judith mit seiner Frau bekannt. «Sie ist Triestinerin, und ich arbeite jetzt in der Reederei ihres Vaters. Den diplomatischen Dienst habe ich aufgegeben.» Lucia lächelte Judith unbefangen an, wie jemand, der einem durch Erzählungen vertraut ist.

Es war schön, Allan nach so vielen Jahren in so angenehmer Weise wiederzubegegnen. Judith war die zielstrebige Kühle, mit der sie sich damals von ihm getrennt hatte, heute so fremd, als gehörte sie zu einem anderen Leben. Die starken Gefühle, die sie heute hatte, waren damals noch unerweckt, hatten darauf gewartet, von Ivo zum Blühen gebracht zu werden. Die Frau, die sie damals war, entsprach völlig den Lebenszielen, die ihr Mamusch und später auch Anna vermittelt hatten. Wie wäre es mit mir weitergegangen ohne Ivo, dachte sie. Welches Leben hätte sie geführt? Ohne Liebe, aber auch ohne den furchtbaren Schmerz, den es bereitet, wenn man sie verliert.

Lena kam mit konzentriertem Ausdruck aus dem Nebenraum, machte mit Ausnahme einer matten Stehlampe alle Lichter aus und legte die Hände mit priesterlicher Geste auf das kleine Radio. Dann begann sie es von einem Sender zum anderen zu schalten, erzeugte qualvolle Quietsch- und Heullaute, die von Musik, Wortfetzen, Summen durchbrochen wurden. Judith, die in der Zeit ihres Rückzugs geräuschempfindlicher denn je geworden war, hatte nur den einen Wunsch, den Raum so schnell wie möglich zu verlassen. Sie war wütend, was ihr diese überspannte Person zumutete. Und ärgerte sich zum ersten Mal über Maureens übergroße Toleranz, derart lästigen Menschen gegenüber.

Sie ging auf die große Terrasse, von der aus die Weinhügel im letzten Dämmerlicht erkennbar waren. Über ihr wölbte sich ein grünlicher Himmel, der am Horizont in Lilatönen schimmerte.

Die Tür öffnete sich, und Allan und Lucia kamen ihr nach. Lucia hielt die Hände an den Kopf und sagte: «Wie hält Maureen das aus. Diese verrückte Lena stiehlt ihr doch nur die Zeit.»

Allan wiegte bedächtig den Kopf. «Aber wenn Kardinal Bembo gerade mitteilt, wer den Mann und das Kind von Catarina Cornaro umgebracht hat?»

Judith lachte. «Das würde ja alle ihre Pläne umstoßen. Sie hat ja die Täter schon entlarvt.»

Allan ging auf Judith zu, nahm sie bei der Schulter und sah sie an. «Es ist so schön, dich zu treffen. Ich habe mit Lucia oft über dich gesprochen. Du hast viel verändert in mir.»

Judith wurde rot. «Ich habe mich nicht sehr liebevoll von dir verabschiedet.»

«Es war dein gutes Recht, etwas zu beenden, was für dich keine Zukunft gehabt hat. Vielleicht fällt es mir auch leicht, großzügig zu sein, weil ich Lucia gefunden habe. Aber ohne dich wäre ich nie auf die Idee gekommen, nach so viel Erfüllung zu suchen.»

«Das ist eine wunderbare Nachrede», sagte Judith. Wärme erfüllte sie, das Gefühl spontaner Freundschaft für den Mann, an den sie so lange nicht mehr gedacht hatte. Und für die Frau, mit der er so offensichtlich glücklich war.

Allan holte Wein, Brot und Salami, die Maureen immer zur Selbstbedienung vorbereitete. Es war noch immer warm, und sie setzten sich an die Brüstung der Terrasse.

«Es ist erst ganz kurz, daß ich von Ivos Tod reden kann», sagte Judith, «ich war wie eingekerkert in meiner Stummheit und Leere.»

Lucia und Allan luden sie ein, zu ihnen nach Triest zu kommen. Sie hatten zwei Kinder, ein Haus in den Hügeln von San Vito, ein gutes Boot. Die Vorstellung, einen Menschen als Freund zu gewinnen, von dem sie geglaubt hatte, er müsse sie hassen, war wunderbar befreiend. Vielleicht würde Lucia ihre Freundin werden, ihr Haus ein Ziel. Sie waren einander so schnell sympathisch geworden, daß Judith wieder den Mut fand, auch an ihre anderen Freunde zu denken. An Andreas, den sie jetzt wohl öfter sehen würde, wenn das Buch über Ivo erschien.

An Anna, Mamusch und Irene. An die vielen, die bei ihr zu Gast gewesen waren, als sie Ivo zu lancieren begann. Sie war nicht so allein, wie sie in der Verzweiflung des Verlusts geglaubt hatte. Es mußte für sie ein Leben nach Ivos Tod geben.

Maureen trat zu ihnen, mit noch heftiger gesträubtem Haar als sonst. «Kardinal Bembo verweigert sich. Er meint: Ratten und Füchse sind Geschöpfe des Herrn, ihre Antwort wird den Frager finden.»

«Äußerst aufschlußreich», sagte Lucia.

«Schade», meinte Allan, «daß es in der Renaissance kein Radio gegeben hat. Sonst könntest du Lena wenigstens in einer deiner Fernsehfolgen verwerten.»

«Ein Orakel muß ja nicht über das Radio sprechen. Ich werde mir schon etwas einfallen lassen.»

Die anderen blieben noch um das Radio geschart, und gelegentlich drangen besonders schrille Töne aus dem Nebenzimmer.

Daß Steffa dabei ausharrt, dachte Judith. Sie ist doch eine klar denkende Person.

Es war spät, als Judith sich von Maureen, Allan und Lucia verabschiedete. Steffa kam zögernd aus dem Wohnzimmer, wo noch immer das Radio lief.

«Hat Kardinal Bembo sich noch ausgesprochen?» fragte Judith auf dem Rückweg lachend.

Steffa sagte unerwartet ernst: «Man soll über diese Dinge keine Witze machen. Es gibt einfach zu viele unerklärliche Erscheinungen. Warum sollen Tote aus unserem Leben verschwunden sein? Vielleicht existieren sie in irgendeinem Zwischenreich und warten auf ihre Wiedergeburt.»

«Glauben Sie das wirklich?» fragte Judith.

«Ich weiß, daß ich schon einmal gelebt habe. Und die Menschen, die mir am wichtigsten waren, mit mir. Wir werden wieder zusammen sein.» Steffa sagte das mit solch ruhiger Selbstverständlichkeit, daß Judith nicht mehr an eine überspitzte Gedankenspielerei glauben konnte.

«Haben Sie das noch nie erlebt, dieses Gefühl, etwas schon einmal gesehen zu haben? Einen Menschen, dem man das erste Mal begegnet, gut zu kennen? Etwas zum ersten Mal zu gestalten, das einem völlig vertraut ist?»

«Ich weiß nicht», sagte Judith zögernd.

«Jemand zu hassen, der einem nichts getan hat?»

«Nein, sicher nicht.»

«Denken Sie nach», sagte Steffa.

«Auf den ersten Blick zu lieben – das schon.»

«Bei Ivo war es so, nicht wahr?»

«Ja.»

Sie fuhren schweigend durch die Nacht. Judith dachte

wieder an die Begegnung mit Allan, die ihr wie ein unverdientes Geschenk erschien.

«Sympathie auf den ersten Blick habe ich schon oft erlebt», sagte sie nachdenklich zu Steffa. Sie sah kurz zu ihr hinüber, zu dem traurigen kleinen Gesicht, der zusammengesunkenen Haltung. Sie hatte nicht viel über sie nachgedacht, so unauffällig war sie hinter ihren Fragen und Judiths Erinnerungen verschwunden. Das Wenige, das sie von sich preisgegeben hatte, sprach für Judiths Annahme, daß Steffa vom Leben recht stiefmütterlich behandelt worden war. In ihren Gesprächen tauchte immer wieder ihr «Lebensmensch» auf, als wollte sie sich damit eine Kompetenz in Liebesdingen geben, die sie offenbar nicht hatte. Wer dieser Mensch war, sagte sie nicht, und Judith hatte sie nicht gefragt. Wahrscheinlich eine dieser bläßlichen Liebesgeschichten, die im Alltag versickern. Vielleicht war Steffas Lebensmensch ein verheirateter Mann, der sich nur selten und verstohlen mit ihr traf.

Judith kannte die Signale des Glücks, sie hatte sie bei sich und den Frauen ihrer Familie zu oft gesehen. Steffa hatte nichts von der gelassenen Selbstsicherheit, die auch nicht allzu attraktive Frauen ausstrahlen können, wenn sie lieben und geliebt werden. Daß es auf Schönheit im herkömmlichen Sinn nicht ankam, hatte sie bei den Jovanovic-Frauen immer wieder erlebt. Am markantesten bei Deli mit dem Danteprofil, im Familienjargon «Dante Deli» genannt. Was immer sie für Männer anziehend machte, ihr langes, dramatisches Gesicht über einem kugelrunden Körper war es sicher nicht. Aber Deli hatte die unerschütterliche Überzeugung, daß es darauf überhaupt nicht ankam, und das war sehr ansteckend. Sie weinte, lachte, schimpfte, liebte mit erdbebenhafter Intensität. Mit siebzig heiratete sie zum dritten Mal, und auch diesmal war es eine höchst zufriedenstellende Verbindung, die – wie immer –, mit dem Tod ihres viel jüngeren Mannes endete. Und als sie schließlich hochbetagt zu lieben, zu lachen, zu weinen und zu schimpfen aufhörte, sammelte sich an ihrem Grab ein halbes Dutzend einstiger Liebhaber zur melancholischen Erinnerungsrunde an Deli mit dem Danteprofil.

«Du siehst die Welt nur als Erweiterung des Jovanovic-Clans mit anderen Mitteln», hatte Ivo einmal gesagt.

Natürlich hatte er recht. Sie hatte immer nur Freundinnen gehabt, die so ähnlich waren wie Anna, Mamusch und die anderen. Mit Frauen, die ihr Leben nicht ebenso tatkräftig in die Hand nahmen, hatte sie eine Art schuldbewußten Mitleids. Wie jemand, der im Reichtum geboren ist, einem anderen gegenüber, der zur Armut verdammt ist.

«Sie glauben nur, was Sie sehen», sagte Steffa leise in ihre Gedanken hinein.

«Wir sind alle sehr realistisch», antwortete Judith, «das liegt an unserer Erziehung. Aber wahrscheinlich bin ich von uns allen die einzige, die eine andere Weltsicht gelten läßt. Ich habe einen sehr idealistischen Vater gehabt. Er hat mich stark geprägt.»

«Ist er tot?»

«Ja, schon lange.»

«Und Sie haben nie versucht, Verbindung zu ihm aufzunehmen?»

«Ich habe oft an ihn gedacht, mir überlegt, wie er in einer schwierigen Situation entscheiden würde.»

«Und? Haben Sie ihn erreicht?»

«Erreicht? Ich habe mich an ihn erinnert, und das hat mir manchmal geholfen.»

«Würden Sie nicht mit ihm sprechen wollen?»

Judith schüttelte den Kopf. «Was soll das? Er ist tot. Ich glaube nicht an Geisterstimmen, wie Lena sie uns suggerieren wollte. Oder gar an Bilder aus dem Jenseits.»

«Es ist ein großer Trost, daß es das gibt», sagte Steffa. «Man ist nicht mehr so furchtbar allein.»

Judith sah zu ihr hinüber und merkte, daß sie weinte. Ihr geht es wie mir, dachte sie und berührte sanft ihre verkrampfte Hand.

Judith war gleichzeitig müde und aufgedreht, wußte, daß sie jetzt noch nicht schlafen konnte. Bläuliches Licht kam durch die Terrassentür in das Kaminzimmer und versilberte den Herrn Woprschalek und die Frau Zwerschina. Sie wiesen auf Herz und Hirn, als käme der selbsterfundene Zauber von einst als Botschaft zu ihr zurück.

Sie stand auf, um nach dem Wetter zu sehen, und plötzlich war Mauro da und rieb sich an ihrem Bein. Über den Bäumen hing leichter Nebel, aber er würde wohl noch nicht bleiben. Die Luft war feuchtkühl, und sie fröstelte. Sie wollte zurück ins Haus, als sie das seltsame Geräusch aus Steffas Zimmer hörte. Gezogene, gedämpfte Töne, von Kreischen und Brummen durchbrochen, als suchte jemand einen bestimmten Sender. Dazwischen Steffas Stimme, dann wieder Jaulen, Flüstern, Musik, abgehackte Stimmen. Wie am Nachmittag bei Lena.

Judith trat näher an Steffas Terrassentür. Drinnen brannten vier Kerzen, an jeder Wand des Zimmers eine.

«Sag, was ich tun soll, gib mir die Kraft», sagte Steffa

mit hoher, fremder Stimme, wie ein Kind, das mit einer Respektsperson spricht.

Sie saß mit dem Rücken zum Fenster vor ihrem kleinen Radio, den Kopf nahe daran. Wieder kamen schleifende, metallische Mißtöne aus dem Äther, dann eine italienische Stimme mit einer Werbeankündigung für eine Kosmetikmarke. «Sprich so, daß ich dich verstehe», sagte Steffa und wechselte den Sender. Eine Sprecherin mit dunkler, sinnlicher Stimme sprach beschwörend wie eine Sibylle von einem Wundermittel gegen Magenschmerzen.

«*Panacea*» skandierte sie das italienische Wort für Allheilmittel.

«*Pan-pan-panacea.*»

«Pan», wiederholte Steffa. «Wo ist Pan? Hast du ihn endlich gefunden?»

«Nie wieder Magenschmerzen», skandierte die Sprecherin in herrlichen Cellotönen.

«Ich verstehe dich nicht. Sprich nicht italienisch», sagte Steffa verzweifelt. «Du quälst mich wieder.» Und dann kam ein Schlager aus dem Radio.

Steffa drehte ab und legte den Kopf auf ihre Arme. Mauro, der mit Judith gekommen war, stieß einen Klageton aus. Steffa sah auf und kam zur Tür. Ihr Gesicht war grau.

«Kann ich Ihnen helfen?» fragte Judith.

Steffa schloß die Augen und zog die Lippen zwischen die Zähne. Sie schüttelte den Kopf, drehte sich um und ging wieder ins Zimmer.

Judith hatte schlecht geschlafen. Sie wachte mit verschwollenen Augen und ausgedörrtem Mund auf. Schwindlig tastete sie nach dem Mineralwasser auf ihrem Nachttisch.

Sie dachte an den dunklen Traum, aus dem sie aufgeschreckt war, und während sie an ihn dachte, zerflatterte er. Sie wollte ihn herbeizwingen, aber er verschwand aus ihrem Gedächtnis. Sie wußte nur, daß er mit ihrer Sehnsucht nach Ivo zu tun gehabt hatte. Und daß er ganz anders gewesen war als jene vielen realistischen Träume, in denen Ivo wieder da war, als hätte sie nichts getrennt. Steffas Worte fielen ihr ein. Loslassen – wie konnte sie das? Gerade durch ihre Gespräche, den Sturm der Erinnerungen hatte sie ihn neu in Besitz genommen. Aus der Dumpfheit ihrer Trauer war ein Teil ihres Lebens in luzider Klarheit wiederauferstanden. Wie sollte sie Ivo loslassen? Sie konnte das so wenig, wie sie sich selbst und ihr Leben loslassen konnte.

Steffa erschien ihr naiv, versponnen. Eine Frau, die an Stimmen aus dem Jenseits glaubte. Oder an Wiedergeburt. Sie hatte sie bei der Arbeit beobachtet, die sie hektisch und unorganisiert machte. Dauernd verlegte sie ihr Tonbandgerät oder ihre Kassetten, dann wieder Aufzeichnungen mit Fragen, die sie ausgearbeitet hatte.

«Sie müssen einen dalmatinischen Nachmittag einlegen», hatte Judith ihr einmal lachend geraten. Und dann hatte sie ihr erzählt, daß die sehr organisierten Frauen ihrer Familie, die so hart arbeiten konnten, wenn es nötig war, immer wieder eine kurze Siesta hielten, um total entspannt, bei Kaffee und Zigarillos, die eleganten Kostümjacken gelockert, die Beine hochgelagert, abzuschalten. Ein dalmatinischer Nachmittag konnte fünf Minuten oder fünf Stunden dauern, und er mußte genau in dem Augenblick einsetzen, wo die Konzentration nachließ. Auch er war ein Erbe der legendären Branka Jovanovic, deren türkische Kaffeemühle von Mamusch ebenso hochgehalten wurde wie die kleinen kupfernen Kaffeekannen und das ziselierte Messingtablett mit den fingerhutgroßen Mokkaschalen, die alle zum dalmatinischen Nachmittag gehörten.

Judith sah auf die Uhr, es war sieben, zu spät, um noch einmal einzuschlafen. Vielleicht war ihr der dalmatinische Nachmittag zu ihrem eigenen Trost gerade eingefallen. Steffa verstand ohnehin nicht, was er wirklich bedeutete.

Judith stand auf, machte im Kaminzimmer Feuer, ehe sie im Bad verschwand. In einen flauschigen Hausmantel gehüllt, ging sie in die Küche, mahlte in der türkischen Mühle, die sie von Tante Deli geerbt hatte, den Kaffee langsam zu feinem Pulver. Warum sollte sie den Tag nicht mit einem dalmatinischen Nachmittag beginnen?

Anna, die vor Jahren ein Managementtraining mitgemacht hatte, kam lachend davon zurück und sagte zu Mamusch: «Eigentlich verkaufen sie einem dort das gleiche wie du, nur mit viel komplizierteren Theorien. Wenn sie wüßten, was der Unterschied zwischen eleganter und verschwitzter Ordnung ist und ein dalmatinischer Nachmittag, brauchten sie all ihre Trainingsmethoden nicht.»

Das hatten sie alle von Kind auf gelernt. Elegante Ordnung entstand durch rechtzeitige Planung, durch die Fähigkeit vorauszuschauen, um alle Ecken und durch die Menschen, mit denen ihre Arbeit zu tun hatte. Ihr Fundament war die felsenfeste Überzeugung, daß alles, was getan werden mußte, am besten schnell und gern zu tun war. Zur eleganten Ordnung gehörte es, statt einer Sache, die herumlag, gleich zwei oder drei Dinge mitzunehmen und an den richtigen Ort zu bringen. Wer das nicht konnte, dem blieb nur die verschwitzte Ordnung, die Hektik und Konfusion, die Ungenauigkeit und die Überforderung, die dabei entstanden. Judith war das alles immer sehr leichtgefallen. Leichter als Anna mit ihrer Neigung zum Durcheinander. Aber Anna und Mamusch brachten viel müheloser als sie Ordnung in ihre Gefühle.

Mamusch hatte sich ein halbes Jahr nach dem Tod des Vaters so weit gefaßt, daß sie wieder mit Männern ausging. Und nach einem weiteren Jahr hatte sie einen neuen Partner gefunden. An Anna schienen Trennungen spurlos vorbeizugehen. Nur sie selbst brachte nicht einmal verschwitzte Ordnung in ihr Leben ohne Ivo.

Judith setzte den Kaffee mit Zucker in der türkischen Kanne aufs Feuer und wartete, bis sich der Schaum über den Rand hob. Sie spritzte kaltes Wasser darüber und sog dankbar den aromatischen Duft ein. Im Kaminzimmer knackten die vom Feuer erfaßten Holzscheite. Wärme breitete sich aus. Sie setzte sich in den hochlehnigen Sessel beim Kamin, spürte wohlig ihre durchwärmte Haut und hörte, daß Steffa kam. Sie trat mit verspanntem Gesicht ein. Vielleicht war es ihr peinlich, dachte Judith, daß sie ihr sonderbares Zwiegespräch mit dem Radio gehört hatte. Vielleicht war sie draufgekommen, daß es sich um eine Werbeeinschaltung gehandelt hatte.

Von draußen drangen klappernde Geräusche herein – Matteo ließ seinen Stock an den Statuen des Gartens anschlagen, dann stocherte er im Kies und klopfte kurz an der Terrassentür. «Signora», rief er, «ich bringe Raviolini, Pilze und Gemüse. Die Mutter sagt, Sie müssen ordentlich essen, Sie sind ganz dünn geworden.»

Judith nahm ihm den Korb mit den sorgfältig eingepackten Lebensmitteln ab und trug ihn in die Küche. Obendrauf lag ein bunter Herbststrauß. Sie holte eine Vase dafür und brachte eine Kaffeetasse für Matteo. Sie beobachtete, wie geschickt er die Kanne ertastete und zum Einschenken über die Tasse hielt.

«Signora, die Brille ist noch nicht fertig. Meine Mutter bekommt sie erst morgen.»

Judith übersetzte Steffa, was Matteo gesagt hatte. Steffa fuhr gereizt auf. «Großartig. Wie lange soll ich denn noch warten? Ich brauche sie doch zum Lesen und Autofahren.»

«Er kann ja nichts dafür», sagte Judith beschwichtigend. Sie merkte an Matteos Gesicht, daß er zwar nicht den Sinn, aber den Tonfall von Steffas Ausbruch verstanden hatte.

«Die *nonna* sagt, es kommt Nebel», sagte Matteo und wendete sich zum Gehen.

«Eigentlich ist es noch zu früh dafür», warf Judith ein.

«Wie ich auf die Welt gekommen bin, sagt die *nonna*, war um diese Zeit so starker Nebel in Vicenza, daß der Bahnhofsvorstand vor jedem einfahrenden Zug Knallkapseln auf die Schienen gelegt hat, damit der Zugführer gewußt hat, wann er stehenbleiben muß. Nebel ist schön, da geht es allen so wie mir», sagte er lachend, nahm seinen Stab und tastete sich zur Tür und dann quer durch den Park. Sie hörten seine rauhe Stimme, die einen Schlager sang, noch eine Weile.

«Das mit den Knallkapseln ist sicher erfunden», zweifelte Steffa.

«Sie werden sehen, wie dick der Nebel hier sein kann. Oft muß man tagelang im Haus bleiben, weil man absolut nichts sieht. Vielleicht erleben Sie das noch.»

«Wenn wir jetzt nicht sehr intensiv arbeiten, bleibe ich Ihnen wirklich bis zur Nebelzeit erhalten», sagte Steffa und holte die Tasche mit dem Tonbandgerät.

«Wir haben über den Anfang ihrer gemeinsamen Zeit gesprochen, über das Haus, das Fresko. Aber damals war doch auch Ivos großer Durchbruch zum Erfolg. Was ist da eigentlich passiert?»

«Da ist viel zusammengekommen», sagte Judith. «Aber natürlich war Akito Tanaka sehr wichtig.»

Der Herbst, die kühleren Tage waren gekommen, die Zeit, endlich das Haus zu genießen, dessen Renovierung zu Ende ging. Ivo plante ein Fest für die Restauratoren, italienische Freunde und einige Besucher aus Wien, aber Judith mußte nach Wien. Mit Hilfe des Familien-Clans hatte sie erreicht, daß sie bei einem Kongreß internationaler Industrieller in der Wiener Hofburg eine Koje bekam, in der sie repräsentative Bilder ausstellte.

Das war eine Chance, die sie nützen mußte. Sie fuhr nach Wien, ließ Ivo stumm und gekränkt zurück. Aber sie wußte, daß sie auf der Wichtigkeit ihrer Arbeit bestehen mußte, wenn sie damit nicht untergehen wollte.

Der Platz, der ihr im Foyer der Hofburg zugewiesen wurde, hatte ungünstige Proportionen, aber er lag zwischen Garderobe und Telefon – jeder der Kongreßteilnehmer ging mehrmals am Tag daran vorbei. Sie dekorierte die Koje sehr sparsam, stellte mobile Wände auf, um mehr Platz für die Bilder zu gewinnen. Sie wählte mit einer Ausnahme kleine Formate. Nur an die Stellwand hängte sie Ivos großformatiges Bild: Die Frau mit dem Eulenkopf. Man sah es erst, wenn man die Koje betrat, dann allerdings kamen seine geheimnisvollen Blau- und Brauntöne zu magnetischer Wirkung. Sie rechnete nicht damit, daß sich ein Käufer fand, aber sie wollte, daß Ivos Bild bei einer Ausstellung dabei war, die sie allein arrangiert hatte. Anna konnte Ivos Bilder in der gemeinsamen Galerie ablehnen, hier hatte nur sie zu bestimmen.

Die kleinen Bilder waren leicht verkäufliche Aquarelle, die sich als Mitbringsel eigneten. Sie gingen rasch weg, und sie mußte neue holen. Das Porträt mit dem Eulenkopf zog die Menschen an, aber niemand fragte auch nur nach dem Preis. Am letzten Tag des Kongresses steuerte ein unauffälliger Japaner auf das Bild zu und versank davor in langer Betrachtung. Judith störte ihn nicht, sie sprach ihn nicht an, und dann ging er. Nach einer Stunde kam er zurück, verbeugte sich vor ihr und sagte in perfektem Oxford-Englisch: «Wenn Sie gestatten, werde ich dieses Bild in meine Heimat nehmen. Es wird einen ehrenwerten Platz in meiner Sammlung einnehmen.»

Judith verbeugte sich ebenfalls und sagte: «Es ist schön, daß Sie daran Gefallen finden.»

«Ich lasse es vom Hotel abholen, ich möchte es in meinem Zimmer haben. Ich verbringe noch einige Tage in Wien.»

Dann verbeugte er sich wieder und fragte, in welcher Höhe er den Scheck ausstellen solle. Judith nannte einen sehr hohen Preis, und der Mann schrieb die Ziffern ohne Zögern.

«Ich bin Akito Tanaka, von Tanaka Limited in Osaka. Es würde mir eine Ehre sein, weitere Bilder des Malers Ivo Longhin kennenzulernen. Meine Familie betreibt Firmen für Schiffseinrichtung, Warenhäuser und eine Galerie für außergewöhnliche Kunst aus Europa. Die Bilder von Ivo Longhin werden ein Schmuck dieser Galerie sein.»

«Mr. Tanaka», sagte Judith, «darf ich Ivo Longhin von Ihrer ehrenden Entscheidung verständigen und ihn bitten, nach Wien zu kommen, um Ihnen seinen Besuch zu machen?»

Akito Tanaka lächelte zufrieden. «Sie sind sehr liebenswürdig, Madame, mein Sekretär wird Sie wegen eines Termins anrufen.»

Judith gab ihm ihre Karte und rannte zum Telefon, kaum daß Akito Tanaka die Koje verlassen hatte.

«Komm sofort nach Wien, Ivo», schrie sie in die rauschende Muschel, «du hast einen Sammler.»

«Ich weiß», sagte Ivo, «heute nacht habe ich es geträumt.»

Sie fragten sich nachher noch oft, wie alles weitergegangen wäre ohne diese Verkettung von Zufällen. Daß sie auf ihrer Rückkehr nach Wien beharrt hatte, daß der Clan ihr die Koje verschaffte, daß sie Ivos Bild ausstellte und daß sie behutsam abwartend auf Akito Tanakas Interesse reagiert hatte. Später stellte sich heraus, daß er sich auch in anderen Galerien umgeschaut hatte. Ein Bild hatte ihm gut gefallen, aber er hatte nicht gekauft. «Die Dame dort weiß nicht, was Höflichkeit gegenüber einem Kunden ist», erzählte er Judith später. «Eine Dame, die das Werk eines Künstlers verwaltet, muß sich mit großem Respekt einem Kunden nähern, der den Geist dieses Bildes in sich aufnehmen will. Diese Dame war nicht respektvoll, und so habe ich nicht gekauft.»

Ivo schwelgte in boshafter Freude über diese Schilderung. Die Galeristin gehörte zu seinen Lieblingsfeindinnen. Und da sie zufällig auch Annas Lieblingsfeindin war, dauerte es nicht lange, bis die Galeristin von der Einschätzung des Mr. Tanaka erfuhr.

Ivo schwebte auf Wolken. Er hatte nun tatsächlich das, wovon jeder Maler träumt: einen Sammler. Und noch dazu einen mit viel Geld. Der japanische Industrielle kaufte noch zwei weitere Bilder Ivos, drei Zeichnungen, und er erbat eine Option auf weitere Werke. Ivos altmeisterliche Technik und seine geheimnisvolle Thematik faszinierten ihn. «Es sind Bilder, die aus einer wunderbaren alten Kultur kommen. Und es sind Bilder der Meditation. Man verliert sich in ihnen und kommt gekräftigt aus ihnen zurück.»

Judith stellte sich vor, wie ganze Scharen müder japanischer Manager lemminghaft in Ivos Bildern verschwanden, um dann mit stählernem Blick, in einer Aura umsatzfördernder Energie daraus wieder aufzutauchen.

«Ich habe gewußt, daß du mir Glück bringst», sagte Ivo. Und gestand ihr zum ersten Mal, wie hoffnungslos verschuldet er war. Zum ersten Mal hörte sie, daß seine Frau alles, was er in Amerika verdient hatte, und das war nicht wenig, für sich reklamiert hatte.

«Ja», warf Steffa ein, «Sie wissen ja jetzt wofür.»

«Ja», wiederholte Judith und fiel aus dem Hochgefühl ihrer Erinnerung an ihren ersten großen Erfolg.

Judith fröstelte. Das Kaminfeuer war heruntergebrannt. Sie trug die Kaffeetassen in die Küche und stocherte mit dem Schürhaken in der Glut, ehe sie zwei klobige Holzscheite auflegte.

Steffa kam ihr nach und kauerte vor dem wiederauflebenden Feuer. «Sie haben es nicht gewußt, Judith.»

Judith drehte sich um und sah sie an. «Das mit dem kranken Kind?»

Steffa nickte.

«Nein. Ich glaube, es war so furchtbar für ihn, daß er es nicht einmal mir sagen konnte.»

«War er sonst immer offen zu Ihnen?»

Judith zögerte einen Augenblick.

«Wir haben beide nicht viel über Menschen geredet, die uns vor unserer Begegnung wichtig waren. Eigentlich hat alles für uns neu begonnen mit unserer Liebe.»

«Es muß sehr schön sein, von Ihnen geliebt zu werden. Sie sind ein so totaler Gefühlsmensch. Ich bin sehr froh, daß ich Sie näher kennenlernen darf. Bei den ersten flüchtigen Begegnungen in Ihrer Galerie habe ich Sie ganz anders eingeschätzt. Sie sind mir sehr distanziert erschienen, fast hochmütig. Sie und Ivo – das war das schöne, elitäre Paar, weit weg von den anderen, ihrem Neid, ihrer Sehnsucht, ihrer Bewunderung. Sie sind viel menschlicher, als ich Sie damals empfunden habe.»

«Verliebte sind immer egoistisch», antwortete Judith. «Andere sind für sie nur da, ihr Glück zu spiegeln. Bei mir hat es sogar eine Zeit gegeben, in der ich mich von meiner Familie entfernt habe. Meine Mutter, meine Schwestern konnten es überhaupt nicht verstehen, daß jemand so radikal nur für einen einzigen Menschen leben kann, wie ich das tat.»

«Man hat das gespürt, wenn man Sie beide gesehen hat. Da war eine Übereinstimmung Ihrer Bewegungen, Ihrer Worte. Sie haben sich sogar körperlich an ihn angepaßt, sind ganz schmal geworden, Ihr Gesicht hat einen anderen Umriß bekommen. Auf einmal waren Sie ihm ähnlich. Das passiert doch sonst nur nach vielen Jahren der Gemeinschaft. Und Sie waren von einer lodernden Aura umgeben, die alle zurückgewiesen hat, die sich Ihnen näherten. Wahrscheinlich haben Sie gar nicht gemerkt, wie man Sie angestarrt hat, staunend, bewundernd, neidvoll...?»

«Gemerkt habe ich es eigentlich erst später, als das erste Interesse an uns nachließ, als wir nicht mehr das spannende, ungewöhnliche Paar waren, weil man sich an uns gewöhnt hatte. Aber am Anfang, da war die Neugier auf uns selbst viel stärker. Wir haben die Neugier der anderen kaum gemerkt.»

Judith dachte daran, wieviel Neues in diesen ersten Monaten ihres ständigen Zusammenseins auf sie hereingestürzt war. Sie hatte nie auf Dauer mit einem Mann zusammengelebt, weil sie Scheu vor zuviel Nähe gehabt hatte. Nun schlief sie in Ivos Armen ein und wachte an ihn gepreßt auf, durchtränkt von seinem Atem, seinen Träumen, seinen Ekstasen.

Einmal hatten sie einen ganz ähnlichen Traum gehabt.

Sie rannten beide auf der Giudecca hinter dem ablegenden Schiff her. Aber nur Judith erreichte es. Ivo träumte, daß ihn im Absprung eine vom Schiff herunterfallende Latte erschlug.

Judith sah eine Frau in Blau, die ihn zurückhielt und in eine dunkle Einfahrt zog. Sie lachte das nachwirkende Grauen dieser Szene weg und gab sich der wütenden Intensität seiner Umarmung hin. «Lach nicht», flüsterte er, «da gibt es nichts zu lachen.»

Sie entdeckten einander ganz neu in der unbegrenzten Nähe ihres Zusammenlebens. Ivo hatte meist mit Künstlerinnen gelebt. Mit bürgerlichen Frauen, die ihn reizten, hatte er nur kurze, folgenlose Begegnungen gehabt. Judith fühlte seine Verblüffung darüber, wie anders sie war. Fest und flexibel zugleich, in eine Ordnung eingebettet, die ihm fremd war, der er aber nicht mißtrauen mußte, weil sie ihn nicht einengte.

Zu Judiths Überraschung wurde sie damals Alleinerbin der Tante Deli mit dem Danteprofil. Es gab keine Kinder, und Delis überlebende Liebhaber besaßen selbst genug Geld. Judith war ihre Lieblingsnichte. Ihre Verbindung mit Ivo hatte sie allerdings mit Mißtrauen betrachtet. «Mit dem, was du von mir bekommst, bist du unabhängig. Nur so kannst du dir leisten, die Geliebte zu sein. Und es auch zu bleiben, wenn du ihn verrückterweise heiraten solltest.»

Die Familie nahm es gelassen auf, daß Judith allein begünstigt wurde. Die Jovanovic-Frauen verfügten immer sehr eigenwillig über ihren Besitz. Mamusch hatte das Geschäft der Mutter geerbt, obwohl sie die Jüngste war. Aber sie war die dafür Talentierteste.

In den nächsten Jahren waren noch beträchtliche Umverteilungen zu erwarten. Die Jovanovic-Frauen der Nachkriegsgeneration hatten alle Erfolg gehabt, und ihre Vermögen würden in absehbarer Zeit Töchtern und Enkelinnen, Nichten und Großnichten zugute kommen. Aber niemand war darauf angewiesen, denn sie hatten alle eigenes Geld.

«Ich habe ein gutes Angebot für dich», sagte Anna nach Abwicklung des Nachlasses. «Du kannst die Mehrheitsanteile an der Galerie haben. Das macht dich unabhängig. Du kannst Ivo ausstellen. Ein schlechtes Geschäft wird das jetzt sicher nicht mehr sein, seitdem ihn die Japaner entdeckt haben. Ich werde jetzt viel in Paris und New York sein.»

«Ich werde es mir überlegen», sagte Judith zurückhaltend. Annas gönnerhafter Tonfall mißfiel ihr. Er schlich sich jetzt öfter in ihre Gespräche ein. Manchmal schien sich Anna, die immer sehr apodiktisch ihre Meinung vertrat, mit Ivo gegen sie zu verbünden. Aber kaum ging Ivo geschmeichelt und amüsiert auf dieses Spiel ein, wendete sie sich provokant gegen ihn.

Ivo schätzte die vielen Familienfeste, in denen er ausgelassen und mit beträchtlichem Charme den Hahn im Korb unter den vielen vitalen Frauen und ihren zurückhaltenden Männern spielte. Aber er mochte es nicht, wenn Judith sich allein mit ihnen traf.

«Sie wollen dich nicht loslassen, merkst du das nicht», sagte er ihr. «Sie wollen, daß du die kleine Tochter, die mittlere Schwester bleibst. Vielleicht sind sie auch eifersüchtig auf deine Liebe. Im Grunde sind sie doch alle Krämerseelen, die nur emotionelles Kleingeld zu vergeben haben.»

Er machte sie auf Blicke, Worte, Handlungen aufmerksam, denen sie nie Bedeutung beigemessen hätte. Daß Anna und Mamusch sich ironisch ansahen, wenn er Judith vor ihnen küßte. «Sie halten es nicht aus, wie stark wir verbunden sind. Weil sie selbst nicht bindungsfähig sind», sagte er.

Judith schien es, daß er sie ziemlich absichtsvoll küßte, wenn die anderen dabei waren, daß er ihre Hand nicht losließ, ihr erotische Anspielungen ins Ohr flüsterte.

«Wir verstehen schon, daß ihr von großer Leidenschaft geschüttelt seid, Ivo», sagte Anna. «Aber Leidenschaft vergeht, die Familienbande bestehen.»

«Das würde dir so passen», sagte Ivo und nahm Annas Ohrläppchen zwischen Daumen und Zeigefinger und preßte es, bis sie schrie.

«Ich steh nicht auf solche Spiele», sagte sie kalt. «Machtgierig bin ich selber.»

Es war schließlich Judith, die immer öfter Einladungen der Familie ausschlug, weil sie die Spannungen zwischen Ivo und Anna nicht ertrug. Ivo benahm sich nirgends so schlecht, so überheblich und fordernd wie in Annas Gesellschaft. Aber er wurde mit Anna nicht fertig. Sie lachte ihm ins Gesicht, sie forderte ihn mit Ironie und unvermittelter Loyalität heraus, als wollte sie ihm beweisen, daß sein Klischee der eifersüchtigen Schwägerin nichts als spießiger Schwachsinn war. Schließlich arrangierte sie für ihn sogar eine Ausstellung seiner Zeichnungen in Paris – etwas, wovon Ivo schon immer geträumt hatte.

Ivo war überrumpelt. «Vielleicht ist sie doch nicht so arg, wie sie immer tut», sagte er hilflos zu Judith. Und flog glücklich zu den Vorbereitungen der Ausstellung nach Paris. Judith blieb noch einige Tage in Wien, weil sie eine Vernissage vorbereiten mußte, und kam zur Eröffnung nach.

Anna hatte Freunde bewogen, Ivos Graphik der letzten Jahre auszustellen. Sie selbst blieb konsequent. In ihrer Galerie fand Ivo Longhin keinen Platz.

Es war ein sehr kleiner Ausstellungsraum, nicht weit von der Place des Vosges, in dem sich ein buntgemischtes Publikum drängte. Anna hatte Kritiker, Journalisten und ein Fernsehteam zusammengetrommelt, einige wichtige Sammler und als Garnierung einen dekorativen, aber unbedeutenden Politiker und eine besonders häßliche und ungemein witzige Schauspielerin. Erstaunlich, wie schnell sie in dieser Stadt ein Beziehungsnetz geknüpft hatte, in dem Ivo wie ein schillernder Fisch zappelte.

Er war ein Künstler nach dem Geschmack der Pariser – cool, weltgewandt, attraktiv und mit der richtigen Prise *insolence* ausgestattet – jener lässigen Frechheit, die zum Erfolg in dieser Stadt gehörte.

Anna schoß an diesem Abend ein Feuerwerk guter Laune, ausgelassener Schlagfertigkeit ab. Schon lange hatte sie nicht so strahlend ausgesehen, in einer Aureole ihres starken, rotbraunen Haars, die suggestiven hellen Augen voller Glanz. Sie ruhte in sich selbst, und auch Ivo wirkte ihr gegenüber ungewohnt entspannt, gelassen. Judith registrierte das mit großer Erleichterung. Endlich hatte er begriffen, was wirklich in Anna steckte. Wieviel Kraft, die sie auch für andere einsetzte, wenn man sie nur ließ!

Judith empfand eine ganz neue Liebe zu der dominierenden Schwester. Zu dem Stolz, der Bewunderung, die sie als Kind Anna entgegengebracht hatte, zu der Solidarität, in der sich Generationen von Jovanovic im Umgang miteinander geübt hatten, kam ein Gefühl der Gleichwertigkeit. Judith hatte genug eigene Siege erlebt, sie konnte die Triumphe der anderen lächelnd mitgenießen. Sie waren jetzt beide erwachsen, und das verstärkte ihre Sympathie.

Anna trug ein tief ausgeschnittenes schwarzes Kleid, aus dem ihr weißes, verlockendes Dekolleté leuchtete. An einer Seidenschnur baumelte ein goldgefaßter Skarabäus. Judith hatte ihn noch nie an Anna gesehen. Die grüngoldenen Flügel des mythischen Käfers waren gespannt und hoben sich irisierend von Annas weißer Haut ab. Manchmal verschwand das Amulett zwischen ihren Brüsten.

«Woher hast du das?» fragte Judith.

«Von einem Lover», sagte Anna lachend. «Schöne, kurze Affäre, garantiert ohne Fortsetzung. Das sind mir die liebsten.»

Ivo sah kurz zu ihnen herüber und auf den Skarabäus.

Anna nahm ihn spielerisch zwischen ihre Finger. «Weißt du das – die Ägypter haben geglaubt, daß es davon nur Männchen gibt, die sich allein fortpflanzen. Und so was kriege ausgerechnet ich als Geschenk.»

Sie ließ den Käfer fallen und lachte. Judith fiel in dieses herausfordernde, ansteckende Lachen ein. Es war schön, diese starke, ungewöhnliche Schwester zu haben. Nie hatte sie begreifen können, daß es Rivalität zwischen Schwestern gab. Anna, Irene und sie waren sehr verschieden, aber sie alle hatten viel Kraft und mußten einander nicht beneiden. Wahrscheinlich war es aber auch das Vorbild von Mamusch und ihren Schwestern gewesen, das ihre Haltung prägte.

Die Vernissagegesellschaft brach auf, um in einem nahe gelegenen Restaurant Ivos Erfolg zu feiern. Judith und Anna gingen Arm in Arm. Sie spürten beide, wie die Blicke der Männer ihnen folgten, wie sie Gemeinsamkeit und Andersartigkeit taxierten und wie sich Wünsche daran entzündeten. Ivo versuchte sie zu trennen, aber sie bestanden darauf, nebeneinander zu sitzen. Wortlos hatten sie sich verständigt, daß eine neue Phase ihrer Beziehung begonnen hatte, und auch das mußte gefeiert werden. Ivo setzte sich wütend ihnen gegenüber und schüttete ein Glas Wein nach dem anderen in sich hinein.

Ein bekannter Pariser Kritiker beglückwünschte Ivo zu seinem Erfolg und – nach einem sondierenden Gespräch über Judiths und Annas Rolle in seinem Leben – zu seinen «intensiven Mentorinnen». Eine Verbeugung in ihre Richtung folgte diesem Kompliment.

«Ja», sagte Anna lachend zu Ivo, «manchmal ist diese Weiber-Mafia doch für etwas gut.»

Ivo hatte jenes Stadium kalter Betrunkenheit erreicht, dem häufig ein Wutausbruch folgte. «Auch für die Weiber-Mafia gilt die *omertà*. Wenn du den Mund gehalten hättest, wärest du ganz große Klasse gewesen. Aber nichts fällt dir schwerer.»

Anna lächelte und wendete sich einem amerikanischen Korrespondenten zu. «Ivo Longhin ist ein erstklassiger Zeichner, ein brauchbarer Maler. Aber ein sehr mittelmäßiger Mensch. Leider liebt ihn meine Lieblingsschwester.»

Judith sah, wie es in Ivo arbeitete. Sie stand auf und ging zu ihm. «Komm», flüsterte sie, «ich will endlich mit dir allein sein.»

«Du hast Glück, Anna», sagte Ivo mit grauem Gesicht,

«es ist sehr viel verlockender, in Judiths Armen zu liegen, als in dein abgenütztes Gesicht zu schauen.»

Judith suchte verzweifelt Annas Augen, aber die hatte sich abgewandt und beachtete weder sie noch Ivo.

Mit großem Kraftaufwand brachte Judith Ivo aus dem Restaurant und lotste ihn in ihr Hotel.

«Warum machst du das?» fragte sie ihn verzweifelt. «Du weißt, wieviel mir an Anna liegt. Ich ertrage die Spannungen zwischen euch nicht mehr.»

«Warum mache ich das?» wiederholte Ivo mit schwerer Zunge. «Weil sie das braucht. Einer muß ihr den Herrn zeigen, diesem übergeschnappten Mannweib.»

Dann drehte er sich zur Seite und schlief röchelnd ein.

Judith dachte an die Signale der Angst und der Wut, die Ivo immer dann von sich gab, wenn eine aus der Familie ihm seiner Meinung nach zu nahe kam. Im Rausch sprach er immer wieder von der Bedrohung durch diese Frauen. Nüchtern geworden, leugnete er es vehement. Aber Judith wußte, daß das Momente der Wahrheit waren. Und daß Worte nicht ausreichten, um seine Ängste zu beschwichtigen.

Am nächsten Morgen war er nicht wachzubekommen. Sie ließ ihn schlafen und ging in die Galerie. Anna stand frisch und gut aufgelegt im Büro. Sie winkte Judith und führte ihr Telefongespräch zu Ende. Dann umarmte sie die Schwester lachend. «Ist er wieder bei Bewußtsein?»

«Anna», sagte Judith, «ich halte diese ewigen Streitereien zwischen euch nicht aus. Darum will ich auch die Beteiligung an der Wiener Galerie nicht. Ich leite sie noch bis Ostern, das ist lange genug, um jemand zu finden, der meine Arbeit weiterführt.»

«Was ist geschehen?» fragte Anna, und diesmal zerbröckelte der Firnis ihrer Überlegenheit. «Habe ich dir etwas getan?» Sie sah Judith verzweifelt an.

«Anna, ich liebe dich, ich bin stolz auf dich, es gibt keine Frau, die mir so nahe ist wie du. Aber du hast etwas an dir, das Ivo bis zur Weißglut provoziert. Er ist der Mann meines Lebens, ich will nicht, daß er unglücklich ist und mich damit unglücklich macht.»

«Unglücklich», sagte Anna mit seltsamem Lächeln. «So leicht ist das, ihn unglücklich zu machen? Man muß nur ein anderes Spiel spielen als er?»

«Weißt du», sagte Judith nachdenklich, «manchmal glaube ich, daß du in bestimmten Situationen Gutes tust, um Macht auszuüben. Es war wunderbar, daß du Ivo die Chance gegeben hast, in Paris auszustellen, aber du hättest es ihn nicht spüren lassen dürfen, daß er das dir verdankt.»

Anna schwieg und ließ den Skarabäus zwischen ihren Fingern tanzen. «Vielleicht hast du recht», sagte sie nach einer Weile. «Aber du weißt doch, wie das bei mir zu werten ist.»

«Ich schon», sagte Judith.

«Ivo wird das auch begreifen, wenn er wieder nüchtern ist.»

«Das glaube ich nicht», sagte Judith und ging.

Sie behielt recht. Ivo wachte in katastrophaler Laune auf. «Alles zerstört dieses Weib, sogar, wenn es einmal etwas Positives zustande bringt. Überall hat es seine klebrigen Finger drin. Wahrscheinlich will es auch uns auseinanderbringen, weil es selbst nicht imstande ist, eine Beziehung von Bestand zu haben.»

«Laß Annas Beziehungen, die gehen niemand etwas

an. Und du tust ihr unrecht, wenn du sagst, sie will uns auseinanderbringen. Sie weiß ganz genau, was ich für dich empfinde. Und sie hat es für mich genauso wie für dich getan, daß sie diese Pariser Ausstellung arrangiert hat.»

«Mich kauft sie nicht damit», wütete Ivo.

«Niemand will dich kaufen. Anna hat eben eine ganz andere Art, mit Männern umzugehen, als du es gewöhnt bist. Aber du mußt sie ja nicht lieben – Gott behüte. Da würde ich erst dir und dann ihr die Augen auskratzen!»

Ivo lachte. «Anna lieben!» Er konnte sich nicht fassen über diese absurde Idee. Aber seine Stimmung hob sich schlagartig.

«Ich habe Anna gerade gesagt, daß ich zu Ostern aufhöre, in der Galerie zu arbeiten.»

Er sah sie erst ungläubig an, dann tanzte er lachend um sie herum und riß sie in seine Arme.

«Ich habe es mir gewünscht. Die ganze Zeit habe ich es mir gewünscht. Ich habe dir meine ganz starken Gedanken geschickt, und du hast sie aufgefangen.»

Es machte Judith glücklich, ihn so verwandelt zu sehen.

Sie bummelten durch das Maraisviertel, das mit seinen wunderbaren alten Adelspalais, den vielen Handwerkerläden, den Boutiquen, Galerien, Museen, den Werkstätten jüdischer Edelsteinschneider eine Welt für sich darstellte.

Ivo kaufte Judith einen Karneolring. Dem Juwelier spielte er das Drama eines Mannes vor, der seine verlorene Geliebte nach Jahren an der Place des Vosges wiedersieht und sie mit diesem Ring an vergangene Zeiten erinnern will.

Judith spielte mit, und der alte Herr mit den Schläfenlocken gab ihnen gerührt einen beträchtlichen Rabatt.

Judith hatte Ivo noch nie so gelöst, so ausgelassen erlebt. Nur damals in Apulien, bei ihrer ersten Begegnung war er ihr so jung, so unbeschwert erschienen. Sonst war immer eine Ahnung von Melancholie um ihn. Sie verließ ihn nur, wenn er in ihren Armen lag.

Sie gingen in den Louvre, und Ivo streckte der Venus von Milo zum Entsetzen der vielen japanischen Touristen die Zunge heraus, steckte die Daumen in die Ohren und wedelte grimassierend mit den Fingern.

«Wer braucht diese fette Wurst ohne Taille», sagte er laut, «wir haben die so viel exklusivere Venus der Villa Loredan als guten Hausgeist.»

Als sie in die Maschine nach Wien stiegen, drängte sich eine resolute Französin mit scharfem Profil auf den dritten Sitz.

«Deli mit dem Danteprofil ist unter uns», flüsterte Ivo so laut auf französisch, daß sich ihre Nachbarin mit einem strengen Blick woanders hinsetzte.

«Sie haben gerade an ihn gedacht», sagte Steffa. «Ich merke es, wenn sich Ihr Blick belebt und wenn Sie nichts anderes mehr wahrnehmen. Sie haben den gleichen Ausdruck wie damals, als ich Sie das erste Mal mit ihm sah. Ein anderer hat da keine Chance, Ihr Interesse zu erwekken.»

Judith sah so schuldbewußt drein, daß Steffa lachen mußte. Sie beobachtete Judiths helles Gesicht im matten Licht des Vormittags. Jede, auch die kleinste Gefühlsregung, spiegelte sich darin. Die rötlichen Reflexe ihres Haars wurden durch die sehr ähnliche Farbe ihres flauschigen Morgenmantels verstärkt. Judith fing diesen Blick auf, und Steffa senkte die Lider. Es war ein Blick, den ihr Frauen noch nie zugeworfen hatten. Sie fuhr sich durch das üppige, knisternde Haar. Steffa sah ihrer Bewegung nach.

«Ich habe Frauen mit so üppigem Haar immer beneidet. Das war für mich immer mit den Privilegien einer gesicherten Kindheit, mit Geborgenheit, Liebe, Körperbewußtsein verbunden. Niemand wäre auf die Idee gekommen, mein Haar liebevoll zu bürsten, mich zu erziehen, es selbst zu tun.» Sie fuhr sich in ihr dünnes Haar und befestigte den Gummiring, der sich dabei löste, sofort wieder. «*Rich girl's hair* hat das einmal eine Kollegin genannt. Sie sind auch solch ein reiches Mädchen, in jeder Hinsicht reich. Trotz allem!»

«Wir haben alle das dicke Haar von Branka Jovanovic. Und die war kein reiches Mädchen. Die war ein armes Bauernkind, aber sehr fleißig und voller Ideen.»

«Reich bedeutet ja nicht nur, daß man viel Geld hat. Reich bedeutet, daß man seinen Kindern das Gefühl gibt, daß sie wichtig und schön sind. Ihnen hat man das sicher immer wieder gesagt. Man hat Ihnen auch beigebracht, sich selbst zu mögen, sich für etwas Kostbares zu halten. Das spüren die anderen, es steckt an.»

Judith wußte nicht, was sie von diesem Ausbruch halten sollte. Steffa erschien ihr wie eine Frau, die sich weder von Frauen noch von Männern angezogen fühlte. Sie hatte eine asexuelle Ausstrahlung. Und Judith selbst war überhaupt nicht der Typ, der auf Lesbierinnen attraktiv wirkte. Ihre erotische Hingezogenheit zu Männern mußte so eindeutig sein, daß sie wie eine Barriere wirkte.

«Allein die Idee, immer rötliches Braun oder Rosenholztöne zu tragen! Nie wäre ich auf solch eine Idee gekommen. Ich kaufe Kleidung nur nach praktischen Gesichtspunkten. Die Farben dürfen mich nicht stören, mehr verlange ich nicht. Ich glaube, ich habe Sie nur ein einziges Mal in Blau gesehen.»

Judith wunderte sich, wie genau Steffa sie in all der Zeit beobachtet hatte. Sie hatte nie bewußt auf sie geachtet. Ein Gesicht in der Menge, unauffällig, leicht zu vergessen. Und sie selbst immer im Mittelpunkt des Interesses der anderen. So sehr, daß sie sogar die kleinsten Abweichungen ihres Erscheinungsbildes registrierte.

Mamusch hatte sie alle dazu erzogen, einen Logenplatz, von dem aus man sah und gesehen wurde, zu beanspruchen. Sie bekamen ihn alle ohne Anstrengung. Er war Teil der eleganten, von dalmatinischen Nachmittagen unterbrochenen Ordnung. Niemand dachte darüber nach.

«War es eigentlich Ivo Longhin, der Sie auf diese Farbe brachte? Er hat viel mit Rötel gearbeitet, als er Sie kennenlernte.»

«Wie genau Sie das wissen!» wunderte sich Judith. «Seine erste Zeichnung von mir war eine Rötelzeichnung. Ivo fand, daß das zu meinen Farben paßte. Ich habe diese Schattierungen zwischen Rosé und Kastanie immer gern gehabt. Ivo wollte, daß ich dabei blieb.»

«Eigenartig, daß sich ein Mann sogar Gedanken über die Farben macht, die eine Frau trägt. Ich glaube, ich hätte das abgelehnt», sagte Steffa.

Judith fiel ein, wie gespannt Ivo reagiert hatte, als sie das blaue Seidenjerseykleid anzog, das Anna ihr geschenkt hatte. Anna war damals knapp vor einer Vernissage in die Wiener Galerie gekommen, lang vor dem Zerwürfnis in Paris. Sie hatte Judith umarmt und ihr einen eleganten Karton in die Hand gedrückt. «Probier es gleich an, ich kann nicht erwarten, wie du damit aussiehst. Ich hab es in der Via Montenapoleone entdeckt. Es wird gut zu deinem Haar passen.»

Judith schlüpfte aus ihrem terrakottafarbenen Kostüm und ließ das neue Kleid in einer zärtlichen Berührung über ihre Haut gleiten. Es fühlte sich gut an, und der weiche, fließende Schnitt ließ sie viel größer erscheinen, als sie war. Mamusch war die erste, die sie vor den hohen Spiegel zog. «Wunderbar», sagte sie, «Anna hat einen Blick für Farben.»

Judith hob die Brauen, schüttelte das üppige Haar und nahm eine spaßig-übertriebene Pose ein, um die Freude am eigenen Anblick zu kaschieren. Sie war selten ganz zufrieden mit sich, aber jetzt gefiel sie sich sehr. Die Blicke und Gesten der ersten Vernissagebesucher bestätigten ihre plötzliche Selbstverliebtheit.

Judith wußte noch, welchen Geruch der neue, zarte Stoff hatte und daß er sich langsam mit dem Duft ihrer Haut mischte.

Steffa war arm, daß sie nie erlebt hatte, was die Freude an schönen Dingen, am eigenen Körper bedeutete.

Damals kam raumfüllend und strahlend Andreas auf sie zu. Er war Ivos und Judiths gemeinsamer Freund. Sie kannten ihn beide, lange bevor sie sich begegnet waren, und es war schön, daß ihnen der gleiche Mensch vertraut und wichtig war.

Andreas und Judith hatten ihre Freundschaft als Wetterhäuschenbeziehung bezeichnet. Immer, wenn Andreas sich intensiv um sie bemühte, war sie gerade verliebt. Endete ihre Liebe, war wieder Andreas in festen Händen. So einigten sie sich schließlich auf Freundschaft, die bei Andreas nie einen erotischen Unterton verlor.

Er sah sie mit anerkennendem Blick an, und dann trat Ivo aus Andreas' breitem Schatten. Noch ehe er sie begrüßte, fragte er irritiert: «Was ist das für ein Kleid?»

«Ist es nicht wunderschön?» sagte Judith. «Anna hat es mir mitgebracht.»

«Zieh dich um», sagte er mit starrem Blick. «Ich mag diese Farbe nicht. Sie ist nicht gut für dich.»

«Aber sie steht mir doch», lachte Judith.

«Und wie sie dir steht», sagte Andreas.

«Misch dich nicht ein», wehrte Ivo eisig ab. Andreas warf Judith einen Komplizenblick zu, bohrte in Ivos Richtung den Finger in die Schläfe und ging zu einer anderen Gruppe.

«Ivo?» sagte Judith und legte ihre Wange auf seinen Handrücken.

«Bitte!» sagte er tonlos. Judith sah in sein verquältes Gesicht, küßte ihn und zog sich im Büro um.

Als sie wieder auftauchte, kam Anna auf sie zu.

«Was ist los?»

«Ich hab mir einen Rotweinfleck gemacht.»

«Glaub ich dir nicht. Andreas sagt, daß sich Ivo wegen der Farbe aufgeregt hat.»

«Keine Spur», wehrte Judith ab. Sie ärgerte sich, daß sie gelogen hatte. Was ging es Anna an, wenn sie sich Ivos wegen umzog.

«Führ das nicht ein, daß dir ein Mann vorschreibt, was du anziehen sollst. Damit fängt es an», sagte Mamusch, die aus einer Gruppe Bekannter zu ihnen hinüberwechselte.

«Mamusch», sagte Judith, «ich bin erwachsen genug, um zu wissen, was ich tue.»

Ivo tauchte lachend und versöhnt mit Andreas auf, küßte Judith, umarmte Anna und Mamusch.

«So ein Pech», sagte Anna, «Rotwein geht schlecht aus Seidenjersey heraus.»

«Wieso Rotwein?» meinte Ivo glänzend gelaunt. «Judith hat sich umgezogen, weil ich dieses morbide Blau nicht mag.»

«Das wundert mich eigentlich», sagte Anna sanft, «es

kommt doch in deinen alten Bildern immer wieder vor. Hast du nicht – wie hieß nur diese Übergeschnappte – Caroline, Cornelia, na, ist ja egal, in solch einem Blau gemalt?»

«Hast du es ihr deshalb geschenkt?» fragte Ivo, während seine Hand Judiths Nacken umfaßte.

«Ziemlich abgefeimt von mir, was», lachte Anna.

«Was redet ihr für einen Blödsinn zusammen», schimpfte Mamusch. «Kümmert euch lieber um den Saringer, der richtet sich gerade ein neues Haus ein und kommt langsam drauf, daß moderne Bilder gut fürs Prestige sind.»

Judith kümmerte sich um den Saringer, einen erfolgreichen Autohändler. Und Anna widmete sich seiner neuen Frau. Als sie nach dieser Aktion zwei rote Punkte unter die beiden teuersten Bilder klebten, trafen sich die Blicke der Schwestern. Und wie so oft, wenn Spannung zwischen ihnen abklang, befreiten sie sich mit einem schallenden Lachen.

«Hast du wirklich geglaubt, daß ich dir aus Bosheit ein sündteures blaues Kleid schenke?» fragte Anna.

«Es hat mich gegiftet, daß du Cordula ins Spiel bringst.»

«Und es hat mich gegiftet, daß du wie eine Haremsdame auf die Wünsche deines Paschas reagierst.»

«Anna», sagte Judith. «Ivo ist fürs Leben. Es lohnt sich nicht für mich, wegen solcher Lappalien zu streiten. Ich glaube auch gar nicht, daß es das Blau ist. Es ist Eifersucht. Du bist ihm zu nah an mir. Und jetzt trage ich auch noch dein Kleid. Ivo ist ohne Familie aufgewachsen, er kennt diese Verflechtungen nicht. Und er hat Angst um mich.»

Anna umarmte sie lachend. «Männer halten viel mehr aus, als sie selbst wissen. Ich weiß das.»

Und wieder verband sie das Lachen, das sie aus ihrer Kindheit gerettet hatten, wenn sie gemeinsam gegen alle anderen antraten.

«Aber sie halten es nicht lange aus – und das weißt du auch.»

«Ewig halten sie es aus, wenn's sein muß. Schau dir nur an, was sie sich pausenlos selbst antun. Aber mir ist es zu langweilig, ihnen lang dabei zuzuschauen.»

Als die letzten Gäste gegangen waren, nahm Anna Ivos beide Hände, sah ihm intensiv in die Augen und sagte: «Ich hab wieder einmal mein verdammtes Mundwerk nicht halten können. Sorry.»

Ivo sah sie amüsiert an. «Ich werde mich nie daran gewöhnen.»

Mamusch tätschelte seine Wange. «Alle unsere Männer haben sich daran gewöhnt.»

«Ich muß mir Bewegung machen», sagte Steffa und stand auf. Bald darauf sah Judith sie durch den Nebel laufen. Steffa ging schnell, in einer seltsamen Haltung, als zöge sie ihre Bewegung gegen einen inneren Widerstand weiter. – Sie ist sogar beim Laufen verspannt, dachte Judith.

Draußen war alles in milchiges Grau gehüllt. Die Steinfiguren hoben sich kaum noch gegen die Taxuswände ab, das feurige Goldorange des Kakibaums war vergilbt wie eine alte Fotografie.

Der Nebel hatte alle Farben aus dem Park gesogen. Als sie diese Stimmung zum ersten Mal mit Ivo erlebt hatte, fühlte Judith sich eingeengt, abgeschnitten vom pulsierenden Leben. Ivo hingegen liebte diese Zeit. «Sie ist wie eine Rekonvaleszenz. Das Fieber des Sommers ist gesunken, der Körper ist bereit für neue Energien.»

Er schleppte Judith auf lange Spaziergänge in die Weinberge, wo sie über holprige Furchen und ausgefahrene Wirtschaftswege in die Waldregion aufstiegen. Sie war mit viel Buschwerk durchmischt, und außer pilzesuchenden Kindern begegneten sie dort kaum jemand. Es war ein ganz anderer Wald, als Judith ihn von ihren Kindheitssommern im Salzkammergut oder im Waldviertel kannte. Er war lichter, schütterer und kaum von Wegen durchschnitten. Manchmal begegneten ihnen ausgelassene Jagdgesellschaften, die mit großer Knallerei kleine Beute machten. Gianni prophezeite Ivo und ihr, sie würden einmal von Schrot durchlöchert heimkehren.

«Kein Mensch kommt hier auf die Idee, im Wald spazierenzugehen.»

Daraufhin begann Ivo, wenn sie Schüsse hörten, laut zu singen, um auf sich aufmerksam zu machen. Judith dachte, daß die Jäger wütend sein würden, weil sie ihnen das Wild verscheuchten. Aber die Jäger lachten und luden sie zu ihren Picknicks ein. Sie waren mit kindlichem Eifer hinter der Beute her, aber ein unerwartetes Gespräch, ein Glas Wein mit zwei interessanten Unbekannten war für sie ebenso erstrebenswert.

Ivo brachte seine eigenen Trophäen nach Hause – die Erinnerung an im Nebel verblichene Farben, Zweige mit Beeren und Blättern, deren Schönheit sich im warmen Licht des Hauses entfaltete. Judith lernte es zunächst widerstrebend, diese Ausflüge in den Nebel zu schätzen. Niemand in der Familie gab sich mit Wintersport ab, sie alle liebten das Wasser, die Wärme und verkrochen sich vor Nebel, Eis und Schnee. Mit Ivo lernte sie die Ungewißheit der Nebeltage schätzen, weil die Rückkehr in die Wärme um so verlockender wurde.

In diesem ersten Herbst im Veneto erlebte sie die aus dem Chaos gestiegene Ordnung wie ein Fest. Immer weiter breitete sich die Insel des Behagens innerhalb der alten Mauern aus und steigerte die Lust am Zusammenleben.

Dieses Haus war eine Haut, die sie elastisch umschloß und sich der Choreographie ihrer Begegnungen anpaßte. Noch nie hatte Judith eine so starke Hingezogenheit zu einem Platz empfunden. Weder die geräumige Wohnung der Mutter noch ihre eigene, die sie sehr liebte, war so sehr Teil ihres Lebensgefühls. Hier war sie nun zu Hause. Und Ivos Staunen, sein Glück, endlich Wurzeln zu schlagen, steigerte ihr Behagen.

Sie wußte, daß der Verlust dieses Hauses sie ähnlich treffen würde wie der Verlust eines geliebten Menschen.

Judith stand auf und ging zum ersten Mal seit Ivos Tod wieder bewußt durch diese Räume, die soviel von ihrem gemeinsamen Leben widerspiegelten. So verschieden sie in ihren Proportionen und Einrichtungen waren, überall dominierten bräunliche Rottöne. Das ganze Haus schien von innen zu glühen. Es war gut, an einem so grauen Tag wie heute ein Refugium zu haben, das auch optisch soviel Wärme ausstrahlte.

Judith suchte einen Pullover, den sie anziehen wollte, und ging in das Engelzimmer, in dem sie ihre warme Garderobe verstaut hatte. Ivo hatte dem kleinen Raum neben dem Schlafzimmer diesen Namen gegeben. Judith hatte dort einen Teil ihrer Ikonensammlung aufgehängt. Und die vielen Engelbilder, die im Laufe der Jahre dazugekommen waren. Carmelo, einer ihrer italienischen Malerfreunde, hatte ihr das erste geschenkt. Ihm hatte sie als einzigem erzählt, warum sie keine Kinder hatten. Er malte für sie einen kauernden Engel zu Füßen einer nackten Frau – eine Verkündigung, die nicht stattfand. Judith hatte das Bild erst aufgehängt, als sie sich einigermaßen damit abgefunden hatte, kinderlos zu bleiben.

Martina, eine Wiener Malerin, die einmal in ihrer Galerie ausgestellt hatte, schenkte ihr das Bild eines mürrischen Barockengels, der mit gespreizten Flügeln auf einem Steinbogen balanciert. Die sehr wienerische Mißgelauntheit in dem pausbackigen Kindergesicht brachte Judith immer wieder zum Lachen. Ganze Heerscharen von Engeln hatten sich nach und nach in diesem Raum versammelt, gotische und präraffaelitische, sogar einen kubistischen besaß sie.

Ivo hatte ihn parodistisch im Stil Picassos gezeichnet und mit Pablonghin signiert.

Es war ein Raum, in dem sie schwierige Briefe schrieb, in den sie sich zum Nachdenken zurückzog, im Schutz ihres heiligmäßigen Geflügels, wie Ivo ihre Engel nannte.

Sie nahm den Raum, den sie seit Ivos Tod nicht mehr betreten hatte, neu in Besitz und begann, sich wohler zu fühlen.

Sie war nicht fromm, aber sie hatte eine starke Beziehung zu den freundlichen Ritualen der Kirche, die Teil ihrer Kindheit waren. Soviel Realitätssinn die Jovanovic-Frauen auch besaßen, den heiteren, sinnlichen Festen der Kirche waren sie sehr zugewandt. Als Kind ging Judith mit ihren Schwestern im weißen Kleid mit Blütenkranz und Streukorb in der großen Fronleichnamsprozession mit, die von der Stephanskirche durch die geschmückte Innenstadt zog. Rund um sie die gutangezogenen Frauen der Familie in einer Stimmung fröhlicher Erwartung und freundlicher Bereitschaft, Freunde zu begrüßen. Frühling war es, das junge Grün der Birken schmückte die Altäre, Blumen säumten den Weg. Weihrauch stieg auf und mischte sich mit dem Parfüm der Frauen. Irgendwo, unter dem schimmernden Baldachin wurde das Allerheiligste getragen. Aber noch wichtiger waren für sie die gutgestimmten Menschen, der Einbruch des Frühlings in die graue Stadt.

Der Vater hatte für ihre Rituale nur sanften Spott übrig gehabt. Er selbst stammte aus einer aufgeklärten Familie, die stolz darauf war, sich ohne den Druck der Religion humanen Idealen verpflichtet zu fühlen. Er glaubte unerschütterlich an die Lernfähigkeit des Menschen, auch wenn er immer wieder Rückschritte in die Barbarei registrieren mußte. Für ihn waren das vorübergehende Irrungen, die im Gesamtkonzept des nach Vollendung strebenden Menschen keine Rolle spielten. Je älter er wurde, desto verzweifelter klammerte er sich an diese These. Sie ließ sich schließlich nur noch aufrechterhalten, indem er sich vom Häßlichen abwandte und immer mehr in der Harmonie der Musik aufging.

Judith übernahm beides: den Glauben des Vaters, alles

durch Vernunft erklären zu können, und den Realitätssinn der Jovanovic-Frauen, der darin auch seine Entsprechung fand. Aber daneben hatte auch das Vertrauen Platz, daß es etwas gab, das sie schützte gegen böse Gedanken und Wünsche. In der geheimnisvollen Nähe byzantinischer Heiligenbilder fühlte sie sich geborgen wie in ihrer Familie. Und ihre Engel bildeten eine Phalanx der Freundlichkeit, an der Bösartigkeit und Gemeinheit abprallen mußten.

Im Engelzimmer fühlte sie sich vor ihren uneingestandenen Ängsten sicher. Hier begriff sie, welchen Reichtum an Leben sie besaß. Steffa hatte recht, sie war eine reiche Frau, in jeder Hinsicht. Trotz allem.

Aus den Ritualen ihrer Kindheit hatte sich eine Neigung entwickelt, vor goldenen Altären Rast zu machen, um nachzudenken, Bitten zu formulieren, Dankesworte zu sagen. Ivo hatte sich gern darüber lustig gemacht – schärfer, verletzender als der Vater. Aber sie wußte, warum seine Gefühle umgeschlagen waren und wohl nie mehr zur Mitte finden würden. Ivos Mutter hatte ihn gezwungen, Theologie zu studieren. Nach einer schweren Krankheit des Halbwüchsigen hatten sie ihn «der Kirche geweiht».

«Weißt du, was das heißt, wenn der Mensch, der dir am nächsten sein soll, über dein Leben verfügt, ihm eine Richtung gibt, die deiner Natur völlig entgegengesetzt ist? Seit ich mich erinnern kann, habe ich an Frauen gedacht, von Frauen geträumt, Frauen geliebt. Und dann diese Aussichtslosigkeit, jemals mit Frauen glücklich werden zu können.»

Ivo brannte aus dem Priesterseminar durch, lebte von Gelegenheitsarbeit und Schleichhandel und schrieb sich an der Kunsthochschule ein. «Ich werde es ihr nie verzeihen, daß sie mich in diese Kälte gestoßen hat. Nie, bis ans Ende meines Lebens nicht werden mich die Erinnerungen an diese Zeit verlassen.»

Wie immer, wenn sie an diesen Ausbruch Ivos dachte, stieg das schmerzhafteste Mitgefühl in Judith auf. Was Menschen Menschen antun konnten, in der Überzeugung, das Beste zu wollen!

Sie sah den blutjungen Ivo vor sich, schmal, blaß, voll Sehnsucht nach Liebe und Geborgenheit. Wie er gekämpft haben mußte, diese Sehnsucht in sich zu töten, für die einzige Liebe, die ihm als Priester gestattet war. Ivo, der das Leben in all seiner Vielfalt so genoß, der aus der Begegnung mit Frauen soviel Kraft und Phantasie schöpfte, zur Askese verdammt!

Ivos Mutter blieb Judith fremd bis zu ihrem Tod, eine ewig vom Leben enttäuschte Frau, die vor jeder freundlichen Berührung zurückscheute und von einer Resignation in die andere taumelte.

So vieles, was Judith am Anfang ihrer Beziehung zu Ivo nicht verstanden hatte, erklärte sich aus dieser Jugend. Seine Hingezogenheit zu starken, sinnlichen Frauen, seine Sehnsucht nach den lichten Göttern der Antike. Sie begriff seine Leidenschaft für die Villa im Veneto und alles, was sie für ihn verkörperte. Ihre klare Schönheit, ihre elitäre Abgehobenheit waren sein Remedium für die kleinbürgerliche Enge, die asketischen Zwänge seiner Vergangenheit.

Eine Welle schmerzhafter Zärtlichkeit überflutete Judith, als sie daran dachte, wie verletzlich Ivo gewesen war. Wie umschattet von den Erinnerungen seiner Jugend.

Auch das war ein starkes Band zwischen ihnen gewesen. Judith hatte schon als Kind ein stark entwickeltes Gerechtigkeitsgefühl. Klein und kompakt wie sie war, warf sie sich in alle Prügeleien, in denen ein Schwacher unterzugehen drohte. Sie stritt mit hochrotem Kopf gegen Lügengeschichten, die anderen schadeten, und bezog selbst oft genug dafür Prügel. In der Familie hieß sie nur «Rächerin der Unterdrückten». Mamusch erklärte ihr oft, niemand könne alle Ungerechtigkeit der Welt ausrotten, und jeder, der erst zuletzt an sich selbst dachte, bekäme schließlich Prügel. Der Vater rückte diese Erziehung zur Realität wieder zurecht. Es stünde immer dafür, gegen Ungerechtigkeit zu kämpfen, aber man müsse es klug und konsequent tun.

Nichts war ihr in ihrer Ehe wichtiger gewesen, als Ivo zu schützen – vor den anderen, aber auch vor sich selbst. Gerade weil ihre eigene Kindheit so privilegiert gewesen war, kämpfte sie gegen alle, die Ivo mißverstanden oder mißdeuteten. Keiner seiner Kritiker, die ihm und seinen Bildern Flucht aus der Wirklichkeit vorwarfen, ahnte, daß seine magischen Bilder Projektionen seiner Kindheitsschrecken waren. Und daß die immer versöhnlicheren Inhalte seiner späteren Werke seinen Friedensschluß mit dem Leben bedeuteten. Wie konnte man sich nur darüber lustig machen, daß er die antiken Götter auferstehen ließ, in einer Welt ohne Harmonie! Sehnte sich nicht jeder nach einer Auflösung seiner Vernichtungsangst? Die Menschen, die seine Bilder kauften, kannten wie er die Bedrohung durch dunkle Visionen und die Sehnsucht nach einer Erlösung durch Schönheit. Judith fühlte sich plötzlich so stark und glücklich wie in den schönsten Augenblicken mit Ivo.

Mauro maunzte, und Judith ging, um ihm die Tür in den Garten zu öffnen. Der Nebel war dichter geworden, und von Steffa war nichts zu sehen. Judith hatte sich so sehr in ihre Gedanken verloren, daß sie gar nicht mehr wußte, wie lange Steffa schon weg war. Hatte sie sich im Park verirrt?

Judith nahm eine warme Jacke vom Haken und ging hinaus. Mauro strich an ihr vorbei und verschwand wieder im Haus.

Judith ging hinauf zur Villa, um den Pfauen und Jimmy Futter zu streuen und frisches Wasser zu geben. Dann machte sie eine Runde durch die hausnahen Bereiche des Parks. Von Steffa war nichts zu sehen. Schließlich betrat sie den jenseits der Straße gelegenen Park.

Gelbe Kastanienblätter segelten über ihren Kopf, unter den Füßen knirschte braun und dürr gewordenes Laub. Mit dumpfem Knall fiel eine Kastanie zu Boden, prallte von einer Wurzel ab und hüpfte über die Wiese.

Dann kam sie zu einer Lichtung. Nebelfetzen zogen dahin, die geflügelten Samen der alten Linden taumelten zu Boden. Im diffusen Licht sah der kleine Pan aus, als wäre er mit Eis überzogen.

Judith wandte sich zur Grotte, um die Liegestühle ins Haus zu nehmen. Sie würden sie dieses Jahr wohl nicht mehr brauchen.

Und dann sah sie plötzlich die schmale Gestalt Steffas. Sie lag mit ausgebreiteten Händen zwischen den Skorpionsteinen und dem kleinen Pan im Gras, das Gesicht nach unten.

«Sie ist tot», dachte Judith, und der aus heiterem Himmel gefallene Ast fiel ihr wieder ein. Zögernd ging sie auf Steffa zu und merkte, daß ihre Schultern zuckten.

«Steffa», rief sie, «was ist los mit Ihnen?»

Steffa rührte sich nicht. Judith beugte sich zu ihr, hob ihren Kopf hoch, sah in ihr todblasses, verweintes Gesicht.

Sie berührte ihre Schultern, strich über ihr Haar. Nach einer Weile richtete sich Steffa auf und sagte tonlos: «Heute vor einem Jahr ist sie gestorben. Sie war alles für mich – Mutter, Geliebte, Kind, Schwester.»

Sie barg ihr Gesicht in Judiths Schoß und erstickte ein Schluchzen.

«Sie war Ihr – Lebensmensch?»

Steffa nickte.

Judith empfand Mitleid mit einer, der es ging wie ihr. Aber auch Mißbehagen, daß Steffa einen Platz, der Ivo und ihr soviel bedeutet hatte, für ihre Trauer beanspruchte. Das war ein Platz des Glücks, ihres Glücks. Und sie wollte nicht, daß Steffas Verzweiflung ihn durchtränkte.

«Kommen Sie ins Haus», sagte sie, «es ist feucht und kalt. Sie werden sich erkälten.»

Steffa richtete sich langsam auf.

«Sie wissen, was es heißt, einen geliebten Menschen zu verlieren. Darum habe ich mich Ihnen sofort verbunden gefühlt. Sie kämpfen wie ich gegen die Vernichtung durch den Schmerz. Ich habe mich mit Arbeit betäubt, um mit diesen Erinnerungen fertig zu werden. Aber ich glaube fast, daß sich unsere Verzweiflung potenziert.» Sie suchte nach einem Taschentuch, und Judith gab ihr das eigene.

Langsam gingen sie unter den tropfenden Bäumen zurück zum Haus. Durch Steffas Körper ging immer wieder ein Zittern.

«Verzeihen Sie», sagte sie stockend, «wie kommen Sie

dazu, sich mit meiner Trauer auseinanderzusetzen? Ich hole mir nur das Tonband, dann können wir unsere Arbeit fortsetzen.»

«Das hat Zeit», sagte Judith. «Wollen Sie von ihr erzählen?»

Steffa sah sie mit einem scheuen Blick an. Judith machte eine ermutigende Geste.

«Es ist nicht leicht, ich habe noch nie mit jemand darüber gesprochen. Und es ist alles sehr ungewöhnlich.»

«Wer war die Frau, die Sie geliebt haben?»

«Sie war ein Genie. Sie hat die Natur, die Menschen verstanden wie niemand anderer. Und sie hat mir zum ersten Mal das Gefühl gegeben, nicht überflüssig zu sein. Sie werden nicht verstehen, was das heißt. Sie hat man immer geliebt. Sie sind in Geborgenheit aufgewachsen. Ich war immer draußen, bei meinen Eltern, im Beruf, bei meiner ersten Liebe. Wissen Sie, was das heißt, immer das Gefühl zu haben, alles falsch zu machen? Lästig zu sein?»

Sie sah Judith durchdringend an. «Haben Sie als Kind Drittabschlagen gespielt?»

Judith nickte. «Es ist schon lange her. Das ist doch ein Laufspiel, bei dem immer einer gejagt wird.»

«Man spielt es in einem Doppelkreis. Immer stehen zwei hintereinander, und der Gejagte kann sich vor ein Paar stellen und findet Zuflucht. Dafür muß der Dritte weiterlaufen. Mir kommt heute vor, daß ich immer hinten gestanden habe und davongejagt worden bin. Und keiner hat mir ein Refugium gegeben. Ich habe mich immer in ältere Männer verliebt und sie sich in mich. Irgend etwas Kindliches, Hilfloses ist in mir steckengeblieben – das hat ihnen gefallen. Aber sie waren alle verheiratet, und ihre Frauen waren stärker als ich. Drittabschlagen. Und dann habe ich Ula kennengelernt. Sie hat auf den ersten Blick gewußt, wie es um mich steht. Und durch sie habe ich gelernt, Energien in mir zu sammeln, von denen ich keine Ahnung hatte. Sie hat einen neuen Menschen aus mir gemacht. Nie wäre ich vorher auf die Idee gekommen, mich in eine Frau zu verlieben. Und sie genausowenig. Aber man mußte sie lieben, sie hatte alle Eigenschaften, nach denen ich mich immer gesehnt hatte: Phantasie, Willenskraft, aber auch Übermut, Hemmungslosigkeit. Von ihr habe ich gelernt, im Einklang mit der Natur zu leben, ihre feinsten Schwingungen und Strömungen wahrzunehmen. Ula war kühn, bedenkenlos, sie hat sich ihre eigenen Gesetze gemacht. Mit ihrer Hilfe habe ich die spießige, enge Welt der Eltern überwunden. Ula war die erste, die mir klargemacht hat, daß beides möglich ist, die Liebe zu einer Frau und zu einem Mann. Zu dem Mann, der diese Frau liebte.»

«Dazu gehört viel Großzügigkeit», sagte Judith und schüttelte sich innerlich. Sie kannte keine Dreiecksgeschichten, die gutgingen, so liberal alle Beteiligten auch sein mochten.

«Vor allem eine tiefe Spiritualität. Wir haben ja alles in uns, das Weibliche und das Männliche. Warum es nicht leben, mit Menschen, die über Neid und Eifersucht erhaben sind.»

Judith stellte sich die wunderbare Ula als gelangweilte Ehefrau vor, die Steffa benützte, um ihrer Beziehung neue Würze zu geben. Sie kannte genug Partnerschaften, in denen mit Dritten experimentiert wurde, und immer waren es so blasse, neurotische Geschöpfe wie Steffa. Von ihnen konnte man hoffen, daß sie wieder unauffällig verschwanden, wenn das Spiel zu Ende war. Aber das funktionierte nicht immer.

«Hat die Frau, die Sie geliebt haben, einen Beruf gehabt?»

«Tausend Berufe und eine Berufung, Menschen in eine höhere Ebene des Lebens zu führen.»

Judith konnte sich darunter nicht viel vorstellen. War Steffa einer Sektiererin anheimgefallen?

«Aber wenn es auch einen Mann in dieser Beziehung gab, war das für Sie nicht wieder – Drittabschlagen?»

Sie hatte es oft erlebt, daß Menschen sich unter allen möglichen Vorspiegelungen zwanghaft in die immer gleiche Leidenssituation begaben.

«Wir waren eine unvergleichliche Gemeinschaft. Keiner war ausgegrenzt. Jeder konnte seine Sehnsüchte ausleben. Lange Zeit hindurch. Bis dann ein Unglück unsere Gruppe sprengte. Bald darauf ist Ula krank geworden. Sie ist fast zehn Jahre lang gestorben. Ich war die einzige, die bis zuletzt bei ihr war. Ein elender Tod. Man kann ihn nur ertragen, wenn man weiß, daß es kein Abschied für immer ist. Ula wird wiederkommen. Wir alle werden wieder vereint sein.»

Judith dachte an Steffas seltsames Ritual bei Kerzenschein, an ihre Versuche, über Radiowellen mit der Geliebten Verbindung aufzunehmen. An ihre selbstvergessene Hingabe an einem Platz, der mit dem Glück anderer zu tun hatte.

Jeder versucht eben auf seine Weise über einen furchtbaren Verlust hinwegzukommen. Sie selbst war in das Vergessen geflüchtet. Steffa glaubte, eine Tote ins Leben zurückzwingen zu können. Wahrscheinlich war eins so falsch wie das andere.

«Es muß tröstlich sein, wenn man glaubt, geliebte Menschen wiederzusehen. Ich glaube, daß die einzige Spur, die wir hinterlassen, die Erinnerungen sind. An ihnen muß man festhalten, wenn man einen Menschen nicht endgültig verlieren will.»

«Wie sehr Sie leiden müssen», sagte Steffa leise. «Erinnerungen sind trügerisch.»

«Ich bin ein sehr realistischer Mensch. Aber mich interessiert es natürlich, was Sie glauben.»

«Ich glaube, daß die Toten um uns sind.» Steffa machte eine ausgreifende Bewegung mit ihren kleinen Händen. «Überall sind sie, und wenn man seine Antennen ausfährt, dann geben sie uns Signale. Und wir begegnen einander wieder, wenn wir in neuer Gestalt wiedergeboren werden.»

«Das widerstrebt mir eigentlich sehr», sagte Judith.

«Warum? Wollen Sie Ivo nicht wiederbegegnen?»

Judith schüttelte den Kopf. «Es wäre nicht das gleiche. Und anders kann ich es mir nicht vorstellen.»

«Wir haben die Chance, in einem anderen Leben zu lernen, Irrtümer auszugleichen. Die Seelenpfade der wirklich Liebenden kreuzen sich immer wieder. Ich weiß, daß ich Ula nicht verlieren kann. Wir waren in früheren Leben beisammen und werden es in späteren sein.»

Judith hob die Schultern abwehrend hoch. Niemand in ihrer Familie hatte Verständnis für solche Verstiegenheiten. Sie fühlte sich ziemlich hilflos. Ivo, der sich früher offenbar sehr tief auf das Wissen um Mythen und Magie eingelassen hatte, wehrte handgestrickte Theorien von Wiedergeburt und Rückführung vehement ab. Sie waren in den letzten Jahren vor seinem Tod sehr in Mode gekommen. «Sie werden vereinfacht und billig gemacht», sagte er.

Sie erinnerte sich an einen Frühsommerabend hier im Park. Eine Runde italienischer Schriftsteller war von einem Kongreß in Vicenza zu ihnen zu Besuch gekommen. Tags zuvor war auch Kerstin aufgetaucht, eine schöne und seelenvolle schwedische Galeristin, die mit Ivo eine Ausstellung besprechen wollte. Ihre silbrige Schönheit elektrisierte die Männerrunde. Es wurde viel getrunken an diesem Abend, an dem die Leuchtkäfer ihre Bahnen durch die Dunkelheit zogen. Kerstin erzählte von ihrer Rückführung in New Mexico, sehr ernst, sehr naiv, und sie merkte es eine Weile nicht, daß die scheinbar interessierten Fragen der Männer nur den Zweck hatten, sich über sie lustig zu machen.

Sie schaute immer Ivo an, wenn sie erzählte, wie sie sich durch Reinigung, Meditation und Trance auf ihre Seelenreise vorbereitet hatte und wie hoch sie aufgestiegen war, um weit in ihre Vergangenheit zu blicken. Und daß sie in jedem Leben Machiavelli getroffen hatte – manchmal in der Gestalt einer Frau, eines Kindes, aber immer als machtvoll-wissende Erscheinung, die von allen mißverstanden wurde.

«Oh», sagte Bruno, einer der Schriftsteller, «endlich eine Frau, die mich versteht. *Ich* war Machiavelli und muß jetzt seine Sünden abbüßen.»

Kerstin sah Ivo mit verschwimmendem Blick an. «Ich glaube, deine Freunde wollen mich quälen», sagte sie. Judith vermutete, daß Kerstin eigentlich wünschte, ihre und Ivos Seelenpfade sollten sich ein wenig verknäulen. Ivo reagierte mit lachender Grausamkeit. Woher denn die Bevölkerungsexplosion käme, wenn immer wieder die gleichen Menschen wiedergeboren würden? Er für seine Person wünsche ganz und gar nicht, in anderer Gestalt zurückzukehren. Er lebe hier und heute, und alle, die an Reinkarnation glaubten, vertagten alle wesentlichen Entscheidungen auf ein nächstes Leben.

Kerstin war damals schluchzend in den Park gelaufen, und Judith war ihr gefolgt. Es war einfach unanständig, daß sich ein Haufen Männer gegen eine freundlich-exaltierte Außenseiterin verbündete.

Judith war dabei durchaus der starken erotischen Spannungen gewahr geworden, die zwischen allen Beteiligten zuckten. *La bella bionda* mit den ausgefallenen Ideen – das war ein exquisites Opfertier für hechelnde Jäger. Judith fragte sich, ob Ivo in anderer Gesellschaft bei diesem Spiel mitgetan hätte.

Als die Gäste gegangen waren und Kerstin stumm in ihrem Zimmer verschwand, fragte sie Ivo, was da eigentlich geschehen war.

Er zog sie hinaus zu dem bläulich schimmernden Teich der Venus. «Schau dir das alles an», sagte er, «die Harmonie dieses Hauses, dieses Gartens. Alles ist Ergebnis der Vernunft, der Aufklärung, die aber der Phantasie ihren Spielraum läßt. Aus den ungebändigten Dämonen, die Menschen seit Jahrtausenden erschreckt und terrorisiert haben, sind wunderschöne Götterfiguren aus Stein geworden. Sie schmücken den Park, sie erfreuen den Betrachter, sie erinnern uns durch ihre Schönheit an alles, was der Mensch überwunden hat. Alles, was diese schöne Verrückte erzählt, ist Aberglauben, Finsternis, Mittelalter. Wie sie vom Kontakt mit ihren einstigen Liebhabern erzählt hat, habe ich geglaubt, ich muß sie schütteln, bis dieser Wahnsinn aus ihr herausfällt. Ich habe es zu oft erlebt, was mit Menschen geschieht, die sich in Extrembereiche verlieren.»

Er sah Judiths skeptisches Lächeln und lächelte zurück.

«Natürlich gefällt sie mir. Sie ist wunderbar anzusehen. Aber es ist eine Verschwendung von Schönheit, wenn sie den Mund aufmacht, um solchen Unsinn zu verzapfen.»

Er nahm sie in die Arme und küßte sie. «Was mich immer wieder verrückt nach dir macht: Keiner außer mir weiß, wie sehr du abheben kannst, wenn wir zwei es wollen. Aber danach landest du immer wieder mit beiden Beinen auf der Erde. Vielleicht schätzt man das so sehr, wenn man das andere kennt und fürchtet.»

Steffa ergriff Judiths Hand und sagte: «Sie sind so weit weg! Kommen wir beide wieder zurück. Vielleicht hilft uns die Arbeit.»

Wie immer wühlte sie in den Untiefen ihrer riesigen Tasche nach dem Tonbandgerät, verstreute Papier und Kassetten, Fotos und Kopierpapier, die sie umständlich einsammelte und zurückstopfte.

«Was mir eigentlich nie ganz klargeworden ist: Wie haben Sie es angestellt, Ivo in so kurzer Zeit so erfolgreich zu machen? Im Grunde waren doch seine früheren Bilder viel spannender.»

«Bei uns gelten immer Bilder, die keiner kauft, als die wahren Kunstwerke. Aber als Ivo bekannt wurde, hat man ihm auch seine früheren Bilder aus der Hand gerissen. Gerade die Japaner sind mit seiner künstlerischen Entwicklung mitgegangen. Ihr Interesse daran hat die Preise sehr gesteigert.»

«Sie haben natürlich das kaufmännische Talent Ihrer Familie in Ivos Vermarktung eingebracht.»

Judith lachte. «Es war kein Nachteil, daß ich aus einer Familie von Geschäftsfrauen komme. Aber das wichtigste waren meine Erfahrungen mit der Galerie. Als ich die Arbeit dort aufgegeben habe, war ich die Primärgaleristin eines einzigen Künstlers.»

«Es war natürlich ein großer Vorsprung gegenüber anderen, daß Sie wahrscheinlich keinerlei Geldsorgen gehabt haben?»

Judith lächelte über diese verquere Fragestellung, aus der einige Aversion gegen eine Familie von Kapitalistinnen durchklang.

«Geld hilft», sagte sie, «aber es genügt nicht.»

Nach ihrer Rückkehr aus Paris hatte Judiths völlig verändertes Leben begonnen. Anna hatte sehr schnell eine Galerieleiterin gefunden und auf den Rest von Judiths Arbeitszeit verzichtet. Judith war es nur recht, sie mußte ihr gemeinsames Leben mit Ivo organisieren, den Nachlaß der Tante Deli ordnen.

Delis schwülstig-überladenes Haus verkaufte sie. Weder Ivo noch sie hätten sich darin wohl gefühlt. Sie fand ein großes Atelier mit Wohntrakt, das sie neu einrichtete und wo einige der besseren antiken Möbel Delis Platz fanden.

Ihre kleine Wohnung mitten in der Stadt behielt sie. Sie war nicht teuer, und Judith hing an dem Ort, der ihrem Vater so wichtig gewesen war. Hier hatte er musiziert, manchmal nach anstrengenden Proben oder einer Auseinandersetzung mit Mamusch auch übernachtet. Bei aller Verschiedenheit waren sie darüber immer einig gewesen: Zärtliche Distanz war die beste Basis einer haltbaren Verbindung.

Auch Judith fand es reizvoll, ein Refugium zu behalten, das nur ihr allein gehörte. Von hier aus erledigte sie ihre Büroarbeit, die Telefonate mit Galerien, Händlern und Sammlern, hier studierte sie Kunstzeitschriften und Kunstbücher. Und hier empfing sie Kritiker, Kunsthistoriker, Museumsdirektoren, Industrielle und Politiker zu gut gemischten Abendgesellschaften, an denen Ivo niemals teilnahm. Er haßte das Establishment des Kulturbetriebs, aber es amüsierte ihn sehr, daß Judith die «Lemuren» zu bändigen verstand. Er ließ sich immer genau berichten, wen sie einlud, welche Themen besprochen wurden, welche Intrigen sich abzeichneten. Und mit welch ausgeklügelter Menüfolge sie das alles unterfütterte.

Meist kam er zu ihr, wenn die Luft wieder rein war, ließ sich die noch frischen Gespräche wiedergeben. Und wenn er dann bei ihr blieb, hatte sie viel mehr als in der viel komfortableren neuen Wohnung das Gefühl, seine Geliebte zu sein: die Mätresse im wahrsten Sinne, also eine, die meisterlich an den richtigen Fäden zog in den sonnenköniglichen Palastintrigen. Und die dafür in Umarmungen versank, die immer neu waren, wie die Geschichte, die sie erzählte.

Scheherazade mit dem Kochlöffel nannte er sie, wenn er sich hungrig aus ihren Armen löste, um die köstlichen Reste des Abends aufzuessen. Sie war an jenem Abend besonders stolz gewesen, weil ihr ein Kulturpolitiker den Ankauf eines Bildes zugesichert hatte.

«So was hat noch keine für mich erreicht», sagte Ivo und öffnete genußvoll eine Flasche Champagner.

«Haben denn deine anderen Frauen auch deine Bilder vermarktet?» fragte Judith irritiert.

Ivo lachte unbefangen. «Irgendwie haben sie es fast alle

versucht. Ein paar waren aus der Branche oder aus verwandten Branchen, wie Jennifer, die als Journalistin natürlich viele Leute kannte. Cordula war am Anfang ganz erfolgreich, aber dann schlug die Verwirrung über ihr zusammen, und sie hat nur Konfusionen gestiftet. So kompetent wie du war keine. Ich glaube, ich würde dich allein dafür lieben, auch wenn du nicht so verführerisch wärest, wie du bist.»

«Für meine Kompetenz?»

«Für alles, was mit dieser Kompetenz zusammenhängt. Phantasie und Verstand, Menschenfreundlichkeit und Gerissenheit, Einfühlungsvermögen und Kalkül, Sinnlichkeit und Ordnungssinn. All diese Widersprüche, die ein so harmonisches Ganzes ergeben.»

Er häufte sich einen großen Löffel Dessert auf den Teller und begann, es mit selig verdrehten Augen zu essen.

«Weißt du, wer meine erste große Liebe war? Ich habe es dir noch nie erzählt. Es war die Mutter eines Schulkollegen. Sie war eine warmherzige, attraktive Frau, eine erfolgreiche Ärztin und eine wunderbare Köchin. Ich habe oft bei meinem Freund gelernt, und dann hat sie mich eingeladen, zum Abendessen zu bleiben. Es war herrlich. Nicht nur, daß alles so freundlich und kultiviert war, es funktionierte auch ohne Theater. Meine Mutter hat immer gejammert, wieviel sie arbeiten muß, und nie ist etwas Vernünftiges dabei herausgekommen. Alles war karg, verpatzt, körperfeindlich. Die Mutter meines Freundes hingegen war kompetent. Und wenn sie uns, entspannt und gut aufgelegt, das Essen hinstellte, habe ich mir gewünscht, mit ihr ins Bett zu gehen. Dort würde sie genauso kompetent sein. Natürlich habe ich das beim nächsten Mal beichten müssen, damals habe ich ja noch an das alles geglaubt. Aber ich habe gewußt, daß dieser Gedanke wiederkehren würde. Einmal ist es so spät geworden, daß mich mein Freund eingeladen hat, bei ihm zu übernachten. Seine Mutter ist nach dem Abendessen weggegangen. Und ich habe mir vorgestellt, daß sie in der Nacht in mein Zimmer kommen und sich ohne ein Wort zu sagen zu mir legen würde. Ich habe kein Auge zugemacht, aber sie ist nicht gekommen. Sie war gar nicht daheim. Kurz vor dem Frühstück war sie wieder da, hat mich freundlich begrüßt, für uns alle Tee gemacht. ‹Wo war sie?› habe ich meinen Freund auf dem Schulweg gefragt. ‹Wahrscheinlich bei Herbert, das ist ihr Freund. Schläft nicht bei uns, aus zarter Rücksichtnahme auf mich.› Ich war sprachlos. Noch nie im Leben hatte ich jemand über diese Dinge so unbefangen und wertfrei reden gehört. Aber von diesem Moment an bin ich nicht mehr hingegangen. Sie hatte mich verraten, und ich habe sie gehaßt.»

«So schnell geht das bei dir, wenn die Kompetenz jemand anderem zugute kommt?»

«Ja», sagte Ivo, «sehr schnell.»

Steffas vernehmliches Magenknurren riß Judith aus ihren Gedanken. Plötzlich merkte auch sie, wie hungrig sie war. Sie hatten das Mittagessen übersprungen, am frühen Nachmittag nur Tee getrunken, und dann hatte sie weiter über Ivos Erfolg und ihre Arbeit daran erzählt.

«Jetzt koche ich etwas für uns. Was essen Sie denn besonders gern?»

Steffa sah sie unentschieden an. «Ich weiß nicht, essen ist mir nicht wichtig.»

«Also dann Risotto mit Pilzen. Matteos Mutter hat mir welche geschickt.»

Die Aussicht zu kochen machte ihr Freude. Eine Prozedur, die sie so gut beherrschte, die Ahnung der Düfte und Aromen, die sie ihren Töpfen entlocken würde, weckten die Erinnerungen an viele köstliche Mahlzeiten, die sie in dieser Küche zubereitet hatte. Sie nahm Steffa bei der Hand und zog sie in die Küche.

«Das ist ja wie eine Filmdekoration», sagte Steffa und trat an das Marmorbecken des Spültisches. Ein roter Marmorbehälter mit weißen Löwenköpfen, in deren Mäulern die Messinghähne versteckt waren, versorgte die Spüle mit Wasser. Ein offener Kamin mit Grillrost war mit alten Kupferpfannen behängt.

«Das ist ein friaulischer *fôgolar*, er hat einen wunderbaren Zug. Eine der Loredan-Frauen, die aus Cividale herübergeheiratet hat, ließ ihn bauen. Eine Zeitlang diente der Gästetrakt als Wohnhaus für die jüngeren Söhne. Der Herd funktioniert noch immer wunderbar. Wenn wir viele Gäste hatten, haben wir hier immer gegrillt.»

Steffa ging mit großen Schritten, als wollte sie ihn abmessen, von einem zum anderen Ende des riesigen, von altersdunklen Gewölben überspannten Raums. «Meine ganze Wohnung ist kleiner als diese Küche.»

Judith hob eine Flasche Rotwein aus dem Gestell und entkorkte sie, damit sich das Aroma entfalten konnte. Dann gab sie Steffa ein Messer in die Hand und schob ihr ein paar Pilze zum Putzen hin. «Gemeinsam geht es schneller.»

Steffa schabte die erdigen Stellen ab und schaute fasziniert auf Judiths Arbeit. Sie hantierte schnell und sicher an zwei Arbeitsstellen zugleich. Sie ließ gehackte Zwiebeln und Knoblauch in Öl andämpfen, schnitt zwischen dem Umrühren die geputzten Pilze und nahm danach den Käse zum Temperieren aus dem Kühlschrank.

«Wenn ich soviel gleichzeitig machte, würde ich sicher etwas anbrennen lassen oder mir das Messer in die Hand rammen», sagte Steffa lachend.

«Alles nur Übungssache.» Judith schüttete den Reis in den Topf, goß ihn mit kleinen Mengen Wein und Suppe auf. «Niemals zuviel Flüssigkeit auf einmal zugeben.»

«Hoffnungslos. Ich koche das bestimmt nicht nach. Viel zuviel Arbeit, viel zuviel Geschirr. Wer zu mir kommt, weiß, was ihm blüht: Ich koche höchstens Tee oder mache eine Büchse auf. Es hat eine Zeit gegeben, da war ich ziemlich wütend auf Frauen, die scheinbar alles können – im Beruf und in der Küche. Ich habe das als unlautere Konkurrenz empfunden. Jetzt sehe ich das gelassener. Ich kann es eben nicht und vergleiche mich nicht mehr. Auch dazu hat mir Ula verholfen.»

Judith stellte auf einem Tablett Teller, Gläser, Pfeffer und Parmesan bereit, schichtete zwischendurch das gebrauchte Geschirr in die Spülmaschine und fuhr mit dem Putzlappen über den Arbeitstisch. Steffa sah ihr zu und sagte: «Gut, daß wir nur Risotto essen, sonst würden meine alten Komplexe wieder aufleben.»

Sie trugen das Tablett und die Schüssel mit dem Risotto ins Kaminzimmer. Judith dekantierte den Rotwein.

«Ivo holt – ich meine, Ivo hat diesen Wein immer aus dem Valpolicella geholt. Die Winzer verwenden dafür nur den oberen Teil der Traube, der konzentriert der Sonne ausgesetzt ist.»

Sie schenkte ein und hielt das Glas gegen das Licht. Der

Wein schimmerte in bläulichem Rot und verbreitete den Duft von Beeren und Veilchen. Und als sie ihn trank, sah sie wieder jenen leuchtenden Herbsttag vor zwei Jahren vor sich, als sie mit Ivo an der sonnenwarmen Hauswand gesessen und mit dem Winzer den Wein des Vorjahres gekostet hatte. Er kannte sie seit langem und sah immer sie an, wenn er das Urteil über eine Sorte erwartete. Ivo hatte ihm klargemacht, wer von ihnen beiden mehr vom Wein verstand.

Steffa trank achtlos und schnell, und Judith warnte sie, daß das kein leichter Wein war. Sie selbst spürte ihn in der Mitte des Körpers, wo er seine wunderbare Wärme entfaltete, nachdem sein Aroma Zunge und Gaumen gestreichelt hatte.

Sie hatte lange nichts getrunken, erst an jenem Nachmittag unter dem Kakibaum hatte sie wieder Lust auf Wein gehabt. Der Arzt hatte sie gewarnt, zu ihren Tabletten Alkohol zu trinken. Sie hatte kein Bedürfnis danach gehabt. Wein, das erforderte besonderes Essen, angenehme Gesellschaft.

Sie hob Steffa ihr Glas entgegen und sagte: «Ohne Sie hätte ich nichts gekocht, den Valpolicella nicht aufgemacht, ein paar wunderschöne Erinnerungen wären in Vergessenheit geraten.»

Steffa trank einen großen Schluck und sagte: «Behalten Sie nichts davon für sich. Alles, auch Kleinigkeiten, sind wichtig für unser Buch.»

Und weil es so verführerisch war, sich laut an einen schönen Tag mit Ivo zu erinnern, erzählte Judith ihr, wie sie damals vom Valpolicella zum Gardasee hinübergefahren waren. Ivo mochte eigentlich die allzu gefällige Schönheit dieser Landschaft nicht besonders. Sie erschien ihm abgenützt und banal, die klischeehafte Formel einer *italianità*, wie sie nur in schlechten Bildern und Filmen existierte.

«Vor Goethe hätte man hier sein müssen, mit und nach ihm ist alles kaputtgegangen. Man sieht nur noch die Reproduktion, nicht mehr das Original.»

Aber dann ließ er sich von Judiths Begeisterung für ein Gründerzeithotel anstecken. Es dehnte sich in unglaublicher Raumverschwendung an der Gardone-Riviera aus – ein langgestreckter Kasten mit Türmchen, Arkaden, Balkonen und Terrassen, inmitten einer wohlgeordneten Oase von Zypressen, Oleander, Palmen und Orangenbäumen. Steinerne Balustraden grenzten den Park zum See ab, nur ein Bootssteg und zwei eher bescheidene Einstiege erinnerten daran, daß man den See nicht nur als Aussicht benützen konnte.

Kaum jemand außer ihnen machte von der Möglichkeit zu schwimmen Gebrauch. Ein paar wettergegerbte alte Amerikaner und Deutsche ließen vom Bootssteg ihre Angeln ins Wasser hängen. Im Schatten der grünen Bastschirme saßen blasse Engländerinnen und tranken Tee, während ihre Männer Boccia spielten.

Morgens erwachten sie vom sanften Flüstern der Berieselungsanlage und vom Knirschen des Kieses, den Gärtner mit Rechen bearbeiteten. Ein Mädchen in rosaweißgestreiftem Kittel tat einen Vormittag lang nichts anderes, als welke Blüten und Blätter von den Pflanzen in den Steinvasen abzuzupfen. Die durch unzählige kleine Handgriffe erzielte Ordnung war völlig artifiziell und stand in totalem Gegensatz zur Dschungelhaftigkeit des Loredan-Parks, der nur an wenigen Stellen noch an seine ursprüngliche symmetrische Harmonie erinnerte.

Wo immer sie sich in diesem Hotel hinbewegten, immer waren dazu endlose Märsche nötig. Ob sie von der Frühstücksterrasse zum Badeplatz gingen, von dort durch eine endlose Flucht plüschiger Salons zum Lift und schließlich durch verwinkelte Gänge voller Jagdtrophäen zu ihrem Zimmer, alles vermittelte auf eine naiv-versponnene Weise die Großmannssucht eines vergangenen Jahrhunderts.

Ivo schüttelte sich vor Lachen über den verschlissenen Zauber. Aber er mußte zugeben, daß er Charme hatte.

«Wer weiß, ob die Flughafenfunktionalität moderner Hotels in hundert Jahren jemand zum Lachen bringt», meinte Judith. «Die hält gar nicht so lang», sagte Ivo.

Als sie die allzu süße Zuckerbäckerarchitektur der Hotelanlage zu langweilen begann, fuhren sie in die kleinen Orte in den Bergen, in denen sich alpine und mediterrane Vegetation mischten. Die Postkartenschönheit des Sees blieb zurück. Und schließlich gerieten sie auf ihrem Rückweg an den bizarrsten Ort dieser Gegend, an Gabriele d'Annunzios Besitz *Il Vittoriale degli Italiani*. Maureen hatte sie auf diese monumentale Selbstinszenierung eines heroisch-erotischen Dichters aufmerksam gemacht. Sie hatte die Szenerie für ihren Roman über die Duse und d'Annunzio gebraucht. Judith las dann seinen Roman *Fuoco*, aber sie war nicht sehr weit damit gekommen, sie scheiterte am eitlen Bombast dieser Sprache, an der menschenverachtenden Egozentrik des Erzählers.

Gianni war entsetzt über ihr Urteil. «Das sind ewige Worte! Aber vielleicht muß man in dieser Sprache aufgewachsen sein, um das zu erkennen.»

Zu Ivo sagte er später: «Es ist ein Buch für Männer. Frauen, auch die klügsten, werden es nicht verstehen.»

Nun standen sie, hoch über dem Gardasee, vor dem Besitz d'Annunzios, überwältigt von Pomp und echter Schönheit, martialischer Theatralik und grotesker Überinszenierung. Rund um eine venezianische Villa gruppierten sich Hallen mit Flugzeugen, Kriegsgerät, Schiffen und Uniformen – Erinnerungen an d'Annunzios Bravourakte, als er im Ersten Weltkrieg Flugzettel über Wien abwarf und als er nach Kriegsende mit seinen Bravados Fiume besetzte und fünfzehn Monate lang regierte. «Ohne das Kriegsfieber ist das Leben sehr langweilig», hatte er geschrieben, als er kaum der Hölle der Isonzoschlachten entronnen war. Er und seine Mitstreiter waren in einem die Zypressenhügel beherrschenden Mausoleum mit Hochgräbern aus blendendweißem Stein begraben.

Die alte Villa über dem Gardasee und die Mittel, aus ihr ein heroisches Gesamtkunstwerk zu machen, bekam d'Annunzio von Mussolini, der in dem Dichter einen Wegbereiter seiner Politik sah.

Judith und Ivo gingen durch den Park, in dem sich immer wieder Veteranen zum Gruppenbild mit Heldengrab versammelten. Ihre Augen leuchteten in verwegener Ehrfurcht, in sehnsüchtiger Solidarität mit dem unerreichbaren Heros.

Judith verblüffte der Kontrast zwischen der monumentalen Siegergeste des Mausoleums und der überladenen Intimität der Villa. Der Ruheplatz des Kriegers war mit Samtpolstern und Orientteppichen, Buddhas, antiken Statuen, Madonnen und dekorativen Waffen wie eine Requisitenkammer vollgestopft. Ein Kustos erklärte ihnen ehrfürchtig, daß allein im Bad zweitausend Kunstgegenstände stünden. Judith stellte sich sofort vor, wie der dürre kleine Dichter mit Glatze und Spitzbart im parfümierten Wasser plätscherte und den Lohn der Angst zwischen spinnwebverzierten Amphoren, Plastiken rund um seine tiefblaue Wanne genoß. Ganz hatte sich die Angst aus seinem überreich gepolsterten Nest wohl nie vertreiben lassen. Und irgendwann drückte sie ihm die Pistole in die Hand, zu einem halbherzigen Versuch, über sich selbst zu siegen.

Judith war von dem Kinderbild d'Annunzios fasziniert, das sie in einer Fotoausstellung im Gartenhaus entdeckt hatte. Ein Kind mit Greisengesicht, in eine Schuluniform gepreßt, die Hand am Degen. Keine der Masken, die er im Laufe seines Lebens trug, glich diesem Gesicht. Nur das Antlitz des Greises hatte wieder die verzweifelten Augen des Kindes.

Sie kamen in das seidendrapierte, kissenüberschwemmte Schlafzimmer im Dämmerlicht – noch höhlenartiger als die anderen, überraschend kleinen Räume des Hauses. Ivo entdeckte beim Hinausgehen an der Tür die Aufschrift: «Genie und Wollust». Die programmatische Pedanterie an der Schwelle eines so eindeutigen Raums ließ ihre Lachlust explodieren. «Das will ich auch haben», keuchte Ivo. «Ich will unbedingt so eine Tafel an unserer Schlafzimmertür. Damit du endlich weißt, woran du bist.»

Judith dachte an die Porträts der vielen schönen Frauen um d'Annunzio. Sie alle hatten einen beherrschten Leidenszug um den Mund. Das noble, umschattete Gesicht der Duse hatte sie besonders angezogen. «Wunderbar», sagte Ivo, «Frauen sind erst schön, wenn sie um Männer leiden.»

«Danke schön», sagte Judith, «da bleib ich lieber häßlich.»

Ivo zog sie an sich und umarmte sie. «Du hast ja schon gelitten.»

Sie setzten sich an den Rand des großen Amphitheaters und schauten über die Zypressenwipfel auf den See und die Berge. Ivo war plötzlich sehr still. Als sie dann gingen, sagte er: «Und was wird von mir bleiben?»

«Deine Bilder.»

«Vielleicht sind sie bald so verstaubt wie die Kunstschätze d'Annunzios. Und veraltet wie seine Bücher. Aber er hat diesen Park, dieses Haus. Und ich? Woprschalek und Zwerschina im Gästetrakt der Villa Loredan.»

Judith sah ihn überrascht an. «Bist du unzufrieden?»

«Nachdenklich», sagte Ivo.

«Was hat er damit gemeint?» fragte Steffa.

«Er wollte immer ein eigenes Haus. Aber nicht irgendeines. Am liebsten die ganze Villa Loredan, aber die konnten wir nicht kaufen. Vor drei Jahren war Gianni Loredan in finanzieller Bedrängnis und machte uns ein günstiges Angebot, den Gästetrakt und ein Stück Grund zu kaufen. Ivo war damals sehr glücklich und hat sich ausgemalt, daß wir irgendwann auch die ganze Villa Loredan kaufen könnten, um daraus ein Museum zu machen. Ivo hatte sogar einen ganz geheimen Plan, wie er seine Bilder in den Räumen der Villa hängen würde. Leider ist es nicht dazu gekommen. Ivo hat immer Angst gehabt, Gianni könnte einen Käufer für die Villa finden, der dann ein Hotel daraus macht.»

«Aber wenn Ihnen der Gästetrakt gehört, sind Sie ja abgesi-sichert», stotterte Steffa. Der rasch getrunkene Wein zeigte offenbar Wirkung.

Judith nickte.

«Da kann Ihnen also gar nichts passie-sieren, wenn doch etwas draus wird.»

«Woraus?» fragte Judith wachsam.

«Aus dem Verkauf.»

«Was sagen Sie da?»

«Wahrscheinlich ist es nur ein Gerücht.» Steffa sprach jetzt langsam und vorsichtig, wie jemand, der seine Unsicherheit kontrolliert. «Ein deutscher Kollege, den ich in Venedig getroffen habe, sagte mir, es gäbe ernste Verkaufsverhandlungen um die Villa Loredan. Er recherchiert gerade eine Story über die weniger bekannten Villen des Veneto.»

«Sind Sie sicher, daß er von dieser Villa Loredan gesprochen hat? Es gibt ein halbes Dutzend davon im Veneto.»

«Wahrscheinlich ist es eine andere», sagte Steffa. «Kein Grund sich aufzuregen. Und Ihnen kann ja ohnehin nichts passieren.» Judith spürte, wie sich ihre Sehnen am Hals zusammenzogen. Sollte sie auch noch das Haus verlieren? Jemand, der aus der Villa Loredan ein Hotel machte, konnte zwar auf den Gästetrakt verzichten. Aber sie würde das Nutzungsrecht des Gartens verlieren. Und sicher auch Ivos Atelier im ehemaligen Pferdestall, das näher zur Villa als zum Gästetrakt lag.

Wahrscheinlich müßte sie eine Mauer errichten, um sich vor der Neugier und dem Lärm der Gäste zu schützen. Nichts als ein kleines Stück Park würde ihr bleiben. Keine Venus im Teich, kein Nymphäum, keine Linden rund um den kleinen Pan. Nichts würde mehr sein, wie es war.

Sie sah Steffa an, in deren Gesicht fleckige Röte aufstieg. Wußte sie überhaupt, was sie mit ihrem Gerede anrichtete?

«Mein Gott», sagte Steffa, «Sie haben jetzt Angst.»

Judith schüttelte den Kopf. Sie hatte keine Lust, darüber zu reden, was ihr der Verlust der Villa Loredan bedeutete.

«Arme Judith», sagte Steffa sanft. «Ich mag es sehr, daß man Ihnen alle Gefühle vom Gesicht ablesen kann. Ich mag Sie überhaupt sehr. Sagen wir doch du zueinander.» Sie hob das Glas, und Judith stieß widerstrebend mit ihr an. «Oder ist das vorschnell? Sollen wir noch warten?» fragte Steffa.

«Servus, Steffa», sagte Judith und trank. Morgen oder spätestens übermorgen war sie weg. Sie würde ihr biographische Details, Kataloge und Kritiken zusammensuchen, das mußte genügen. Hoffentlich brachte Matteo morgen endlich ihre Brille, daß sie fahren konnte. Judith sehnte sich danach, wieder allein zu sein mit ihren neu erwachten Erinnerungen. Vielleicht würde sie Anna anrufen und sie bitten zu kommen.

«Wart ihr eigentlich oft in diesem Hotel in Fasano?» fragte Steffa plötzlich.

Judith wunderte sich, daß Steffa den Ort wußte, sie konnte sich nicht erinnern, ihn genannt zu haben.

«Nein, nur einmal.»

«Habt ihr da nicht Elena Hargitay getroffen?»

«Elena – wie?»

«Hargitay. Mit ihrem Mann, Pàli. Eine auffallend attraktive Frau, blond, ein slawischer Typ.»

Judith blieb stumm.

«Sie hat mir gesagt, daß sie Ivo mit dir gesehen hat.»

«Ich erinnere mich nicht», sagte Judith und wußte im gleichen Moment, daß ihr Gesicht sie wieder verraten würde.

Natürlich hatten sie Elena mit ihrem Mann getroffen. Sie waren an der Bar gegenüber der D'Annunzio-Villa mit dem ungleichen Paar ins Gespräch gekommen. Es war ihnen schon im Hotel aufgefallen. Der Mann, sehr groß, ernsthaft, fast abweisend, schien einer völlig anderen Welt anzugehören als die Frau. Sie war wesentlich jünger, von einer harten, etwas vulgären Attraktivität und schien sich unbeschreiblich zu langweilen. Der Mann bemühte sich hilflos, sie auf die Schönheit des Platzes aufmerksam zu machen. Sie reagierte mit völligem Desinteresse. Nun standen sie an der gleichen Theke mit ihnen, und Elena streifte mit der Hand über Ivos Arm und sagte: «Schön, dich wiederzusehen.» Ivo lächelte, Pàli verbeugte sich und nannte seinen Namen.

Elena hatte einen leicht slawischen Akzent. Wenn sie lächelte, verwandelte sich ihr Gesicht, gewann eine strahlende Siegesgewißheit, die ihre gelangweilte Schmollmiene von vorher nicht ahnen ließ. Judith schaute dieser Wandlung gefesselt zu. Ihre Versuche, sich in das Gespräch einzuschalten, scheiterten an der Ausschließlichkeit, mit der sich Elena Ivo zuwandte. Elena kannte Ivos Bilder, sie kannte eine Menge Leute, die offenbar in Ivos Vergangenheit eine Rolle gespielt hatten, und sie spann aus diesem Wissen einen glitzernden Faden, mit dem sie Ivo umwickelte und zu einem willenlosen Paket verschnürte. Es war Judith noch nie passiert, mit so kalter Aggressivität ausmanövriert zu werden. Ivo und Elena standen in der Mitte, Pàli und sie rechts und links. Elena ignorierte ihre Einwürfe vollkommen, und auch Ivo beachtete sie kaum. Pàli nickte ihr höflich und hilflos zu und versuchte, sie in ein Gespräch zu verwickeln, das sie nicht interessierte. Judith stand schließlich auf und stellte sich hinter die beiden, was Elena mit einer Bewegung beantwortete, die Judith den Zugang zu ihnen blockierte.

So wehrlos war sich Judith noch nie vorgekommen. Ivo unternahm nichts, um sie in das Gespräch und den Kreis einzubeziehen.

Ivo war ein Mann, der sehr unmittelbar auf Frauen wirkte. Judith hatte das immer wieder erlebt, und bisher hatte es sie amüsiert, wenn andere mit ihm flirteten oder ihn mehr oder weniger gekonnt zu verführen versuchten. Sie war ihrer Sache zu sicher, um dabei Angst zu haben. Aber noch nie war sie mit solcher Schamlosigkeit aus dem Spiel geworfen worden. Schließlich nahm sie Ivos Arm, hängte sich in ihn ein und sagte in sein ihr nur widerstrebend zugeneigtes Ohr: «Komm, ich möchte gehen.»

Zum ersten Mal richteten sich Elenas graue Augen spöttisch auf sie. Ivo tätschelte unkonzentriert ihre Schulter und sagte: «Gleich, mein Herz.»

Elena schickte den zweiten und letzten Blick ihrer Begegnung auf sie, und Judith kam sich vor wie ein Schulkind, das das Klassenziel nicht erreicht. Sie hatte keine Ahnung, was sie jetzt tun sollte. Hier hielt sie es auf keinen Fall länger aus. Zögernd, mit Blick auf Ivo, ging sie aus der Bar, hinaus auf die kleine Piazza. Gegenüber war eine andere Bar. Sie trat ein, bestellte einen Kaffee, ließ sich eine Telefonmünze und die Nummer der anderen Bar geben und verlangte Ivo. «Hier wartet eine Unbekannte auf Sie», sagte sie, als sich Ivo meldete. Sie konnte ihn, quer über den kleinen Platz, am Telefon sehen. Er lachte. Offenbar merkte er erst jetzt, daß sie weggegangen war. Es dauerte nicht lang, und er verließ die Bar, kreuzte die Piazza und kam zu ihr. Elena und Pàli gingen zu ihrem Auto und fuhren weg.

«Fast wäre ich mit einem faszinierenden Bersaglieri-Veteranen weggegangen», sagte Judith.

«Ein ziemlicher Haifisch, diese Elena», sagte Ivo schuldbewußt.

«Hat sie dir was abgebissen?»

«Alles komplett. Ich habe sie vor langer Zeit bei einem Atelierfest getroffen. Hätte mich nicht mehr an sie erinnert.»

Sie fuhren in angeregtem Fremdsein den Hügel hinunter. Ivo erzählte witzige Geschichten von Malern und Modellen – Elena hatte versucht, sich in diese Clique zu drängen, war aber letztlich von finanzkräftigeren Kreisen mehr angezogen. Unterwegs kamen sie an einer ländlichen Trattoria vorbei, und Judith schlug vor, doch hier und nicht im ziemlich langweiligen Restaurant des Hotels zu essen.

Sie saßen bis spätabends unter einer Rebenpergola, aßen ein ländliches Mahl und vergaßen das Intermezzo mit Elena. Als sie ins Hotel zurückkamen, war das Restaurant bereits geschlossen. Pàli saß in der Halle und winkte ihnen mit einer müden Handbewegung zu. Elena war nicht zu sehen. Judith war erleichtert und ärgerte sich dann darüber. Sie war doch keine dieser possessiven Frauen, die ihren Mann vor jeder attraktiven Frau abschirmten. Aber Elenas eisige Entschlossenheit hatte ihr angst gemacht. Sie hatte keine Erfahrung mit Betrug. Ivo war bisher immer so sehr auf sie fixiert gewesen, daß sie sich darüber keine Gedanken gemacht hatte.

Die zielstrebige Resolutheit ihrer Mutter fiel ihr ein, als sehr junge, romantische Geigenschülerinnen ihres Vaters ihm verehrungsvolle Briefe schickten oder gar nicht zufällig an ihrem Urlaubsort auftauchten.

Mamusch hatte sie mit katzenhafter Ruhe beobachtet, um sie dann mit großer Direktheit zu vertreiben.

«Was wollen Sie denn, Kindchen? Nur anbeten? Oder mehr? Anbeten geht. Mehr ist nicht drin.»

Das funktionierte vor allem deshalb, weil der Vater, der vielleicht einem kontrastreichen kleinen Abenteuer nicht abgeneigt gewesen wäre, nichts mehr fürchtete als Komplikationen. Und daß Mamusch ihm die nicht ersparen würde, machte sie mit jedem Blick, jedem Wort klar.

«Nicht hysterisch werden, aber auch nichts anstehen lassen, aus dem etwas werden könnte», war ihre Taktik. «Einer klugen Frau kann gar nichts passieren. Sie muß nur im richtigen Moment klarmachen, daß das Gesetz des Handelns bei ihr ist.»

Judith und Anna hatten sich über diese Strategie lustig gemacht. Anna, weil ihr bisher kein Mann soviel Energieaufwand wert war und weil sie meist selbst den Partner wechselte, ehe der andere auf diese Idee kam. Judith, weil sie sich sicher fühlte. Ivo hatte alles, was einen unerfahrenen Mann reizen mochte, bereits hinter sich. Und er hatte viel mehr Angst um sie als sie um ihn. Aber jetzt hatte sie erlebt, daß eine Frau, die ihm wahrscheinlich gar nicht wichtig war, ihn durch ihre Zielstrebigkeit von ihr ablenken konnte. Sie hatte die Meinung ihrer Mutter, daß es Abenteuer gab, die man einem Mann erlauben mußte, weil sie sich dann in kürzester Zeit überlebten, nie geteilt. Ihre fast magische gegenseitige Anziehungskraft durfte nicht von einer Dritten gestört werden.

«Weißt du», sagte sie zu Ivo, als sie auf ihren Balkon hinaustraten, um auf den silbrig schimmernden See hinunterzuschauen, «ich würde einen Verrat auch nicht ertragen, wenn dir an einer Frau nichts liegt. Die Geliebte bin immer ich. Und ich bleibe es auch.»

Ivo lachte und wurde dann mit Blick auf ihr entschlossenes Gesicht ernst. Er umarmte sie und drückte ihr Gesicht an seinen Hals. Sie spürte das Pulsieren seiner Adern.

«Es gibt nur dich. Du hast mich für alle anderen verdorben.»

Die Fremdheit war von ihm abgefallen. Und ihre Gesten der Zärtlichkeit, der Phantasie lockten die vertraute Lust hervor. Zum ersten Mal spürte sie, daß Leidenschaft Macht bedeutete.

Sie schliefen ineinander verschlungen ein. Erst als ein kühler Lufthauch Judiths Körper streifte, wachte sie auf und griff nach Ivo. Sie griff ins Leere.

Sie setzte sich mit einem Ruck auf und fühlte das gleiche hilflose Entsetzen, das sie am Nachmittag empfunden hatte. Sie stand auf, trank Wasser, duschte, zog sich entschlossen an. Entschlossen wozu? War sie verrückt geworden, Ivo zu suchen, den Nachtportier zu fragen, sich der Lächerlichkeit preiszugeben? Sie ging auf und ab und schaute hinunter in den dunklen Garten, als berge er eine Antwort auf ihre verzweifelte Frage.

Sie atmete tief, kämpfte die hysterische Panik in sich nieder. Vielleicht wollte Ivo noch etwas trinken. Vielleicht hatte er etwas im Auto vergessen. Sie zog sich wieder aus und ging zu Bett. Dann öffnete sich die Tür, und Ivo stand im Bademantel mit nassem Haar im Zimmer.

«Du hast so herrlich geschlafen, sonst hätte ich dich zum Schwimmen mitgenommen.»

Sie umarmte ihn und verstand die Panik von vorhin nicht mehr. Alles war gut. Vielleicht besser, als es jemals war.

Am nächsten Morgen ging sie lachend und siegessicher, in Ivo eingehängt, an Elena vorbei. Sie schaute nicht einmal, welche Miene sie machte. Sie fühlte nur Ivos Wärme, den Strom ihrer Liebe. Das Gesetz des Handelns war bei ihr.

Judith stapelte Teller und Gläser auf das Tablett und trug sie zurück in die Küche. Während sie die Spülmaschine füllte, kam ihr Steffa nach.

«Schade, daß du dich nicht an Elena erinnerst. Eine hochinteressante Frau. Sie strahlt eine Energie aus, die man körperlich spürt. Vor allem Männer empfinden das. Aber ich war auch davon beeindruckt. Ich habe Elena in einer ziemlich ungewöhnlichen Situation erlebt.»

Steffa sah Judith so intensiv an, als müßte sie ein Bekenntnis anbringen. Judith war das unangenehm. Sie hatte genug von Bekenntnissen, die sie nicht interessierten, die sie nur von ihren eigenen Gedanken ablenkten.

«Ich bin müde», sagte sie, wehrte Steffas Angebot, ihr noch zu helfen, ab und sagte ihr gute Nacht.

Seltsam, daß Steffa Elena kannte. Aber wahrscheinlich gehörte sie auch zu diesem überspannten Zirkel. Der Gedanke erleichterte Judith und entschärfte ihre Erinnerung. Wer war sie denn schon, diese Elena. Nichts als eine der vielen unbedeutenden Frauen, die es auf Ivo abgesehen hatten. Sie hatte die Erinnerung an gemeinsame

Künstlerfreunde als Brücke benützt, um sich an Ivo heranzuschieben. Warum hatte Judith damals nur dieses lähmende Gefühl des Ausgeschlossenseins überfallen? Sie war nie auf seine Vergangenheit eifersüchtig gewesen, dazu war ihre Gegenwart zu beglückend, ihre Gemeinschaft zu stark.

Auf dem Rückweg vom Gardasee zur Villa Loredan hatte sie Ivo gefragt, ob es ihm leid täte, mit seinen alten Freunden gebrochen zu haben. Bisher war es ihr selbstverständlich erschienen, daß sie sich einen neuen Kreis geschaffen hatten. Und immerhin war ihnen ja Andreas, der gemeinsame Freund, geblieben.

«Die Leute von damals fehlen mir nicht», hatte Ivo gesagt. «Da waren so viele Schwindler, Scharlatane, Schmarotzer darunter. Und viele wie Elena, die sich von der Substanz der anderen ernähren, weil sie nichts haben als die Entschlossenheit, andere auszubeuten. Energie-Vampire!»

Das Wort hatte ihr gefallen. Es gab viele von dieser Sorte, und oft genug versuchten sie Judith anzuzapfen, um eigene Kräfte zu schonen. Wenn Steffa von Elenas Energie sprach, dann konnte sie wohl nur ihre Bereitschaft meinen, die Kraft anderer auf sich umzuleiten.

Judith machte das Licht in der Küche aus und ging ins Schlafzimmer. Die rötlich schimmernde Holzvertäfelung gab dem Raum Geborgenheit und Wärme. Das große Bett mit den ineinanderverflochtenen Händen, ein Sekretär und eine geschnitzte Truhe waren die einzigen Möbel in dem großen Raum. Judiths Porträt mit Eulenkopf das einzige Bild. Seine geheimnisvoll phosphoreszierenden Farben leuchteten, als täte sich ein Fenster in eine andere Welt auf. Ivo hatte das Bild gemalt, als er zwischen Cordula und ihr schwankte. Er hatte Judith als Elementarwesen zwischen Wasser und Feuer gesehen, das über die wilden Tiere gebot.

Die zweite Version, die er malte, als Akito Tanaka das Original kaufte, war noch spannungsreicher als das Original. Er ließ die Wildgänse aus dem Hintergrund in Keilform auf die Frau mit dem Eulenkopf zufliegen. Ihr Lächeln dirigierte ihren Kurs.

«Nichts kann dir etwas anhaben», hatte er auf die Frage nach dieser Veränderung gesagt. «Du bist unverletzlich.»

Judith spürte noch heute, wie sich alle Wärme in ihrer Körpermitte sammelte. Ivo hatte recht gehabt: Sie war stark. Keiner konnte sie verletzen.

Judith öffnete das Fenster und drosselte die Heizung. Es war nach einem feuchtkalten Tag wieder wärmer geworden. Über dem Park lag dick und unbeweglich der Nebel. Ein Nachtvogel schnarrte. Oder hörte sie eine ferne, rauhe Stimme? Kehlig und gebrochen? Sie verstummte, als Judith sich aus dem Fenster beugte und in die Nacht horchte. Es blieb still. Als sie das Fenster schloß, war das Geräusch wieder da. Es schien aus Steffas Zimmer zu kommen.

Judith ging hinaus auf den Korridor, der zu Steffas Zimmer führte. Wieder dieses keuchende Stöhnen, diesmal näher. Und dann eine Männerstimme, die sie nur zu gut kannte.

«Steffa», rief Judith und klopfte an der Tür. Keine Antwort. Aber die Stimmen verstummten.

Sie drückte die Klinke herunter, aber die Tür war abgeschlossen.

«Mach auf, Steffa!»

Steffa antwortete nicht.

Judith ging zurück und trat durch die Eingangstür ins Freie. Der Vorhang von Steffas Zimmerfenster war halb verschoben, dahinter brannte mattes Licht. Judith ging über die Terrasse und sah in das von vier Kerzen erleuchtete Zimmer.

«Steffa», rief sie und klopfte ans Fenster.

Durch das halb offene Seitenfenster kam der Geruch von Wachs und bitter-würzigem Rauch. Ein Geruch, der ihr schon einige Male aufgefallen war.

Steffa hatte ihr gesagt, sie rauche mexikanische Kräuterzigaretten. Aber diesmal mischte sich ein anderer Geruch hinein, der bei Judith Brechreiz erregte. Steffa hatte gesagt, daß sie mit Kräutern experimentierte. Und daß sie Salben mischte, die man sonst nirgends bekam und die ihre Stimmung beeinflußten.

«Man kann mit ihnen wunderbar abheben, wenn man will. Allem davonfliegen.»

Judith hatte das für eine ihrer vielen kleinen Wichtigtuereien gehalten, mit denen sie sich von Dingen, die Judith besaß und sie nicht, unterscheiden wollte.

«Es gibt einen Luxus, der nur den Eingeweihten zugänglich ist», hatte Steffa gesagt und lächelnd den venezianischen Brokat eines Vorhangs zwischen die Hände genommen. «*Das* kann jeder kaufen, der genug Geld hat.»

Wieder kam ein heiser-ekstatisches Röcheln aus dem Zimmer. Plötzlich erfaßte Judith Angst, Steffa könnte eine Überdosis Drogen genommen haben. Sie griff durch das Seitenfenster nach der Verriegelung der Terrassentür und öffnete sie.

Im Halbdunkel des Zimmers sah sie Steffa nackt mit

geschlossenen Augen und halboffenem Mund quer über dem breiten Bett liegen.

Ihr kindlich-unentwickelter Körper mit der bläulichen Haut hob und senkte sich in krampfhaften Atemzügen. Ihre Arme waren über dem Kopf gekreuzt und streckten sich dann einem Unsichtbaren entgegen. Ein Zittern ging durch ihren aufgebäumten Körper, und sie fiel mit einem Schrei vom Bett. Stöhnend krümmte sie sich auf dem Teppich zusammen.

Judith tastete nach dem nächsten Schalter und machte Licht. «Was hast du?» fragte sie.

Steffa hob den Kopf, öffnete die Augen und schloß sie gleich wieder geblendet, ehe sie ihr Gesicht in der Armbeuge verbarg.

«Es ist nichts», sagte sie stockend. «Ich habe geträumt. Laß mich schlafen.»

«Da war eine Stimme ...»

«Wo?» fragte Steffa.

«Hier.» Judith sah sich um, aber das Radio war aus. Steffa ließ den Kopf zurückfallen und dehnte sich. Ihre Lippen hatten einen weißlichen Belag, ihre Pupillen waren unnatürlich groß. Sie roch nach Schweiß und einem bitteren, üblen Stoff.

Ich will nicht, daß sie noch länger hier bleibt. Morgen muß sie gehen, dachte Judith.

Steffa griff nach Judiths Hand. «Ich weiß nicht, was das ist. Es kommt immer wieder.»

«Du mußt zu einem Arzt. Morgen fahren wir nach Vicenza.»

«Im Nebel?»

«Er wird bald weg sein. Es ist wärmer geworden, vielleicht regnet es morgen. Dann ist der Nebel weg.»

Steffas Hand war feucht und klebrig, und Judith entzog sich ihrem Griff.

«Wildgänse sind durchs Zimmer geflogen», sagte Steffa heiser, «sie haben mich aufgehoben und ganz hoch hinaufgetragen.»

«Sie kommen aus Ivos Bild in deinen Traum.»

«Kann sein», sagte Steffa fügsam und richtete sich auf. «Die Wildgänse auf dem Bild. Eine ganze Phalanx fliegt auf die Frau mit dem Eulenkopf zu, als könnte sie über sie gebieten. Sie aber lächelt. Das bist du, nicht wahr?»

Judith nickte abwesend. «Ich bin müde. Schlaf gut.»

«Ich kann jetzt nicht schlafen», sagte Steffa. «Bleib bei mir. Kannst du nicht hier schlafen? Ich überlasse dir mein Bett und lege mich davor, auf den Boden.»

Der Gedanke, auch nur eine Minute länger hierzubleiben, weckte Judiths Abwehrkräfte. Mit energischer Geste nahm sie die Decke vom Boden auf und legte sie über Steffa. Dann wandte sie sich zur Tür.

Beim Hinausgehen registrierte sie die Unordnung in diesem Zimmer. Überall lagen T-Shirts, Jeans, ausgetretene Schuhe. Rund um das Bett waren Papier, Tonbänder, Notizbücher verstreut, Kuverts, Bücher, bräunliche Zigaretten, halboffene Tiegel mit einer unappetitlich-gallertigen Masse.

Auf diesem Wust lag ein großes Foto. Judith war vorhin achtlos daran vorbeigegangen. Erst jetzt, als sie fast an der Tür stand, drang der flüchtige Eindruck eines sehr bewegten Gruppenbildes in ihr Bewußtsein. Das Bild lag in Steffas Richtung. Judith drehte sich um, ging ein paar Schritte auf Steffa zu und fragte, während sie auf den Platz neben dem Bett schaute: «Willst du etwas zu trinken?»

«Ja», sagte Steffa.

Das Bild war verschwunden.

Plötzlich war Steffa neben ihr, über ihr und umarmte sie. Judith wich vor der unerwarteten Bewegung zurück und kam ins Stolpern. Sie wehrte Steffas dünne, sie umschlingende Arme ab und hatte gleichzeitig Angst, sie wie die eines Kindes zu brechen.

«Wehr dich nicht gegen deine Gefühle», flüsterte Steffa und preßte ihren Körper gegen Judiths. Die Attacke ihres Geruchs war kaum erträglich. Judith war wie gelähmt vor Widerwillen gegen dieses instinktlose Geschöpf, das sie mit seinen schlangenhaften Armen umzingelte.

Sie riß sich los, gab Steffa einen Stoß und taumelte gegen die Wand. Steffa rutschte auf allen vieren zu ihr hin, verkrallte sich in ihrem Kleid, preßte ihr schweißnasses Gesicht gegen ihre Beine.

«Wir gehören zusammen», flüsterte sie, «viel mehr, als du ahnen kannst. Unsere Energien werden sich potenzieren. Wir werden so hoch fliegen, wie du noch nie in deinem Leben geflogen bist.»

Judith wehrte sie ab, immer noch voll Angst, sie zu verletzen.

«Du weißt gar nicht, wie ich auf diesen Moment gewartet habe, wie ich mich darauf vorbereitet habe, wie ich meine Seele für dich aufgerissen habe. Dich berühren dürfen, deinen Atem spüren, den Duft dieses herrlichen Haars einatmen.» Steffa stand auf, warf sich gegen Judith und fuhr ihr mit beiden Händen ins Haar. Judith ekelte sich, wie sie sich noch nie geekelt hatte.

«Du bist alles, was ich immer sein wollte», keuchte Steffa. «Und du brauchst mich, weil ich dir zu einem Wissen verhelfen kann, das dir sonst verschlossen bleibt.

Du wirst eine neue Welt entdecken. Und du wirst deine Trauer vergessen. Merkst du, wie du dich immer weiter von Ivo entfernst? Laß los, gib dich diesem Moment hin, du wirst es nie bereuen.»

Mit halboffenen Lippen suchte sie Judiths Mund. Judith schleuderte sie mit aller Kraft von sich, hörte, wie Steffa auf dem Boden aufschlug, und sah, daß sie regungslos liegenblieb.

Entsetzen packte sie. Langsam näherte sie sich diesem Körper, der wie eine ausgerenkte Puppe dalag. Steffa atmete keuchend, aus ihrer Nase kam Blut.

«Du hast mich verletzt», flüsterte sie.

Judith beugte sich zu ihr herunter, um das Blut abzutupfen, um ihr aufzuhelfen. Aber da umschlangen sie schon wieder Steffas Arme.

«Du kannst auch mein Blut haben. Alles, alles ...»

Judith befreite sich mit konzentrierter Kraft aus Steffas Umschlingung und schrie: «Schluß jetzt mit diesem Wahnsinn. Ich will nicht dein Blut, ich will nicht deine Nähe. Gar nichts. Morgen verläßt du das Haus.»

Steffa sank schluchzend in sich zusammen.

«Ja», stöhnte sie, «natürlich. Ich bin nicht gut genug für dich. Nicht so schön, so gepflegt, so verwöhnt wie du. Das andere, das ich dir voraushabe, das siehst du nicht. Und was du nicht siehst, existiert für dich nicht. Du hättest alle Grenzen deines Lebens gesprengt, diese verdammte bürgerliche Ordnung, an die du dich klammerst, hinter dir gelassen. All das wäre dir nachher klein und unbedeutend erschienen – auch diese egoistische Trauer um Ivo, die nichts anderes ist als Wut über die Störung deiner heiligen Ordnung. Du wärst endlich frei gewesen, hättest dem Schicksal für diese Chance gedankt.»

«Gute Nacht», sagte Judith und ging zur Tür.

Steffa schrie – ein messerscharfer Laut, der die Nacht durchschnitt. Es dauerte endlos, ehe er verstummte.

Judith ging hinter ihrer verschlossenen Tür auf und ab. Es schien ihr absurd, die Polizei anzurufen. Was sollte sie den verschlafenen Carabinieri sagen? Daß eine Frau ihr eine verrückte Liebeserklärung gemacht hatte? Maureen war zu weit weg, um zu kommen. Catarina würde nicht verstehen, daß sie sich nicht selbst gegen eine hysterische Frau helfen konnte. Und dieser Nebel würde ohnehin alle abhalten, in der Nacht zu ihr zu kommen.

Sie nahm eine Beruhigungstablette. Und als sie nach einer halben Stunde noch immer nicht wirkte, zwei weitere. Endlich fiel sie in dumpfen Halbschlaf, in den sich immer wieder Ivos Stimme mischte, die sie auf so unerklärliche Weise in Steffas Zimmer gelockt hatte.

Das durch die Vorhänge sickernde gelbgraue Licht verriet Judith, daß sich der Nebel noch immer nicht gehoben hatte. Sie fühlte sich elend, schloß wieder die Augen und gab dem Schwindel nach, der sie nach einer jähen Bewegung erfaßt hatte. Neben dem Bett lag die offene Medikamentenpackung. Sie versuchte sich zu erinnern, wie viele Tabletten sie genommen hatte. Auf jeden Fall zuviel. Gemeinsam mit dem schweren Rotwein von gestern abend ließen sie ihren Kopf hämmern, die Hände zittern.

Die Vorstellung, Steffa noch einen weiteren Tag ertragen zu müssen, wenn sich der Nebel nicht hob, entsetzte sie.

Vorsichtig richtete sie sich auf. Das Zimmer rotierte um ihr Bett. Sie ließ sich wieder zurücksinken. Vielleicht war es am klügsten, den Tag im Bett zu verbringen, Steffa sich selbst zu überlassen. Und morgen, wenn der Nebel sich endlich hob – ein knapper Abschied.

Es klopfte leise. Steffa stand mit frischgewaschenem Kindergesicht, feucht nach hinten gestriegeltem Haar an der Tür und erkundigte sich lächelnd, ob sie Frühstück machen sollte. Sie wirkte gesund, gut ausgeschlafen, als wäre nicht das geringste geschehen. Mit ihr huschte Mauro ins Zimmer und sprang auf Judiths Bett. Steffa, die ihn schon so oft vergeblich zu fangen versucht hatte, griff ins Leere.

Judith wehrte Steffas Angebot heftig ab. Nur nicht passiv ihrer Aufmerksamkeit ausgeliefert sein!

Sie zwang sich aufzustehen, ging um Balance bemüht ins Bad. Heißes und kaltes Wasser prasselte auf ihre Haut. In den Bademantel gehüllt, riß sie das Fenster auf, um tief zu atmen. Die einströmende Luft war feucht und roch nach Moder. Von den Bäumen tropfte es, der Nebel stand wie eine Wand vor dem Fenster. Sie waren eingesperrt – Steffa und sie. Der Gedanke war so fürchterlich, daß sie so schnell sie konnte zum Telefon ging, um Verbindung mit der Außenwelt aufzunehmen. Catarina mußte doch endlich Steffas Brille haben. Aber das Telefon blieb stumm, sie bekam keine Verbindung nach außen.

Es mußte etwas geschehen, wenn sie sich nicht dem verhaßten passiven Abwarten ausliefern wollte. Sie überlegte, ob der Nebel vielleicht nur in der Höhe verharrte, während ein paar hundert Meter weiter auf der abschüssigen Straße die Sicht frei war.

«Wir fahren hinunter ins Dorf», sagte sie zu Steffa. «Und wenn Catarina die Brille noch nicht hat, fahren wir nach Vicenza. Pack deine Sachen, dort nimmst du den Zug. Den Leihwagen bringe ich zurück nach Venedig.»

«Wieso Leihwagen?» sagte Steffa lächelnd. «Das ist doch mein Auto.»

«Du hast doch nach deiner Ankunft von einem Leihwagen mit österreichischer Nummer gesprochen, der gerade am Flughafen abgegeben wurde.»

«Ich? Nie! Andreas kann dir bestätigen, daß das mein Auto ist. Ruf ihn doch an. Ich bin auch nicht über Venedig gekommen, sondern direkt aus Wien.»

Sie wartete lächelnd wie ein provokantes Kind auf Judiths Reaktion.

Die Wut, die in Judith aufstieg, daß Steffa sie in die Rolle der düpierten Erwachsenen zwang, während sie selbst das anarchische Kind spielte, machte einem jähen Gefühl der Befreiung Platz. Wenn sie nicht in Venedig war, hat sie auch gelogen, daß sie dort vom Verkauf der Villa Loredan gehört hat, dachte Judith erleichtert. «Gut», sagte sie. «Dann fahr ich allein hinunter und hole deine Brille, damit du sofort fahren kannst.»

«Gib acht», sagte Steffa leise, «das ist heute kein guter Tag.»

Judith biß sich auf die Lippen. Das konnte man wohl sagen. Ein scharfer Schmerz durchzuckte ihren Kopf. Sie ging ins Bad, um eine Schmerztablette zu nehmen. Gewaltsam würgte sie die in Wasser aufgelösten, gipsig schmeckenden Brocken hinunter.

Ihr Schwindel verstärkte sich. Aber an der Luft würde ihr besser werden, dachte sie. Sie holte ihren Anorak vom Haken und ging sehr schnell durch den Park und durch die Kastanienallee zu den Linden. Einmal rannte sie in Gedanken gegen einen Baum. Sie war vom Weg abgekommen, und der Nebel hing so dicht über der Wiese, daß man fast nichts sah.

Sie trat auf die Lichtung und atmete tief. Der vertraute Platz würde ihr helfen, ihre alte Kraft zurückzugewinnen. Sie stolperte und wäre fast gegen Steffa gefallen, die mit ausgebreiteten Händen an einer der Linden lehnte. Ihre Augen waren geschlossen, ihr Gesicht blutleer. Judith fing sich im letzten Moment, aber es war zu spät umzukehren.

Steffa öffnete die Augen. «Ich muß mich mit guten Energien aufladen», sagte sie leise. «Ich weiß nicht, was gestern in mich gefahren ist. Du wirst mich für verrückt halten.»

«Vergiß es», sagte Judith, «es ist nicht wichtig.»

«Für mich schon. Laß dir erklären...»

«Nicht nötig», sagte Judith entschlossen, «für mich ist das erledigt.»

«Ich wollte, ich könnte auch so klar und bestimmt meinen Weg gehen wie du. Aber vielleicht kann man das nur, wenn man alle anderen verachtet.»

Judith ging nicht darauf ein. «Wenn Catarina die Brille hat, bin ich sehr bald wieder da. Sollte ich nach Vicenza müssen, wird es sicher Mittag.»

Judith drehte sich um und ging durch die Allee zurück zum Tor. Steffa verschwand wie vom Nebel verschluckt. Und Judith atmete auf, daß sie von ihrer Gegenwart befreit war. Es war ihr körperlich zuwider, daß Steffa schon wieder gerade diesen Platz für ihre Meditationen mißbrauchte. Als wüßte sie, welche Rolle er in Ivos und ihrem Leben gespielt hatte. Steffa mußte weg. Schnell. Zum ersten Mal hatte Judith Angst vor einem Menschen, dessen Absichten sie nicht durchschaute. Vor einem Menschen, der viel mehr über sie zu wissen schien, als er zugab.

In Gedanken an die nächtliche Szene schüttelte Judith noch einmal der Ekel.

Sie hatte es einige Male erlebt, daß Männer, die sie nicht mochte, sie für sich zu gewinnen suchten. Aber so verrückt wie Steffa hatte sich keiner benommen. In ihr kam der Gedanke auf, daß Steffas Attacke vielleicht ein Ziel gehabt hatte, das über ihr erotisches Interesse hinausging. Sollte sie Teil eines ihrer sonderbaren Rituale werden?

Ivo hatte ihr einmal von Sexualmagie erzählt, bei der sich Partner vereinigen, um etwas zu erreichen, das mit Erotik nichts zu tun hatte. «Es gibt Leute, die glauben, durch Sexualmagie eine höhere Wahrnehmungsfähigkeit zu bekommen. Sie bilden sich ein, sie können dann mit anderen Welten in Verbindung treten. Aber manche glauben auch mit diesen Ritualen zu Geld und Erfolg zu kommen.»

Judith hatte gelacht, als er ihr von komplizierten Meditationen und Körperübungen, von Aphrodisiaka und Amuletten erzählte, die der Vorbereitung dienten. «Bei soviel Magie vergeht einem doch die Sexualität.»

Weiß Gott, was Steffa mit ihrer ungeschickten Attacke im Sinn gehabt hatte. Es war nicht so wichtig. Wichtig war, sie endlich loszuwerden. Sollte sie Steffa dazu bringen, in ihrem eigenen Auto mit ihr ins Dorf oder nach Vicenza zu fahren? Judith könnte dann mit dem Taxi zurückfahren. Aber Steffas Auto hatte keine Nebelscheinwerfer. Bei diesem Wetter wäre es selbstmörderisch, damit loszufahren.

Judith putzte die beschlagenen Scheiben ihres Autos, stieg ein und legte den Rückwärtsgang ein. Ein wahnsinniges Karussell begann sich zu drehen, riß sie in weitem Bogen nach rückwärts, eine weiße Wand raste an ihr vorbei, der Schatten von Steffas Auto, und plötzlich auch Steffa, die mit vor den Mund gepreßten Händen aus dem Nebel auftauchte.

Mit ohrenbetäubendem Krach, mit Splittern, kreischenden Reibegeräuschen endete die Höllenfahrt. Judith wurde erst nach vorne und dann rückwärts in die Polsterung geschleudert.

Sie blieb betäubt sitzen und rieb sich den schmerzenden Nacken. Erst als Steffa die Tür aufriß und sie schüttelte, nahm sie ihre Umwelt wieder wahr.

«Ist dir etwas geschehen?» fragte Steffa tonlos.

Judith verneinte, versuchte auszusteigen, das Karussell in ihrem Kopf drehte sich noch immer.

«Judith», flüsterte Steffa, «liebe Judith.»

Diese Anrede war Judith so unerträglich, daß sie wieder zu sich kam.

«Es geht schon», sagte sie mit fremder, langsamer Stimme.

Sie versuchte zu rekonstruieren, was geschehen war. Sie hatte den Rückwärtsgang eingelegt, sich umgedreht und war aufs Gas gestiegen. Immer mehr und mehr, als ob ihr Fuß angeschmiedet wäre. Erst nach einer Ewigkeit hatte sie ihn vom Pedal losreißen und auf die Bremse verlagern können. Da war es zu spät. Das Auto war seitlich an einen Baum geprallt und dann gegen die Mauer gefahren. Der Baum hatte die Wucht des Anpralls gemildert, aber er hatte die linke Seite des Wagens eingedrückt und die Felge deformiert. Das Heck war zusammengestaucht, der Kofferraum hatte sich geöffnet.

Aber ihr war nichts geschehen. Sie ließ sich auf Steffas Mitleidsgestammel nicht ein. «Ich brauche jetzt Ruhe», sagte sie und ging ins Haus.

Sie wußte nicht, wie lange sie geschlafen hatte, aber als sie erwachte, fühlte sie sich viel besser als am Morgen. Mit einem Ruck sprang sie aus dem Bett. Sie mußte etwas

Sinnvolles tun, um die Wartezeit bis zu Steffas Abreise zu überbrücken. Der Nebel hing noch immer in den Bäumen, kein Luftzug bewegte die Äste.

Sie würde Unterlagen über Ivos letzte Jahre zusammensuchen und sie Steffa mitgeben. Zu weiteren Gespräche mit ihr war sie nicht mehr bereit.

Auf dem Weg in ihr Arbeitszimmer griff sie nach dem Telefon, aber die Leitung war noch immer tot.

Es tat ihr gut, in die sorgfältig überlegte Ordnung ihrer Mappen einzutauchen, sich wieder in Ivos Leben zu vertiefen.

In den fünf, sechs Jahren vor seinem Tod hatten vor allem französische und italienische Journalisten Ivo für sich entdeckt. In mediterranen Ländern wurde Ivos Auseinandersetzung mit klassischen Mythen viel verständnisvoller aufgenommen als im deutschen Sprachraum, wo sie als Ballast der Bildungsbürgerlichkeit galten. Am Mittelmeer lebten diese leidenschaftlichen Geschichten weiter.

Judith, die mit ihnen aufgewachsen war, wunderte sich oft, wieviel wütende Aggression sie bei jüngeren Kritikern in Nord- und Mitteleuropa weckten.

«Die glauben, man muß immer wieder alles neu erfinden», sagte Ivo. «Und sie merken gar nicht, wie wenig Neues es eigentlich gibt. Nur die Form, nicht der Inhalt verändert sich.»

Ivo vertrat die Meinung, daß sich alle Epochen der Menschheitsgeschichte wiederholten. «Jetzt sind wir wieder einmal in der Gotik, die die Antike mißachtet. Aber es kommt wieder eine Renaissance, die sie neu zu schätzen wissen wird. Wir werden sie wahrscheinlich nicht mehr erleben.»

Ivo zerriß besonders gehässige Kritiken, als könnte er sie damit ungeschehen machen. Judith klaubte sie aus dem Papierkorb, glättete und klebte sie und ordnete sie dann ein. Auch sie waren Teil von Ivos Leben und mußten aufbewahrt werden.

Während sie in ihren Unterlagen blätterte, kam ihr eine Reportage in die Hand, die kurz vor Ivos Tod erschienen war und die sie als klug und einfühlsam in Erinnerung hatte.

Sie fand sie in einem Vorordner, den sie nicht mehr ausgewertet hatte. So viel war liegengeblieben – Nachrufe, Kondolenzschreiben, Anfragen für Ausstellungen. Soviel Interesse und Anteilnahme lagen hier brach, während sie erstarrt dahinvegetiert hatte. Mit schnellen Griffen sortierte sie private und berufliche Post und legte sie zur Beantwortung neben die Schreibmaschine. Die persönlichen Briefe, die sie handschriftlich beantworten wollte, stapelte sie auf ihrem Sekretär im Schlafzimmer.

Sie freute sich darauf, morgen, wenn Steffa weg war, mit dem Schreiben zu beginnen.

Sie kopierte die Reportage, die sie Steffa geben wollte. Geschrieben hatte sie Rina, eine Mailänder Journalistin mit klarem Blick, lachbereit, voll Energie.

Ivo und sie hatten Rina und ihren Fotografen eingeladen, einige Tage mit ihnen zu verbringen. Sie fügten sich unaufdringlich in ihren Tagesablauf und gingen im Haus und im Park auf Entdeckungsreise, um zu den vielen Gesprächen, die Rina mit Ivo und ihr geführt hatte, die richtigen Bilder zu finden.

«Judith ist mein Herz, ohne sie könnte ich nicht leben. Und diese Villa im Veneto ist meine Haut. Ohne sie wäre ich schutzlos.»

Rina machte eine große Reportage mit einer doppelseitigen Bildaufmachung, die lang nach dem Gespräch erschien. Als Aufmacher hatte sie Ivo und Judith unter ihren Hausgeistern Woprschalek und Zwerschina fotografieren lassen. Judith saß zu deren Füßen, Ivo lag und hatte seinen Kopf in Judiths Schoß gelegt. Sie hatten damals, nach einer gesundheitlichen Krise Ivos, eine gute Zeit. Judith fühlte sich auf wunderbare, sehr tiefgehende Weise von Ivo geliebt. Eine neue Dimension hatte sich ihnen eröffnet, das endgültige, von keinerlei Zweifel unterminierte Wissen, wie untrennbar ihre Leben verknüpft waren.

Rina hatte ihre Stimmung gefühlt. Und Judith hatte ihr auf die Frage, wie sie ihre Rolle in Ivos Leben definierte, gesagt: «Ich bin die Geliebte. Immer. Was auch geschieht.»

Sie hatte den Artikel damals nur überflogen, zuviel war dann passiert. Aber Ivos Begeisterung und ihre Sympathie für Rina hatten sie positiv dafür eingenommen. Nun begann sie ihn zu lesen. Rina schilderte zunächst ihre Erwartungen, als sie in eine dieser vielen vernachlässigten venetischen Villen trat, um Ivo zu sehen. Verfall, Melancholie, Mäuse und Schimmelpilze glaubte sie zu finden. Aber hier war alles anders. Hier öffnete sich die Tür in eine rotglühende Zauberhöhle mit flackerndem Kaminfeuer, mit geheimnisvollen Plastiken, mystischen Bildern, einem Zimmer voller Engel und einem Bett, in dem zwei Liebende unter verschlungenen Händen schliefen.

Rina hatte die sinnliche Atmosphäre des Hauses dramatisch überhöht. Aus Ivo machte sie einen «würdevollen Faun, abgründig und respektabel, irritierend und verletzbar». Das war gar nicht schlecht für einen so kurzen Eindruck von einer so komplexen Persönlichkeit. Ivos Abkehr von den magisch-surrealen und mythologischen Bildinhalten deutete sie richtig. «Hat Judith etwas damit zu tun?»

Ivo antwortete: «Ich habe gewußt, wenn ich Venus male, wird sie mir begegnen.»

Rina schilderte Judith als eine Art Muttergöttin, in sich ruhend und kräftespendend, das ewige Kind im Mann und Künstler hütend. Eine vorausblickende Frau, die sich selbst zurückstellt, reif im schönsten Sinn – die ideale Gefährtin eines kreativen Mannes.

Was für eine Ansammlung von Klischees, dachte Judith und ließ den Text sinken. Alles, was sie nie werden wollte und was sie auch nie geworden war, weil sie ja von Anfang an auf der Hut gewesen war.

Sie blätterte zurück zu dem Titelbild der Story: Ivo in ihrem Schoß, sie selbst mütterlich über ihn gebeugt. Was war dem Fotografen eingefallen! Und ihr, daß sie es zuließ!

Rina hatte Ivos Persönlichkeit gut erfaßt. Aber Judith hatte sie in die abgenützte, morsche Schachtel mit dem Etikett «Mütterliche Künstlerfrau» gestopft. Ihre Worte «Ich bin die Geliebte» hatte Rina mit sanfter Ironie zitiert. Natürlich, es gehörte ja auch zu den Aufgaben einer Muttergöttin, das Kind im Bett zufrieden zu halten.

Ivo war begeistert von diesem Artikel. Kein Wunder, bestätigte er doch seine alten Wünsche, denen sich Judith so erfolgreich widersetzt hatte.

Judith war wütend, daß jemand auf die Idee kommen konnte, sie hätte nicht die Kraft und die Intelligenz besessen, der fatalen Schlinge aller Künstlergefährtinnen zu entkommen. Wie konnte Rina aus ihr dieses Muttertier machen, als hätte sie es je aufgegeben, Anziehungskraft und Geheimnis ins schönste aller Spiele zu bringen.

Sie haßte falsche Mütterlichkeit einem Mann gegenüber. Und sie wußte, wieviel Machtanspruch sich dahinter verbarg.

Es war ihr einmal sehr wichtig gewesen, ein Kind zu haben. Sie verzichtete darauf, weil Ivo dieses Kind nie geliebt hätte. Aber sie ließ sich nicht den Mann, den sie liebte und begehrte, als Kind unterschieben. Von niemand. Auch Ivo war das nicht gelungen, und er hatte es doch so unermüdlich probiert. Hier in Italien, wo diese Rolle für Frauen traditionell vorgesehen war, träumte er besonders intensiv davon. Aber sie widerstand dem Sog dieser Wünsche.

«Du hast mich als Venus herbeigewünscht und willst dann Juno aus mir machen, die von Zeus in tausend Gestalten betrogen wird.»

Ivo lachte. «Dich kann man nicht betrügen, weil du immer wieder neu bist.»

Als Judith mit Mamusch über dieses Thema sprach, sagte sie: «Du wirst nicht die Geliebte bleiben. Niemand kann das auf die Dauer. Und schon gar nicht, wenn sich deine Arbeit nur um diesen Mann dreht.»

«Es wird mir etwas einfallen», sagte Judith.

Sie mußte sich eingestehen, daß sich manches zwischen ihnen verändert hatte. Daß auch sie es nicht vermocht hatte, den Alltag, die Routine zu besiegen.

Ivo war jetzt vierundfünfzig. Wenn es ihm gutging, sah er aus wie vierzig. Er war schlank geblieben, sein Haar war voll, das Gesicht mit den hohen Backenknochen hatte den noblen Umriß behalten.

Judith war Ende Dreißig, und wie für die meisten in ihrer Familie war das für sie eine gute Zeit. Sie hatte das gelassene Selbstbewußtsein einer unentbehrlichen Frau, aber auch die federnde Spannkraft einer, die bereit war, gegen die eigene Bequemlichkeit und die des Partners zu kämpfen.

Ivo war inzwischen als Maler etabliert. Eine Pariser und eine Mailänder Galerie hatten Verträge mit ihm. Es gab eine ganze Reihe von Sammlern seiner Bilder. Der Kunstgeschmack hatte sich verändert. In der Malerei waren ironisch verfremdete antike Themen aufgetaucht. Die Architektur hatte klassische Säulen und Architrave wiederentdeckt. Ivo war zu früh dran gewesen, um als Spitzenreiter einer neuen Kunstmode zu gelten, aber er war nun kein Außenseiter mehr. Seine fabelhafte Technik wurde geschätzt.

Judith mußte nicht mehr so hart kämpfen, um seine Bilder zu vermarkten. Sie suchte nach neuen Aufgaben und mußte sich eingestehen, daß sie damit auch nach neuen Möglichkeiten suchte, um die Spannung zwischen ihnen wieder zu erhöhen. Zu vieles war in ihrem Zusammenleben zu selbstverständlich geworden.

In diese Situation kam Anna mit der Bitte, ihr auszuhelfen. Sie hatte in einer ihrer spontanen Entscheidungen eine Frau für die Wiener Galerie engagiert, die alle Energie in die Selbstdarstellung ihrer Tüchtigkeit investierte. Fürs Tüchtig*sein* blieb ihr keine Kraft mehr.

Ivo würde natürlich dagegen sein, daß sie wieder für Anna arbeitete, dachte Judith. Sie selbst jedoch wollte es sehr gern. Natürlich müßte sie alles umorganisieren, aber es war nur den Winter über, den sie sowieso in Wien verbrachten, und bis eine Freundin Annas aus New York kam, um die Galerie zu übernehmen.

Ivo sagte zunächst gar nichts. Auch nichts Entmutigendes. Judith entschied sich für die Arbeit. Sie wußte, daß sie jederzeit auf das Familiennetz zurückgreifen konnte, wenn sie in schwierige Situationen kam. Mit Anna vertrug sie sich wieder ausgezeichnet, auch Mamusch redete ihr weniger drein.

Die Selbstdarstellerin übergab Judith einen Wust ungeordneter Rechnungen und Briefe. Judith stürzte sich mit der Leidenschaft einer süchtigen Kreuzworträtsellöserin darauf. Gut war das, wieder eine eigene Aufgabe zu haben, Dinge wieder zum Funktionieren zu bringen. Sie war sicher, daß sie auch Ivos unausgesprochene Ängste beschwichtigen konnte.

Alles, was ihre eigene Arbeit und Planung betraf, klappte. Ivo wurde allerdings immer kapriziöser. Er sagte kein Wort gegen ihre Arbeit. Aber wenn sie das Abendessen fertig hatte, rief er an, daß *er* auswärts essen würde. Solange sie zu Hause gewesen war, ärgerte sie das nicht. Aber jetzt torpedierte solch ein spontaner Anruf eine komplizierte Organisation. Wenn Ivo ihr sagte, er müsse allein mit Kollegen ausgehen, brachte er sie später ohne Vorankündigung zu ihr nach Hause.

Sie bezog auch diese Kaprizen in ihre Planung ein, legte Vorräte an, die sie schnell weiterverarbeiten konnte. Nützte jede freie Minute zu konzentrierter Entspannung, um abends frisch zu sein. Dann versiegte Ivos Geselligkeit plötzlich. Sie wußte, was hinter all dem stand: Wenn du mich allein läßt, lasse ich deine ganze perfekte Organisation platzen.

Sie ging nun nicht jeden Abend pünktlich nach Hause. Wurde Ivo sich über seine Pläne nicht schlüssig, traf sie sich mit Freunden und Malern, die bei ihr ausstellten.

Und dann trafen sie und Ivo eines Abends mit ihren jeweiligen Cliquen unerwartet im gleichen Lokal zusammen. Ivo mit vielen jungen Leuten, den Meisterschülern eines Malerfreundes.

Sie setzten sich alle um einen großen Tisch. Und nach einer Weile ergriff ein junger chilenischer Maler Judiths Hände und pinselte langsam und zärtlich mit Tusche eine Taube darauf. Die anderen lachten. Ivo sah nur kurz herüber und umarmte dann demonstrativ das blonde Mädchen an seiner Seite. Das Mädchen legte den Kopf an seine Brust und bot ihm seine Lippen.

Als sie aufbrachen, sagte das Mädchen zu Ivo: «Zu dir oder zu mir?»

«Zu dir», sagte Judith und trat zwischen die beiden. «Aber allein. Mit Ivo gehe nämlich ich nach Hause.»

Ivo schaute sie verblüfft an und brach dann in Lachen aus. Das Mädchen sah von einem zum anderen, und als auch Judith zu lachen begann, rannte es wütend davon.

«Das habe ich mir schon lange gewünscht, daß zwei Frauen um mich streiten», sagte er atemlos.

«Streiten», sagte Judith lässig, «was gibt es denn da zu streiten?» Sie fühlte sich leicht und überlegen, aufgehoben von ihrem gemeinsamen Lachen. Ivos Hand lag warm und fest auf ihrer Taille. Die Blicke der anderen, lächelnd oder mißgünstig, glitten von ihnen ab. Umschlungen gingen sie davon, ohne nach rechts und links zu schauen, ohne zu fragen, wohin. Judiths alte Wohnung lag in der Nähe. Ivo preßte seinen heißen Körper an sie, als sie die Tür öffnete. Sie erreichten das Bett nicht mehr. Gierig, wie beim ersten Mal, fielen sie übereinander her.

Ich bin die Geliebte, dachte Judith triumphierend. Immer und immer. Sie gab den Rhythmus an, und Ivo reagierte mit überwältigender Leidenschaft. Ineinander verstrickt vergaßen sie alles, rasten in einem Sturm der Lust dahin.

Als zur gewohnten Zeit ihr Wecker anschlug, zog Ivo die Decke über den Kopf und drehte sich um. Judith stand auf, kochte Tee und tat Ivos Portion in eine Thermoskanne. «Heute abend bei Dir», schrieb sie auf einen Zettel.

Es war ein Tag, an dem alles gelang. Der Drucker, der die Einladungen für die nächste Vernissage brachte, war pünktlich und hatte gut gearbeitet. Ein hoher Beamter des Unterrichtsministeriums rief an und kündigte ihr einen Ankauf an.

Am Mittag kam Stefan Sereinig, der junge Maler, dem ihre nächste Ausstellung galt. Er war ein wortkarger, freundlicher Mann, dem man seine bäuerliche Herkunft ansah. Anna hatte ihn entdeckt, er war ein großes, ursprüngliches Talent mit ungewöhnlichem Farbensinn. Judith machte es Freude, daß sie ihm den Ankauf des Ministeriums ankündigen konnte.

Stefan sah sie ungläubig an. Dann ging er stumm davon. Nach einer halben Stunde kehrte er mit einer langstieligen Rose zurück. Er drückte sie Judith in die Hand. «Die ist wie Sie.»

Mamusch kam mit einer Tüte voller Delikatessen vorbei und improvisierte damit ein Picknick. Stefan musterte sie zunächst verschreckt und abwehrend. Aber Mamusch fand leicht Zugang zu Menschen. Bald saßen alle entspannt um den Tisch im Büro, und Stefan erzählte von seiner Heimat in Unterkärnten.

«Hoffentlich störe ich nicht», sagte Ivo, der unhörbar eingetreten war.

«Iß mit», sagte Mamusch und hielt ihm Brot und Wein entgegen.

«Nein, danke», sagte Ivo. «Ich muß in letzter Zeit zu oft kalt essen. Wie es eben den Männern von Karrierefrauen so geht. Ich gehe lieber ins Restaurant.»

Judith ignorierte seinen aggressiven Tonfall, sie umarmte ihn und machte ihn mit Stefan bekannt. Ivo ließ sich seine Bilder zeigen, die noch an der Wand lehnten. Er sagte kein Wort dazu, und Stefan ließ nach einem langen, unerfüllt erwartungsvollen Blick den Kopf sinken.

«Was meinst du, wo das große Bild am besten zur Geltung kommt?» fragte Judith.

«Keine Ahnung.»

Mamusch warf Judith einen bedeutungsvollen Blick zu, nahm Stefan bei der Hand und sagte: «Gehen Sie doch bitte mit mir einen Kaffee trinken. Allein ist mir das zu langweilig.»

«Mir geht es heute so gut», sagte Judith, als die beiden gegangen waren, und legte ihre Arme um Ivo.

«Wie schön für dich», sagte er dünnlippig. «Bei mir hat der Tag gräßlich begonnen. Ein leeres Bett, Tee aus der Thermoskanne und jetzt auch noch diese Bilder!»

«Was ist damit?»

«Plump, bäurisch, kraftlackelhaft. Schade um die Energie, die du dafür verschwendest. Aber wahrscheinlich braucht Anna wieder Nachschub für ihr Bett.»

Er sagte es leise und kühl, aber sein Gesicht war voller

Knoten. Wie schön, wie gelöst war es noch vor ein paar Stunden gewesen.

«Ivo? Was ist los?»

Er zuckte die Achseln und wandte sich ab. Stefan Sereinig kam lächelnd in die Galerie zurück. Ivo ging, ohne ein Wort zu sagen, an ihm vorbei.

«Er mag mich nicht», sagte Stefan.

Judith schwieg.

Die alten Drähte zu Kritikern, Museumsdirektoren und Sammlern funktionierten immer noch, stellte Judith fest. Es gab großes Interesse an ihrer neuen Ausstellung, aber wie schon so oft, mischte sich auch persönliche Neugier hinein.

Sie war es gewohnt, daß man in Wien Frauen, die sich für Künstler einsetzten, häufig erotische Motive unterschob. Tatsächlich war die Beziehung zwischen Künstler und Galeristin selten nur sachlich. Oft wurden Freundschaften daraus, häufig schwang ein mütterlichbehütendes Gefühl mit. Die Galeristin übernahm ja viele Aufgaben zum Wohl des Künstlers und seiner Bilder. Die Einladungen mußten ansprechend gestaltet und mit dem Künstler abgestimmt werden. Einflußreiche Journalisten und Sammler wurden von ihr persönlich vorinformiert. Es war wichtig, eine repräsentative Bildauswahl zu treffen und diese Selektion gut zu plazieren.

Judiths und Annas Vernissagen waren zudem für ihr gutes Buffet bekannt, das sie mit ihren Helferinnen selbst zubereiteten.

Immer wieder brachen in diesen Vorbereitungen künstlerische Nervenkrisen aus, die sie liebevoll und resolut bewältigen mußten.

Anna nannte ihre Vernissagen «Kindergeburtstage», und sie fand, daß Krach dazugehörte. Im ewigen Einerlei der Ausstellungseröffnungen wirkte ein wutschnaubender Maler, der im letzten Moment die Bilder umhängte oder ein Bildhauer, der aus Zorn über eine Bosheit Gläser zerschmetterte, recht erfrischend.

Judiths Perfektionismus duldete keine Störquellen. Die Gäste des Kindergeburtstages sollten sich gut aufgelegt um die Hauptperson versammeln, und das war ihr jede Strapaze wert.

Stefan Sereinig machte es ihr leicht. Er war anspruchslos, dankbar für alles – selbst Anna zerschmolz in Milde über seine Unkompliziertheit.

Das Teamwork des Clans hatte wieder einmal funktioniert. Anna stöberte in der Milchbar des Parlaments einige Kärntner Abgeordnete auf und dirigierte sie in die Ausstellung ihres Landsmannes. Mamusch hatte eine der bekanntesten Sammlerinnen Wiens angeschleppt. Judith motivierte bekannte Journalisten zu kommen und brachte Stefan mit einem Hörfunkreporter zu einem Interview zusammen. Er hielt sich dabei gut, fand ein paar farbige, unabgenützte Sprachbilder, die vom grauen Expertendeutsch des Interviewers abstachen. Alles lief perfekt. Mamusch stand mit Generalinnenblick auf der Treppe und überblickte das Getümmel. Sie machte eine beruhigende Geste zu Judith und Anna.

Dann ging die Tür auf, und Ivo kam herein. Mamusch sah ihn als erste und bedeutete Judith, sie möge sich umdrehen. Ivo hatte gesagt, daß er ganz sicher nicht kommen würde. Nun stand er mit grauem Gesicht und rotgeränderten Augen beim Eingang und wurde von einem Fernsehteam von Gesellschaftsreportern am Weitergehen gehindert. Sie entlockten gerade einer Schreckschraube von Sängerin gewundene Peinlichkeiten über Stefan Sereinigs Bilder. Dann entdeckten sie Ivo und hielten ihm das Mikrophon entgegen. Was er denn von diesem Maler hielte, wurde er gefragt.

Ivo sagte sehr langsam und deutlich: «Er ist ein Bauernarsch. Ein dreckiger Bauernarsch.» Dann schien sein Gesicht zu zerfallen, der Mund sackte ab, und er fiel vor der laufenden Kamera in sich zusammen.

Judith kämpfte sich zu Ivo durch. Mamusch rief von ihrem Posten auf der Treppe nach einem Arzt, der sich unter den Gästen befand. Dann rannte sie ins Büro und telefonierte nach einem Rettungswagen.

Als Judith sich über Ivo beugte, flatterten seine wächsernen Lider und hoben sich kurz. Er sah in Judiths Augen und lächelte. Seine Lippen bewegten sich, und Anna schwor später, er hätte noch einmal «Bauernarsch» gemurmelt.

Dann kam der Rettungswagen.

Für die Ärzte war Ivos Zusammenbruch ein Rätsel. Sie machten ein Dauer-EKG, maßen seine Hirnströme, unterzogen ihn zahllosen Labortests. Keiner der Werte war besorgniserregend für einen Mann seines Alters.

Ivo lag blaß und sanft in seinem Bett. Wenn er aufstand, knickten seine Knie ein. Judith ließ ein zweites Bett in sein Zimmer stellen und blieb auch nachts bei ihm. Er schlief nur, wenn sie seine Hand hielt. Manchmal fuhr er stöhnend aus dem Schlaf auf. Judith rückte jeden Abend ihr Bett neben das seine. Oft legte sie sich zu ihm in sein enges Bett, preßte ihren warmen Körper an ihn und hielt ihn bis zum Morgengrauen umfangen, als könnte sie damit ihre eigene Kraft auf ihn übertragen. Sie summte zärtliche Laute in sein Ohr, wiegte ihn, bis sich seine verkrampften Hände lösten, sein Mund weich wurde. Dann schlief er in ihren Armen ein, und wenn er erwachte, schlug sein Herz ruhig und regelmäßig.

Die Besuche des Clans machten ihm zu Judiths Verwunderung Freude. Mamusch verbreitete Optimismus und erstaunlich viel Mitgefühl. Mit Judiths Vater war sie nicht so geduldig gewesen. Vielleicht bedauerte sie jetzt, seine vielen Schwächeanfälle verkannt zu haben. Zum ersten Mal erlebte Judith zwischen ihr und Ivo Verständnis.

Anna kam mit einer Flasche Champagner, die sie zum größten Teil selbst trank. Judith wunderte sich über ihren ersten jähen Blick des Erschreckens, als sie Ivo sah. Aber bald darauf war sie wieder ihr altes Selbst, witzig und zynisch erzählte sie von der Klatschsendung, der Ivo einen so spektakulären Schluß gegeben hatte. Mit komödiantischem Talent imitierte sie das affektierte Gefasel der Sängerin: «Für mich ist Stefan Sereinig – äh – ein geniales Ausdrucksgenie, ein – äh – hochkreativer Schöpfer, sozusagen – äh – ein Faszinosum.» Und dann knurrte sie in Ivos Tonlage: «Er ist ein Bauernarsch.» Schließlich wieder im hochgeschraubten Ton der Sängerin: «Diese hochmusikalischen Farbvaleurs.» Dann Ivo: «Ein ganz gewöhnlicher Bauernarsch.»

Ivo lachte zum ersten Mal seit Wochen, übermütig wie ein Kind, das sich über einen gelungenen Streich freut.

Als Anna schließlich ging, machte sie unmerklich ein Kreuz auf Ivos Stirn.

«Was ist dir denn da eingefallen?» fragte Judith sie später lachend.

«Wer weiß, vielleicht hilft's», sagte Anna. «Und jetzt, wo wir uns alle an ihn gewöhnt haben, wäre es doch schade, wenn er abkratzen müßte.»

Ivo erholte sich sehr langsam. Wenn Judith ihn verließ, um Besorgungen zu machen, begann sein Herz wieder zu rasen, die Pulsfrequenz stieg abnorm.

Es war undenkbar, daß sie wieder in die Galerie zurückging. Schließlich gestatteten ihm die Ärzte auf Judiths Drängen, das Spital zu verlassen. Sie wußte, daß er sich überall besser erholen würde.

Und so fuhren sie früher als sonst ins Veneto, aus der feuchten Kälte des Spätwinters in einen betörenden Frühling. Bis zu den Alpenpässen lag tiefer Schnee. Südlich davon brandeten Blütenkaskaden über Steinmauern und Zäune. Kristallklares Frühlingslicht lag über der Landschaft. Noch nie hatten sie ihre Schönheit so bewußt erlebt. Purpurner Hahnenfuß säumte die Felsränder am Weg zur Villa Loredan. Der Lorbeer am Tor hatte bereits gelbliche Blütenrispen. Levkojen öffneten in den verwilderten Beeten die goldorangen Knospen. Wie frisch lackiert glänzten die ledrigen Blätter des Pechsamenstrauchs, bald würden sich seine wächsernen Dolden öffnen. Im Obstgarten stand der Mandelbaum in tiefrosa Schleier gehüllt. Jimmy tänzelte ihnen flügelschlagend entgegen.

Gianni begrüßte sie mit seinem Lachen, das den Schmerz und die Niederlagen von Generationen überdauert hatte. «Willkommen zu Hause», sagte er. In Ivos schmalem, grauen Gesicht leuchteten die Augen wieder voll Lebensfreude und Ironie. Sein mildes Gewährenlassen hatte ihn Judith fremd gemacht. Bald würde er wieder kämpfen. Alles war gut. Sie waren heimgekehrt.

Das Wasser im Teich der Venus schimmerte wie ein bläulicher Spiegel. Sie beugten sich darüber, und ihre Gestalten verschmolzen im Widerschein zu einem Wesen mit zwei Köpfen.

«Ma ad estìnguer l'amor l'ocèan è poco», skandierte Ivo in ironischem Pathos.

Nein, kein Ozean konnte ihre Liebe löschen.

Judith sammelte die Unterlagen für Steffa in einer Mappe und trat aus dem Arbeitszimmer. Ein Schrei, gefolgt von wütendem Katzenlaut kam aus Steffas Zimmer. Mauro gab sonst nie solche Töne von sich.

Judith klopfte bei Steffa an und trat ein. Mauro schoß mit verschmiertem Kopf an ihr vorbei. Er stank jämmerlich.

«Was ist denn geschehen?» fragte Judith.

Steffa stand mit rotem Kopf vor ihrem Bett und hielt ihr ein verschmutztes, stinkendes T-Shirt entgegen.

«Da schau, was er gemacht hat.»

«Gib her», sagte Judith, «ich wasche ohnehin später.»

«Wie kommt er dazu?» fragte Steffa wütend.

«Hast du ihn ins Zimmer geholt?»

«Ich habe gar nicht gewußt, daß er drin ist. Immer kriecht er mir nach.»

Judith hatte bisher das Gegenteil erlebt. Steffa bemühte sich um Mauros Sympathie, aber er wich ihr aus.

«Ich habe ihm die Nase in den eigenen Dreck gesteckt, damit er sich das merkt.»

«Sinnlos. Mauro ist sauber.»

«Dann hat er es aus Bosheit gemacht. Dabei sind Katzen meine Krafttiere. Bei jeder Schamanenreise begleiten sie mich. Ula hat immer welche gehabt.»

Judith nahm wortlos das T-Shirt und ging damit zur Tür.

«Ich habe mich heute so gut gefühlt und jetzt das! Was da für eine bösartige Energie freigeworden ist!»

Judith lachte. «Eine sehr pompöse Umschreibung für Katzendreck.»

Steffa kam ihr nach. «Ja, du lachst über alles, das du nicht verstehst. Über die Stimmen aus dem Äther. Über Schamanenreisen. Alles ist für dich erklärbar, alles muß sich mit Händen greifen lassen. Du bist ja erhaben über Menschen, die sich Gedanken über Zusammenhänge der Natur machen.»

Judith ging schweigend aus dem Zimmer, steckte das T-Shirt in einen Plastiksack und warf ihn in den Müll. Dann machte sie Tee und trug ihn ins Kaminzimmer.

«Kann ich bitte auch Tee haben», sagte Steffa sanft, als sie ihren Weg kreuzte.

«Du kannst Tee haben. Du bekommst von mir auch noch Unterlagen über Ivo. Aber damit – basta. Ich will keine Debatten über die Energie von Katzendreck, über schamanische Krafttiere und am wenigsten darüber, was ich mir denke. Und ich möchte dir auch nichts mehr von Ivo erzählen.»

Steffa zog den Kopf ein und machte eine übertrieben erschreckte Miene. «Ich bin schon ganz artig. Du mußt mir nicht weitere Beispiele deiner Herrschaftssprache geben. Eine Proletarierin wie ich ist dem nicht gewachsen.»

Judith machte das Radio an, um den Wetterbericht zu hören. Weiterhin dichte Nebelfelder im Hügelland des Veneto. Unbeständiges Wetter für die nächsten Tage.

Steffa stand auf, stellte sich unter Ivos Orpheusbild und sah es konzentriert an. Dann drehte sie sich wieder zu Judith um. «Es gibt eine interessante Theorie, daß Künstler ihre Frauen opfern wie Orpheus Eurydike.»

«Wieso hat er sie geopfert?» fragte Judith.

«Er hat sich nach ihr umgedreht, obwohl er wußte, daß er sie dann verliert. Ihr Opfer hat ihm geholfen, aus dem Schmerz Kunst zu machen. Immer wieder entzündet sich die Phantasie der Künstler an einer Frau, die sie dem Tod weihen. Gottfried Benn hat sich mit einem Orpheus-Gedicht von seiner Schuld am Sterben seiner Frau befreit. Rilke, Brecht und andere Dichter haben Frauen verlassen, verraten und danach ihre schönsten Gedichte geschrieben.»

Judith mochte sich auf diese Theorie nicht einlassen. Sie war immer vom Mythos des Sängers und Leierspielers Orpheus fasziniert gewesen. Daß einer mit seiner Kunst die wilden Mächte der Natur besänftigte – dieser Gedanke hatte ihr schon in ihrer Kindheit gefallen. Sie hatte verstanden, daß die Liebe Orpheus' zu Eurydike so groß war, daß er sie gegen das Verbot auf dem Rückweg aus dem Hades ansehen mußte, weil er sein Glück sonst nicht geglaubt hätte. Und daß er sie gerade deswegen verlor, weil seine Liebe zu ihr so groß war. Dann sein Ende in Verzweiflung, als er dem Rausch der Mänaden verfällt, die ihn in Stücke reißen. Das Bild seines Todes hatte sie lange verfolgt: sein Körper zerstückelt, der Kopf an eine Leier genagelt und in den Fluß geworfen. So schwimmt er dahin und singt in alle Ewigkeit...

«Ivo hat dieses Bild wohl auch erst gemalt, als er Cordula verlassen hatte», sagte Steffa beiläufig.

«Du hast sie gekannt?»

«Ich habe sie geliebt. Ula war der wunderbarste Mensch, den man sich vorstellen kann.»

«Ula?» fragte Judith nach einem Moment der Sprachlosigkeit.

«Ja. Ula. Wir haben Ula zu ihr gesagt. Ivo und ich.»

«Heißt das ...» Judith bemühte sich, ihrer Stimme Festigkeit zu geben.

«Das heißt», sagte Steffa lächelnd, «daß Ula, ich und Ivo einander geliebt haben. Auf eine Weise, die du nie verstehen wirst. Ohne Besitzanspruch, ohne bürgerliche Ordnung, in Einklang mit den mystischen Kräften der Natur. In dieser spirituellen Gemeinschaft hat er seine besten Bilder geschaffen. Alles andere war ein billiger Abklatsch. Darum hat es sich später auch so gut verkauft. Ivo war schwach. Immer schon. Darum ist er auf dein Geld, auf die Annehmlichkeiten, die du ihm geboten hast, abgefahren. Aber es hat lange gedauert, bis er sich von uns lösen konnte. Viel länger, als du dir vorstellen kannst, denn Ulas Magie bist du nie gewachsen.»

Judith überlegte, wie sie mit dieser Mischung aus Haß, Mißgunst und Wahnsinn fertig werden sollte. Mamusch fiel ihr ein, die einmal von einer Schneiderin mit Wahnvorstellungen attackiert worden war. Sie hatte Mamusch mit der Schere bedroht, weil sie die böse Trud war, die alle Kinder fraß. Die Schneiderin hatte gerade erst eine Fehlgeburt gehabt. Mamusch hatte eine Schneiderpuppe zwischen sich und die Schneiderin gezogen, selbst eine Schere in die Hand genommen und gemeinsam mit ihr die Ersatz-Trud massakriert.

«Ist das so», sagte Judith abwartend.

«Du glaubst es nicht», schrie Steffa. «Du glaubst nur, was du siehst und hörst. Du wirst sehen und hören.»

Sie griff in die Tasche, die sie dauernd mit sich herumschleppte, und zog ein großes Foto heraus. Judith wußte, daß es das Bild war, das gestern neben ihrem Bett gelegen hatte. Und sie wußte auch, daß sie jetzt sehr klar und konzentriert sein mußte, um keinen Fehler zu machen.

Steffa reichte ihr das Foto mit triumphierendem Lachen. Judith nahm es entgegen. Es war das Bild einer nackten Frau, die auf einem Opferstein lag. Er war mit Blumen, Früchten und schwarzen Kerzen geschmückt. Rundherum Frauen und einige Männer mit Panflöten, Trommeln, Rasseln. Unter ihnen erkannte sie Cordula und Steffa. Halb über der Frau, in der sie Elena erkannte, in priesterlicher Geste, nackt und erregt: Ivo. Und plötzlich war da auch seine Stimme. Heiser, leidenschaftlich und obszön. Immer wieder unterbrachen ihn rhythmische Gesänge: *«Io Pan! Io Pan!»*

«Io Pangenitor! Io Panhage», sang auch er.

Dann flüsterte er wieder, schrie, stöhnte, und eine Frauenstimme antwortete ihm.

«Wie gefällt dir das?» fragte Steffa und schwenkte ihr Tonbandgerät. «Ich habe viel Freude damit. Immer wieder. Auch gestern nacht.»

Judith schwieg.

Steffa wühlte in ihrer unergründlichen Tasche und warf ihr weitere Bilder hin. Immer wieder Ivo im Mittelpunkt eines düsteren erotischen Kults mit immer anderen Frauen. Manchmal vom Blut eines offenbar eben geschlachteten Ziegenbocks überströmt.

Es war seltsam. Je mehr Bilder Steffa hinwarf, desto

wirkungsloser wurden sie. Das erste Bild hatte sie geschockt. Daß offenbar auch die Teilnehmer von schwarzen Messen meterweise Film verschossen, genauso wie die Gäste bürgerlicher Feste und Jubiläen, erschien ihr grotesk.

«Hast du alle erkannt? Cordula, mich – und Elena? Es ist übrigens auch ihre Stimme auf dem Band. Du müßtest sie ja von damals vom Gardasee kennen. Ihr seid euch doch bei der D'Annunzio-Villa begegnet. Ivo hat dann mit ihr sehr leidenschaftlich Wiedersehen gefeiert, nachts am Ufer des Sees, während du geschlafen hast.»

«Sie hat dich falsch informiert», sagte Judith. «Ich war dabei. Es war sehr aufregend.»

Steffa sah sie verblüfft an, und Judith wußte, wieviel davon abhing, daß ihre Miene sie nicht verriet. Sie legte die Fotos ordentlich auf einen Stapel.

«Du weißt...?» fragte Steffa unsicher.

«Ich bin eingeweiht.»

«Durch wen?»

«Darüber spricht man nicht.»

«Aber ich bin doch auch eingeweiht.»

«Das mußt du mir erst beweisen.»

«Ich? Ich muß gar nichts beweisen. Gestern hättest du alles gewußt, wenn du mit mir geflogen wärst. Wir hätten gemeinsam abgehoben, und du hättest Ivo endlich losgelassen, damit er seinen Weg weitergehen kann.»

«Ich glaube dir nicht, du weißt nichts, hast keine Macht, du kannst Ivo nicht einmal beschwören.»

«Nein», sagte Steffa zornig, «er ist blockiert. Auch Cordula erreicht ihn nicht.»

«Ich kann es», sagte Judith in rascher Eingebung. «Soll ich es dir zeigen? Im Park. Beim kleinen Pan.»

«Du weißt, daß er Pan ist, der Gehörnte?»

«Was sonst», sagte Judith. «Komm.»

Sie nahm eine Decke vom Sessel, zog eine warme Jacke an und drückte Steffa ihren Anorak und ihre Tasche in die Hand, in die sie schnell die Bilder und das Tonbandgerät stopfte. «Das werden wir brauchen», sagte sie.

«Was wirst du machen?» fragte Steffa atemlos.

«Das Übliche.»

Steffa sah sie mit weit offenen Augen an. «Ich kann noch gar nicht glauben, daß du zu uns gehörst. Obwohl – dein Energiepotential! Und es würde erklären, daß wir ihn nicht erreichen.»

«Komm!» sagte Judith und ging, so schnell es im Nebel möglich war, durch den Park zum Eingangstor.

Die Pfaue schrien heiser. In all den Aufregungen hatte sie vergessen, sie zu füttern.

«Geh vor», sagte sie zu Steffa, als sie das Tor öffnete. Dann warf sie ihr in einer schnellen Bewegung die Decke nach und verschloß und verriegelte das Tor von innen.

«Judith!» schrie Steffa nach einem Moment der Verblüffung.

«Du hast meine Gastfreundschaft mißbraucht, jetzt ist sie zu Ende. Im Auto und mit der Decke kannst du übernachten. Morgen sehen wir weiter.»

«Ich hätte es wissen müssen», sagte Steffa. «Wie du mich verachtest!»

«Ich muß Anna anrufen», dachte Judith erschöpft, als sie ins Haus trat. Anna würde Rat wissen, auch wenn sie sich wahrscheinlich halbtot lachte über diese vertrackte Situation. Was sollte geschehen, wenn morgen noch immer Nebel war? Sollte sie Steffa womöglich einen Korb mit Lebensmitteln über die Mauer abseilen?

Judiths Impuls, Steffa sofort und ohne Gewalt aus dem Haus zu bringen, war so übermächtig gewesen, daß sie nicht an die Folgen gedacht hatte.

Sie griff zum Telefon und entdeckte, daß das Anschlußkabel tief unten durchgeschnitten war. Steffa hatte das wohl schon gestern gemacht und die Schnur mit einem Stück Draht an der Rückseite der Truhe, auf der der Apparat stand, fixiert. Nun hatte diese provisorische Befestigung nachgegeben, und Judith stand mit dem Hörer und dem durchtrennten Kabel in der Hand da. Kalte Wut erfaßte sie. Da machte sie sich Gedanken, wie Steffa im warmen Anorak mit einer Decke und allem, was sie in ihrer unergründlichen Tasche mit sich herumschleppte, die Nacht im Auto überstand!

Judith ging ins Kaminzimmer und stolperte über Kassetten, die Steffa verstreut hatte. Auf einer davon hatte sie wohl diese verdammte schwarze Messe aufgenommen.

Mit einem zornigen Schrei sammelte Judith die Kassetten ein und schleuderte sie ins flackernde Feuer. Sie wollte alles, was sie an Steffas Gegenwart erinnerte, loswerden. Systematisch trug sie Notizbücher, Kräuterzigaretten, sogar die Kugelschreiber, mit denen Steffa sich Anmerkungen gemacht hatte, zusammen und schmiß sie hinterher. Übelriechender Rauch quoll aus dem Kamin und verursachte ihr Hustenreiz. Judith riß die Fenster auf und legte Holz nach, damit alles spurlos verbrannte. Die Tonbänder stiegen wie feurige Schlangen aus der Glut und zerfielen dann zu Asche. Alles, was sie von Ivo und was Ivo von sich preisgegeben hatte, sollte für immer Steffas Zugriff entzogen bleiben.

Zuletzt holte sie die übrigen Fotos unter dem Tisch hervor und warf sie, ohne einen Blick darauf zu werfen, ins hochlodernde Feuer. Das Fotopapier rollte sich zusammen und verglühte. Nichts als Asche blieb davon zurück.

Ich muß auch ohne Anna mit diesem Wahnsinn fertig werden, sagte sich Judith. Ich will und ich kann.

Was immer Ivo mit diesen verrückten Weibern angestellt hatte, es durfte sie nicht berühren. Es hatte nichts mit ihrem Leben zu tun. Vielleicht hatte Ivo nur aus Neugier an einigen dieser Rituale teilgenommen, so wie andere Männer in einem Club Gruppensex probieren. Es ist nichts, das mir nahegehen darf. Es ist absolut nichts. Auch wenn Steffa sie jetzt nicht sah, durfte sie ihr nicht den Gefallen tun, sich von ihr provozieren zu lassen.

Eine Frau, vom Leben benachteiligt, die dich seit Jahren mit Neid beobachtet, hat ihre Chance wahrgenommen, dir eins auszuwischen. Es muß ihr unendlich wichtig gewesen sein, einmal im Leben über eine zu triumphieren, der es soviel besser ging als ihr. Einmal nur wollte sie im Drittabschlagen gewinnen, nicht immer nur die Gejagte sein. Ich habe ihr Spiel verdorben!

Aber tief drinnen bohrte in Judith eine Demütigung, mit der sie nicht fertig wurde. War es denkbar, daß Ivo, noch warm von ihrem Körper, durchtränkt von ihren Küssen, zu Elena gegangen war, die ihm durch Zufall über den Weg gelaufen war?

Ivo, ihr Geliebter, der so oft von der einzigartigen Magie ihrer Umarmungen gesprochen hatte?

Vielleicht hatte Steffa auch hier gelogen, zwei Ereignisse verknüpft, die nichts miteinander zu tun hatten, nur um Judith dort zu treffen, wo sie am verletzlichsten war.

Es ist nichts, wiederholte sie sich. Nichts, gar nichts. Anna würde darüber nur lachen und sie mit einem rauhen Witz aus ihrer Verzweiflung reißen. Selbst wenn das alles stimmte, würde Anna sagen, was bedeutet ein faunischer Moment in einer so großen Liebe wie der euren? Aber er bedeutete ihr viel – die Zerstörung einer herrlichen Erinnerung.

Und plötzlich wußte sie, was Steffa – chaotisch und sprunghaft wie sie war – angestrebt hatte.

Sie wollte sich in ihre Erinnerungen einschleichen, um sie ihr wegzunehmen. Sie zur Illusion einer leichtgläubigen, naiven Frau degradieren. Das Interview für Andreas war ihr ein willkommener Anlaß gewesen, sich an Judith heranzumachen. Ihr Gefasel, daß Judith Ivo blockierte und so seine Vereinigung mit Cordula verhinderte, war Teil einer Taktik, die die Verwirrung des logisch denkenden Gesprächspartners zum Ziel hatte. Nichts an Steffa war klar und logisch, sonst hätte sie sich nicht in ihre irreale Welt geflüchtet. Sie schien tatsächlich an die Verbindung mit Toten zu glauben. Wahrscheinlich waren ihre Kontaktversuche mit Cordula und Ivo die einzigen Verbindungen, zu denen sie imstande war. Kein Lebender mit Vernunft konnte Freundschaft oder gar Liebe für sie empfinden.

Ihr Hang zur Provokation hatte eine infantile Bosheit, die jede Beziehung unterminieren mußte. Dabei hatte sie erstaunliche Antennen für die Gefühle der anderen. Aber sie benützte sie, um ihre wirren Machtphantasien zu transportieren.

Hatte sie ihren reizlosen Körper vor Judith ausgestellt,

um ihr zu zeigen, daß sie über ganz andere Mittel verfügte, um Ivo zu fesseln? Und hatte sie sich Judiths Körper bemächtigen wollen, um im nachhinein Anteil an Ivos Lust daran zu empfinden?

Der Ekel, den sie in Judith erweckte, war ihr wahrscheinlich lieber als Gleichgültigkeit. Er war wenigstens irgendeine Empfindung, die sie aus Judith preßte.

Judith ging ins Gästezimmer. Dort stank es noch bestialisch nach Katzendreck, nach Steffas halboffen herumstehenden Kräutersalben. Bilsenkraut und Krötenspucke – ob Steffa sich den neuen Hexen zugehörig fühlte, die alte Geheimmittel wiederentdeckten? Es paßte zu ihr, daß sie bei Schwarzer Magie Zuflucht suchte, um mit der Wirklichkeit fertig zu werden.

Eines mußte man ihr lassen: Sie hatte es verstanden, Judith gründlich aus dem Gleichgewicht zu bringen. Nie hätte sie Steffa zugetraut, soviel in Bewegung zu setzen. Wut, Verzweiflung, Abwehr und immer wieder die glühenden Erinnerungen ihrer Leidenschaft.

Judith riß auch hier alle Fenster auf und ließ die Luft durchziehen. Dann legte sie Steffas Kleider, Bücher, Schreibsachen und eine übelriechende Stoffpuppe – ob sie sie mit Nadeln durchbohrte? – auf den Tisch.

Ein Medaillon mit Buchstabenkombinationen fiel aus der Puppe. Fehlte nur noch ein Hexenbesen, dachte Judith und konnte wieder lachen.

Sie versenkte all diese Dinge in Steffas Seesack. In der Schublade des Nachttisches fand sie eine kleine Flasche mit Pipette. Und ein leeres Etui: den Behälter und ein Pflegemittel für Kontaktlinsen.

Judith schlug sich wütend an die Stirn. Die Zauberutensilien reichten offenbar nicht aus – Steffa verschmähte auch höchst reale Schwindeleien nicht. Sie würde die Brille also nicht brauchen, falls sie sich doch entschloß, im Nebel ins Tal zu fahren.

Wie hat mich meine Menschenkenntnis nur so im Stich lassen können, dachte Judith, daß ich auf Steffas scheue Achtsamkeit, die gespielte Kindlichkeit hereingefallen bin? Wie behutsam sie gefragt hatte, ob es nicht schmerzhaft für Judith war, über Ivo zu sprechen. Es war nicht im mindesten schmerzhaft gewesen. Es war das größte Glück gewesen, das sie nach Ivos Tod empfunden hatte.

Nur eine Fremde, niemand aus der Familie, kein Freund hätte bewirken können, daß sie sich so offen Rechenschaft über ihr Leben mit Ivo gab...

Sie fuhr energiegeladen mit Besen, Putztuch und Staubsauger durch das Gästezimmer, als könnte sie so auch Ordnung in ihre eigenen Gedanken bringen.

Als das Zimmer sauber war, stellte sie Steffas Seesack in einen Abstellraum, verschloß und verriegelte alle Türen und Fenster und ging ohne Abendessen ins Bett.

Steffa war draußen. Aber sie, Judith blieb hier drinnen als ihre eigene Gefangene zurück.

Draußen war es unverändert neblig, aber nicht sehr kalt. Leichter Wind bewegte die Parkbäume. Judith hatte kein Beruhigungsmittel genommen. Sie brauchte morgen einen klaren Kopf. Sie schlief ein und schreckte bald mit rasendem Herzklopfen auf. Ein Sturm von Erinnerungen stieg aus ihren wirren Träumen und machte ihr angst. Was jetzt so machtvoll in ihr Bewußtsein vorstieß, waren die immer wieder verdrängten Gedanken an Ivos letzte Lebenszeit.

Bisher hatte sie immer nur an den strahlenden, anziehenden Ivo gedacht und nicht an den Mann, den er durch seine Krankheit geworden war. Aber nun konnte sie sich nicht länger davonstehlen.

Ivo schien sich zunächst in der Villa Loredan gut zu erholen. Er schlief besser, nahm zu und begann auch wieder zu malen. Aber es schien in ihm eine Spirale gebrochen zu sein, die ihn so lange spannkräftig und elastisch erhalten hatte.

Ivo wurde ängstlich. Er horchte in seine Stimmungen hinein, kommentierte jedes Detail seines Zustandes. Und er entwickelte die seltsamsten Widersprüche. Er widerrief Meinungen, die er immer energisch vertreten hatte. Fragte Judith ihn nach den Ursachen dieses Wandels, wurde er aggressiv und ungeduldig. Auch von Menschen, mit denen er bisher immer gern diskutiert hatte, Gianni oder Andreas, vertrug er keinen Widerspruch.

Auf seine streitsüchtigen Phasen kamen Perioden des Grübelns, der Schweigsamkeit, der Melancholie.

Kurz nach seiner Entlassung aus dem Spital bestand er auf Heirat.

Es war ihnen beiden nie wichtig gewesen, ihre Verbindung zu legalisieren. Aber jetzt hatte er Angst, daß nach seinem Tod seine geschiedene Frau Jennifer Anspruch auf seine Bilder haben könnte.

Judith verstand, daß er sein gesamtes Werk in ihrer Hand wissen wollte. Es gehörte doch alles zusammen, sagte er immer wieder: seine Kunstwerke und das Haus, das er rund um sie gestaltet hatte. Ändern würde die Heirat für sie nichts. Sie blieb auch mit Trauschein und Ehering die Geliebte, dachte Judith.

Die Hochzeit fand im Rathaus von Vicenza statt, der herrlichen Basilika Palladios. Gianni und Andreas waren ihre Trauzeugen. Der Bürgermeister nahm die Trauung vor und hielt eine schwungvolle Ansprache über das Genie Ivo Longhin, das in die Heimat seiner Phantasie gekommen war, um hier mit seiner wienerisch-byzantinischen Göttin glücklich zu sein.

Nach der Trauung fuhren sie in die *colli berici*, das Hügelland von Vicenza, in einen hübschen Landgasthof.

Zugleich mit ihnen feierte ein ganz junges Hochzeitspaar mit großer Verwandtschaft. Die Braut in ihrem weißen Teepuppenkleid und dem langen blütengeschmückten Schleier genoß ihren großen Auftritt. Sie wurde von allen Seiten fotografiert. Ihren Bräutigam ließ sie links liegen, als müßte sie ihre letzte Chance wahrnehmen, im Mittelpunkt des Interesses zu stehen. Es wurde getanzt, Kinder in hübschen Kleidern und in Samtanzügen tollten durch den Garten. Silberhaarige alte Herren von großer Würde lösten im Gespräch alle Probleme der Weltpolitik. Schwestern, Mütter, Tanten und Großmütter blieben unter sich und redeten von Rezepten und Kleidern.

«Da ist das Patriarchat noch in Ordnung», sagte Anna lachend.

«Was dir fehlt, ist einer, der dir einmal den Herrn zeigt», sagte Ivo aggressiv.

«Hast du schon einmal gesagt», antwortete Anna lässig und wandte sich Gianni zu.

Ivo war seltsam gereizt. Es störte ihn sichtlich, daß sie nicht das einzige Hochzeitspaar waren. Er schimpfte über den nachlässigen Service, schickte den Wein zurück und begann mit Anna, die sich nicht provozieren ließ, immer wieder gehässige Gespräche.

Schließlich widerrief er in einer Diskussion mit Gianni, mit dem er bisher in der Verehrung der Renaissancekunst verbunden war, seine bisher vertretene Meinung.

«Je älter ich werde, desto mehr bin ich davon abgestoßen. Sie spiegelt den Hochmut der Menschen, ihre Verachtung der Natur. Und sie hat die Dämonen in uns nicht austreiben können.»

Gianni sah ihn ungläubig an, als erwarte er einen kapriziösen Gedankensprung. Aber Ivo hämmerte seine Idee, ohne auf Gegenargumente zu achten, in endlosen Wiederholungen platt. Gianni entfernte sich unter einem Vorwand von der Tafel.

Daraufhin sagte Ivo zu Judith: «Merkst du, wie starrsinnig Gianni wird.»

Andreas hatte den Brautraub organisiert. Er verschwand unauffällig mit Judith, Gianni, Anna und Matteo und fuhr mit ihnen in ein anderes Lokal in der Nähe. Dort wartete bereits ein Buffet und Musikanten auf sie.

Ivo, der diesen Brauch kannte, war so wütend über ihr Verschwinden, daß Maureen in dem Versteck anrief und alle bat, schnell zurückzukommen. Ivo rege sich so auf, daß sie Angst um ihn bekäme.

Andreas sagte Ivo, wie humorlos er sei.

«Ich weiß, du hättest sie selbst gern geheiratet», sagte Ivo ohne ein Lächeln. «Aber halte dich in Reserve. Wer weiß...»

Das Fest endete in schlechter Stimmung, die Ivo nicht zu merken schien.

Zu Hause war er gut aufgelegt, machte Witze über ihre bevorstehende Hochzeitsnacht nach so vielen herrlichen gemeinsamen Nächten.

Als sie in ihrem Bett mit den ineinanderverschlungenen Händen lagen, versagte er zum ersten Mal bei ihr.

Judith nahm das nicht ernst. Nach so langer, enger Gemeinschaft, nach einer Krankheit und dem Hochzeitswirbel sei das kein Wunder, sagte sie ihm. Ivo drehte sich stumm zur Seite, und als sich Judith ihm zärtlich zuwandte, vergrub er sich in den Kissen.

Sein Versagen setzte ihm viel tiefer zu, als Judith ahnen konnte.

Sie hatten oft davon gesprochen, daß viele Künstler, von Picasso bis Chaplin, ihre Potenz bis ins Alter erhielten.

«Ich werde mit neunzig in deinen Armen sterben. Aber – erst *après*», hatte Ivo oft gesagt.

Nun setzte er sein Versagen bei Judith mit dem Schwinden seiner Lebenskraft und seiner künstlerischen Potenz gleich.

«Man stirbt eben nicht auf einmal, sondern in Raten», sagte er düster.

Sie fanden wieder zusammen, aber Judith spürte, wie er sich dabei mißtrauisch beobachtete. Und weil er selbst nicht mehr an seine ungebrochene Kraft glaubte, verließ sie ihn immer öfter.

Es war qualvoll für Judith, mit seiner Wut, seiner Enttäuschung zu leben. Mit seinen ironischen Bemerkungen machte Ivo alle Spontaneität zunichte.

Judith hätte nie geglaubt, daß es ihm so schwerfallen könne, mit Rückschlägen fertig zu werden. Sie war sicher, daß er sich erholen, sein seelisches Tief überwinden würde. Aber je öfter sich seine Herzbeschwerden wiederholten, desto weniger glaubte er an Heilung.

Durch Andreas erfuhr Judith, daß Cordula gestorben war. Sie hatte seit langem an Krebs gelitten. Nach Phasen des Stillstands war die Krankheit wieder ausgebrochen.

Sie war aus dem Krankenhaus ins Haus ihrer uralten Mutter im Waldviertel geflüchtet. Freunde hatten sie dort mit illegal beschafften Schmerzmitteln versorgt.

In der Wiener Kunstszene kursierten immer phantasievoller ausgeschmückte Geschichten um ihren Tod. Sie hätte vorher alle Männer, die sie verraten und verlassen hatten, verflucht.

Judith erzählte Ivo nichts von Cordulas Tod. In seiner depressiven Stimmung hätte ihm das nicht gutgetan. Aber er erfuhr es durch einen Brief, über dessen Absender er sich in Schweigen hüllte.

Nach einem langen, heißen Herbst im Veneto kehrten sie in das winterliche Wien zurück. Hier besserte sich seine Stimmung, er begann intensiv zu arbeiten. Manchmal ging er sogar allein mit Freunden aus. Für Judith war das ein gutes Zeichen. Nach seinem Zusammenbruch hatte er sie nicht aus seiner Nähe gelassen. Wenn sie sich beim Einkaufen im Dorf verspätete, rief er die Carabinieri an, ob ihr etwas passiert sei. Immer, wenn sie danach einem Carabiniere begegnete, rief dieser: *«Presto, presto, signora»* und machte eine beschleunigende Handbewegung.

Es war eine Erleichterung für Judith, daß Ivo sie nun weniger für sich beanspruchte. Sie konnte sich nun auch um Mamusch kümmern, die immer größere Probleme mit den Hüftgelenken bekam. Für eine so aktive Frau wie sie war es eine Katastrophe, immer unbeweglicher zu werden. Endlich entschloß sie sich zur Operation. Und entwickelte noch im Krankenbett wieder ihre gewohnte Energie. Sie erholte sich überraschend schnell, hielt im Krankenzimmer hof, ihre Prokuristin mußte zum täglichen Rapport erscheinen. Die Familie rotierte um sie.

Nach einer Rehabilitationskur zog sie sich zu einem ausgedehnten «dalmatinischen Nachmittag» ins Salzkammergut zurück. Viele ihrer Freunde hatten dort Häuser, Salzburg mit Theater, Cafés und eleganten Läden war nahe. Mamusch liebte diese anmutige Seenlandschaft, in die sich so viele Erinnerungen an Österreichs große Maler, Schriftsteller und Komponisten eingeschrieben hatten.

Judith bewunderte die unzerstörbare Lebenskraft der Mutter. Jeder, der sie vor der Operation gesehen hatte, war verblüfft, wie schnell und gründlich sie wieder auf die Beine gekommen war. Sie hatte abgenommen, sah blendend aus und stattete sich sofort mit neuer Garderobe aus. Wer ihr zuhörte, konnte glauben, sie hätte sich allenfalls einer kleinen Schönheitsoperation unterzogen.

Ivo fand, daß zuviel Theater um Mamusch gemacht wurde. Schließlich war sie nicht die einzige Kranke dieser Welt.

Er hatte keine Lust, ihren siebzigsten Geburtstag mitzufeiern, an dem sie Familie und Freunde um sich versammelte.

So fuhr Judith allein in einen Frühling von scheuem Liebreiz. Hier war alles blasser, versteckter, die Berge zeigten sich noch winterlich verschneit. Aber so anders dieser Frühling auch war als die robuste Blütenpracht des Veneto, es hatte einen starken Reiz, allein durch diese pastellfarbige Landschaft zu fahren. Von den Bergen kamen Rinnsale, die sich durchs zarte Grün der Wiesen wanden, ehe sie in schäumenden Bächen zusammenflossen.

Es war dieses Schmelzwasser, das Judith ein Gefühl des Neubeginns gab. Es tränkte die braunen Bergwiesen und ließ die violetten und weißen Krokusse sprießen. Es brachte Vergißmeinnicht und Dotterblumen zum Blühen, es stieg in die mächtigen Stämme und Äste der Kastanien und brachte ihre klebrigen Knospen zum Platzen.

Ein seit langem nicht mehr gekanntes Gefühl der Freiheit pulste in ihr, machte ihre Schritte leicht und ihr Lachen schnell.

Mamusch residierte in einer Gründerzeitvilla am Attersee, einem romantischen Gehäuse mit spitzen Türmen, Erkern mit Butzenscheiben, Veranden mit Laubsägeverzierungen, inmitten eines primelübersäten Gartens. Kieswege schlängelten sich zum See, der in der gleißenden Frühlingssonne wie gehämmertes Metall schimmerte. Schwäne umkreisten den Bootssteg und warteten auf Futter.

Mamusch hatte alte Freunde und unterhaltsame Bekannte zu einer Folge großer und kleinerer Feste um sich geschart. Ihre Schwester Lisa brachte Kostproben der neuesten Kreationen ihres Küchenchefs. Anna holte Künstler aus Salzburg und alte Festspielhabitués, die Mamusch mit dem aktuellsten Klatsch unterhielten. Genauso mochten die Feste der Jahrhundertwende gefeiert worden sein, als Gustav Klimt und seine Seelenfreundin Emilie Flöge dieses Haus bewohnt hatten. Judith fühlte sich geborgen wie ein glückliches Kind. Sie hatte keinerlei Verantwortung zu tragen, keine Verpflichtung, etwas zu organisieren, abzuwenden oder umzudisponieren, wie sie es seit langem gewohnt war. Sie ließ sich zu Landpartien, Bootsfesten, Ausflügen in Schlemmerlokale mitnehmen. Jeder in diesem Haus genoß den Augenblick, keiner war launenhaft oder aggressiv.

Wenn sie aufwachte und auf den See schaute, stieg das

Feriengefühl ihrer Kindheit in ihr auf. Sie setzte sich an gedeckte Tische, ließ sich von den Einfällen anderer mitreißen und fühlte, wie ihre Kraftquellen wieder zu sprudeln begannen.

«Bleib doch noch», sagte Mamusch am letzten Abend ihres Aufenthalts. «Morgen kommt Irene mit den Kindern. Sie wird dich sehen wollen. Ivo wird es schon noch ohne dich aushalten. Anna ist ja in Wien, um ihre Wohnung und die Galerie zu übergeben.»

Judith lachte bei dem Gedanken, daß Anna, ausgerechnet Anna Ivo bei Laune halten sollte. Sooft Ivo sie in den letzten Monaten gesehen hatte, knisterte es zwischen den beiden vor Aggression. Anna brach jetzt endgültig ihre Zelte in Wien ab. Sie widmete sich nur noch ihren Galerien in Salzburg und Paris.

Judith rief Ivo an und bat ihn um Verständnis, daß sie noch zwei Tage bleiben wollte.

«Wenn du mußt», sagte er leise.

«Ich muß nicht», sagte Judith, «ich möchte.»

«Was soll ich sagen?» Ivos Stimme schien aus weiter Distanz zu kommen.

«Willst du, daß ich nach Wien zurückkomme?»

«Ich muß lernen, allein zu sein. Leb wohl.» Dann hängte er auf.

Es war das letzte Mal, daß sie ihn hörte.

Zwei Tage später, sie war gerade beim Packen, ging das Telefon. Es war Andreas.

«Komm», sagte Andreas, «Ivo geht es nicht gut.»

Erst in Wien erfuhr Judith, daß er schon in der vergangenen Nacht gestorben war. An Herzversagen. In Andreas' Wohnung.

Das Klopfen und Scharren an ihrem Fenster kam von der Leiter, die Ivo anlegte, um in ihr Zimmer über dem Attersee einzusteigen. Sie klammerte sich an dieses Geräusch, als das bunte Traumbild zerflatterte. Schlaftrunken setzte sie sich auf und sah auf die Uhr. Es war halb zwölf. Und das Scharren war noch immer da.

Judith sprang auf, ging zur Terrassentür im Nebenzimmer, von wo das Geräusch kam. Angestrengt schaute sie ins Halbdunkel des von einer Laterne beleuchteten Vorplatzes.

Vor ihr stand Steffa.

Judith fuhr zurück. Steffas Gesicht war blutverschmiert.

«Laß mich herein», sagte sie flehend. «Bitte! Ich habe einen Unfall gehabt. Das Auto liegt im Graben. Ich habe versucht, ins Tal zu kommen. In einer Kurve hat es mich hinausgetragen. Stunden habe ich gebraucht, um herauszukommen und um ein Loch in der Mauer zu finden. Du hast das Tor ja fest verschlossen, und zum Drüberklettern bin ich zu schwach.»

Judith öffnete die Tür und ließ Steffa herein. Im Licht sah sie noch furchtbarer aus, blutig, voll Schmutz, die Kleider zerfetzt.

«Ich habe das Warten nicht ausgehalten. Die ganze Nacht im Auto sitzen, eingesperrt wie ein Tier im Käfig. Kalt war es und so furchtbar einsam. Wenigstens bis zum Dorf wollte ich und dann am nächsten Morgen weiter.»

Sie bewegte sich rasch, und Judith hoffte, daß sie nur äußere Verletzungen hatte. «Du brauchst einen Arzt – aber wir können ihn nicht rufen.»

«Es war ein Fehler», schnitt ihr Steffa hastig das Wort ab. «Eine Kinderei, das Telefonkabel durchzuschneiden. Aber ich war außer mir vor Wut, daß du mir immer wieder entgleitest. Ich wollte dich zur Konfrontation zwingen, ohne Ablenkung von außen.»

«Was schlägst du vor?» fragte Judith.

«Kann ich bitte über Nacht bleiben? Ich weiß, daß ich keinen Anspruch mehr auf deine Gastfreundschaft habe, nach allem ... In der Früh möchte ich zu Fuß ins Dorf gehen.»

Judith holte Jod und Verbandszeug. «Beiß die Zähne zusammen, es wird brennen.»

«Nein», wehrte Steffa ab, «ich mache das schon allein. Laß nur.»

Judith warf einen Blick auf ihr blutverschmiertes Gesicht und ihre Hände und wunderte sich, daß sie keine Abschürfungen, keine Wunden sah.

Steffa verschwand mit dem Verbandszeug im Badezimmer. Als sie zurückkam, hatte sie zwei große Pflaster quer über die Stirn und die linke Wange geklebt.

«Ich habe Hunger», sagte sie zögernd.

Judith ging schweigend in die Küche und kam mit

einer Tasse Suppe, belegten Broten und einer Thermoskanne Tee auf einem Tablett zurück. «Iß das bitte in deinem Zimmer. Das Frühstück stelle ich dir vor die Tür. Wenn du etwas brauchst, sag es. Aber ich möchte sonst keine Gespräche mehr mit dir führen.»

Steffa nickte und ging mit dem Tablett in ihr Zimmer. Judith kehrte in ihr Schlafzimmer zurück und drehte den Schlüssel zweimal um.

Hoffentlich kommt Matteo morgen früh, dachte sie. Er könnte Hilfe holen. Ein Abschleppauto mit starken Nebelscheinwerfern würde wohl den Weg herauf finden und Steffa samt ihrem Auto mitnehmen. Sie bezweifelte, daß Steffa, wie sie angekündigt hatte, allein hinunter ins Dorf gehen würde.

Wie komme ich dazu, dachte sie, daß ich mir dauernd Gedanken mache, wie man Steffas selbsterzeugte Katastrophen bewältigt.

Sie war fast im Einschlafen, als es zaghaft klopfte. «Entschuldige bitte», sagte Steffa durch die Tür, «aber wo ist mein Seesack?»

«Im Abstellraum», rief Judith. «Hol ihn dir.»

Nicht daran zu denken, wieder einzuschlafen. Judith blieb gespannt liegen. Irgend etwas kommt noch, dachte sie.

Kurz darauf klopfte es wieder.

«Der Abstellraum ist abgeschlossen.»

Wütend sprang Judith auf, nahm ihren Schlüsselbund, öffnete ihre Schlafzimmertür und ging, ohne Steffa anzusehen, den Korridor entlang. Sie schloß den Abstellraum auf, nahm Steffas Seesack und gab ihn ihr.

Sie hätte gern etwas gesagt, das Steffa genauso wütend machte, wie sie selbst es war. Aber es fiel ihr nicht das geringste ein. Sie kam sich vor wie die Mutter eines Kindes, das sich vom Wunsch nach Wasser über die Gutenachtgeschichte alles nur Mögliche einfallen ließ, um nicht schlafen zu müssen.

Jetzt war Steffa auf einmal wieder schüchtern und kindlich, wie in der ersten Phase ihrer Begegnung. Aber Judith gab sich keinen Illusionen hin, daß sie nun gebändigt sei. Der Wechsel vom scheuen Kind zur haßerfüllten Psychoterroristin, zur versponnenen Okkultistin und dann wieder zum einsamen Seelchen, das Glücklichere über ihre Schuldgefühle manipulierte, war ihr in klarster Erinnerung.

«Gute Nacht», sagte sie und ging an Steffa vorbei wieder in ihr Zimmer.

«Danke», hauchte Steffas kleine, arme Stimme. «Und – gute Nacht.»

Dann blieb es ruhig. Aber bei jedem Anschlagen der Zweige an die Fensterläden, bei jedem Schrei eines Nachtvogels schreckte Judith auf.

Erst am frühen Morgen schlief sie tief ein. Von Steffa war nichts zu hören, als sie schließlich erwachte. Sie ging in die Küche, machte Frühstück, richtete ein Tablett für Steffa und stellte es vor ihre Tür.

«Draußen steht dein Tee», sagte sie durch die Tür und ging.

Der Nebel hing noch immer dicht wie Watte über den Bäumen. Judith machte Feuer im Kamin und trank ihren Tee.

Nach einer Weile stand Steffa verlegen in der Tür.

«Danke für das Frühstück. Kann ich bitte Watte haben? Meine Regel ist diesmal besonders stark.»

Judith ging schweigend ins Badezimmer. Plötzlich fiel

ihr wieder ein, daß Steffa zwar gestern mit Blut beschmiert gewesen war, daß aber weder Schnitte noch Kratzer zu sehen waren.

Sie gab Steffa die Watte und sah auf die Pflaster. «Die gehören wohl zur Ausstattung deines Theaterstücks?»

«Ja», sagte Steffa heiter und riß die Pflaster weg. Darunter kam ihre heile, gereinigte Haut zum Vorschein. «Aber anders hättest du mich ja nicht hereingelassen. Jetzt sind wir quitt. Du hast mich hinausgetrickst. Und ich habe mich wieder hereingetrickst.»

Judith reagierte nicht und verließ den Raum.

Steffa lief ihr nach. «Wo hast du meine Kassetten und die Fotos hingetan, die Notizbücher und Kugelschreiber? Sie sind nicht im Seesack.»

«Ich habe sie verbrannt», sagte Judith ruhig.

«Meinen Besitz? Meine Arbeit?»

«Ja», sagte Judith freundlich. «Du wirst sie nicht mehr brauchen. Das Buch über Ivo wird jemand anderer schreiben.»

Steffa wurde grau im Gesicht. «Du verdammte Sau», schrie sie. «Wie kannst du etwas anrühren, das mir heilig ist! Das ich magisch aufgeladen habe. Das wirst du bereuen.»

Sie rannte hinaus und verschwand, ehe Judith sie erreichen konnte, im Schlafzimmer. Judith hörte, wie sie alle Türen, auch die Tür zum Nebenzimmer, verschloß.

«Mach sofort auf», rief Judith. «Du hast in meinem Schlafzimmer nichts verloren.» Sie rüttelte an der Tür, obwohl sie wußte, wie sinnlos das war. Dann fiel ihr ein, daß die Terrassentür des Nebenzimmers nach dem Lüften unverriegelt geblieben war.

Sie lief vors Haus, stolperte im Nebel über einen Stein und verstauchte sich den Knöchel. Es war ein reißender, bösartiger Schmerz, der durch den ganzen Fuß ging. Sie verbiß ihn mühsam. Sie mußte in das Zimmer, ehe Steffa merkte, daß die Terrassentür offen war.

Schweißüberströmt humpelte sie am Haus entlang und konnte tatsächlich durch die Terrassentür in das Nebenzimmer gelangen. Als sie von dort aus ins Schlafzimmer trat, stand Steffa mit weit ausgebreiteten Armen vor dem Eulenbild. In der Hand hielt sie den damaszierten Brieföffner, der immer auf dem Sekretär lag. Rund um den Eulenkopf der Frau hatte Steffa ein Pentagramm, den fünfzackigen Hexenstern, eingeschnitten.

Sie standen Auge in Auge. Judith nahm mit dem ganzen Körper die Aura weißglühenden Hasses auf, die Steffa umgab.

«Das wird deine überschüssige Energie abzapfen», keuchte Steffa und deutete auf das Pentagramm.

Judith war betäubt vor Schmerz und hilfloser Wut. Wieder stülpte Steffa ihren Wahnsinn über einen Gegenstand, der Judith etwas bedeutete.

Ohne an ihre Verletzung zu denken, machte sie einen Schritt in Steffas Richtung. Ihr Fuß kippte schmerzhaft um. Verzweifelt riß sie sich ihren Schal vom Hals und wickelte ihn, so fest sie konnte, um ihren Knöchel.

«Super», sagte Steffa. «Das ist ja schnell gegangen, dich lahmzulegen.»

Sie fuchtelte mit dem Brieföffner vor Judiths Augen herum. «Weißt du, warum ich zurückgekommen bin? Nicht, weil mich die Nacht im Auto so mitgenommen hätte. Aber wir sind noch nicht fertig miteinander. Es gibt noch eine interessante Neuigkeit für dich. Komisch, nicht wahr – ich kann dir viel mehr Neuigkeiten über Ivo erzählen als du mir.»

Judith versuchte, an ihr vorbei zur Tür zu humpeln, aber Steffa versperrte ihr den Weg und hielt den Brieföffner wie einen Dolch gegen sie.

«Du glaubst zu wissen, wie er gestorben ist? Du hast keine Ahnung.»

Judith ließ sich schmerzgepeinigt auf ihr Bett fallen und überlegte, wie sie entkommen könnte.

«Ich war nämlich die vorletzte, die ihn gesehen hat. Was sagst du jetzt? Hör gut zu, denn das alles ist sehr wichtig für dich.»

Steffa baute sich vor Judith auf. Ihre Augen waren unnatürlich geweitet, ihr Atem ging heftig, rote Flecken stiegen von ihrem Hals zu den Wangen auf.

«Ich war nämlich noch bei Andreas im Verlag, als Ivo kam. Damals war viel zu tun, und ich habe bis spät nachts gearbeitet. Andreas war verreist. Aber ich habe gehört, daß jemand die Eingangstür aufschloß und über das Entrée in den privaten Teil der Wohnung ging. Ich war nicht sicher, ob Andreas früher zurückgekommen war, und schaute in den Salon, wo sich jemand gerade ein Glas Whisky einschenkte. Ivo. Es war ihm nicht angenehm, mich zu sehen. Nach Ulas Tod habe ich ihm einen langen Brief geschrieben und mit seiner Feigheit abgerechnet. Er hat natürlich nicht geantwortet, aber ich habe ihn dann noch in einem Gespräch gestellt. Ivo wußte nicht, daß ich hier im Verlag beschäftigt war, und er war ziemlich erschrocken, als ich plötzlich vor ihm stand. Er griff sich mit beiden Händen ans Herz, dann war er wieder cool, wie immer. Er müsse etwas in Andreas' Bibliothek nachschlagen, sagte er. Natürlich wollte er mich loswerden, das war zu merken. Ich bin also gegangen, habe die Eingangstür laut zugeworfen, um dann leise wieder zurückzukommen. Ich merke immer, wenn jemand lügt. Und Ivo hatte eindeutig gelogen.

Es dauerte nicht sehr lange, bis ich gewußt habe, auf wen er wartete. Am nächsten Tag hat ihn dann Andreas tot aufgefunden.»

«Wer war es?» fragte Judith tonlos.

«Jetzt kommst du endlich heraus aus deinem glatten Panzer. Willst wissen, was du bisher nicht einmal zu denken gewagt hast?»

Judith stand jäh vom Bett auf und sank unter Schmerzen wieder zurück.

«Bleib da», sagte Steffa, «du entkommst mir nicht mehr. Wo immer du hingehst, bin ich auch, um dir die Wahrheit um die Ohren zu schlagen. Hör zu, ich will dich nicht lange auf die Folter spannen, die Wahrheit ist stark genug, um dich für den Rest deines Lebens zu quälen. Also: natürlich war es eine Frau. Selbstbewußt, erotisch aufgeladen. Und sehr, sehr kompetent, Ivo zu beweisen, wie ungebrochen seine Potenz bei einer bewährten Partnerin war.»

«Elena», entfuhr es Judith.

Steffa lachte. «Nein, Elena war es diesmal nicht.»

Judith wandte sich voll Scham zur Seite. Wie konnte sie sich nur in Steffas sadistisches Spiel ziehen lassen. Wie konnte sie ihre Deckung verlassen! Sie mußte weg, aus dem Bannkreis dieser triumphierenden Stimme, dieser Lügen, in denen vielleicht ein Korn Wahrheit steckte.

Sie rollte blitzschnell über das Bett und machte einen Ausfall zur rechten Tür. Steffa folgte dieser Bewegung, und dann wandte sich Judith der kaum sichtbaren Tapetentür zu, die ins Engelzimmer führte. Aber es gelang ihr nicht, die Tür hinter sich zu schließen. Steffa stand sofort neben ihr, noch immer den Brieföffner gezückt.

«Es gibt keine Flucht vor der Wahrheit», sagte sie. «Du mußt hören, wer in dieser Nacht bei Ivo war.»

Judith hielt sich die Ohren zu, aber Steffa kreischte durchdringend und ohne aufhören zu können: «Es war Anna! Anna! Anna!»

Steffas schrille Stimme durchdrang die Barriere von Judiths an die Ohren gepreßten Hände. Judith ließ sich gegen die Wand fallen. Der kubistische Engel Ivos löste sich vom Haken und fiel klirrend zu Boden.

«Was für ein schöner Tod für Pan – erst der kleine in den Armen einer sehr, sehr kompetenten Frau. Dann der große. Und alles bleibt in der Familie.»

«Halt den Mund», flüsterte Judith.

«Ich rede, wann und was mir paßt. Tu, was du willst, das ist das Gesetz. Das Gesetz der Eingeweihten. Und wenn es mir gefällt, singe ich auch.»

Mit einer Stimme, die Judiths Kopf vibrieren ließ, sang sie: *«Io Pan! Io Pan! Io Pangenitor! Io Pangenitor!»*

Die Erinnerung an dieses Lied von der Kassette, das Ivo und Elena gesungen hatten, konzentrierte Judiths Wut in einem Maß, daß sie jeden Schmerz vergaß. Sie sprang auf, riß in einem Moment der Unaufmerksamkeit Steffa den Brieföffner aus der Hand und schleuderte ihn im weiten Bogen von sich. Dann drehte sie Steffas dünnen Arm um und drängte sie in die Ecke.

«Halt den Mund», schrie sie.

«Ivo ist Pan der Gehörnte. Ihm gehören wir, und er gehört uns», sang Steffa weiter. Judith hielt ihr mit einer Hand den Mund zu. Steffa schlug um sich, trat gegen

Judiths schmerzenden Knöchel, und als sie für einen Moment ihren Griff lockerte, begann sie wieder: «Ivo ist Pan. Und Anna ist...»

Judith fühlte ihre Energie in einem glühenden Strom in ihre beiden Arme schießen. Sie legten sich wie von selbst um Steffas dünnen Hals, um diese furchtbare Stimme zum Schweigen zu bringen.

Sie hörte Steffa röcheln, dann erstarb dieser Laut. Es war still. Aber dann drang ein anderes Geräusch in Judiths Bewußtsein: scharrendes Kratzen im Kies, das Anschlagen an Türrahmen. Schritte. Und schließlich eine Stimme. «Signora? Wo stecken Sie? Ich bringe Nachrichten. Und die Brille.»

Judith ließ die Arme sinken, und Steffa holte mit einem raspelnden Laut Atem.

«*Bocconcini* hat mir die Mamma für Sie mitgegeben, Signora», sagte Matteo und trat in das Engelzimmer ein. Er hielt Judith den Korb entgegen. «Signor Andreas hat angerufen. Er kann Sie nie erreichen. Aber er ist unterwegs zu Ihnen, mit Signora Anna.»

Steffa hustete und griff sich an den Hals. «Hättest du mich umgebracht, wenn Matteo nicht gekommen wäre?»

«Ich weiß es nicht», sagte Judith. Zum ersten Mal in ihrem Leben wußte sie nicht, was sie in den nächsten Sekunden getan hätte.

Steffa kam einen Schritt auf sie zu. «Man tötet doch nur, was man liebt?»

Judith hörte, wie die Äste immer stärker ans Haus schlugen. Fensterläden klapperten. Kakifrüchte fielen mit dumpfem Laut zu Boden.

Sie lag auf ihrem Bett und starrte gegen die Decke. Im

Haus war es still. Steffa war mit Matteo aus ihrem Zimmer gegangen, und Judith wußte nicht, ob sie noch im Haus war. Sie hielt ihre Hände gegen das Licht und sah sie an, als ob sie Fremdkörper wären.

Es war sehr hell im Zimmer, und als sie sich aufrichtete, sah sie durchs Fenster ein Stück blauen Himmels.

Draußen bogen sich die Bäume im Wind. Der Nebel war verschwunden.

Sie hörte vor ihrem Zimmer den Kies knirschen, dann Schritte, die verharrten, ein schleifendes Geräusch.

Mühsam erhob sie sich, schwindlig und unsicher, und ging zum Fenster.

Steffa ging über die Terrasse, ihren Seesack schleppte sie hinter sich her. Nach einer Weile drehte sich sich zum Haus um, sah zu Judiths Fenster und ging schließlich weiter.

Beim Teich der Venus blieb sie lange stehen, warf einen Kiesel ins klare Wasser, breitete die Hände aus und ging zum Tor. Ob sie wohl noch einmal zur Lichtung mit dem kleinen Pan geht, fragte sich Judith. Aber der Gedanke, daß sie wieder einen Platz, der ihr soviel bedeutete, für sich mißbrauchte, berührte sie nicht mehr.

Nach einer Weile sah sie Steffas Auto in einer Kurve unter dem Hügel verschwinden. Es wunderte sie nicht, daß es fahrtüchtig war. Das Gegenteil hätte sie überrascht.

Judiths Knöchel brannte, aber sie humpelte ins Gästezimmer, um die letzten Relikte von Steffas Gegenwart zu entfernen. Auf dem zerwühlten Bett fand sie einen Zettel und einen eingewickelten Gegenstand.

Auf dem Zettel stand: «Warst du in fernvergangnen

Tagen meine Schwester oder meine Frau? Vielleicht warst du mein Tod.»

Judith wickelte mit spitzen Fingern das zusammengeknüllte Papier auf, in dem sich etwas Rundes, Hartes befand.

Ein Stück Papier fiel ihr entgegen. «Gruß an Anna», stand darauf. Aus dem Papier schälte Judith einen goldgefaßten Skarabäus.

Gegen Abend trafen Andreas und Anna ein. Sie erschienen Judith wie Wesen von einem anderen Stern.

Sie lachten unentwegt, hatten offenbar eine höchst genußreiche Fahrt hinter sich und nahmen das Haus und den Park mit Entzückensrufen in Besitz.

«Du weißt gar nicht, wie gut es dir hier geht», sagte Anna. «Der Sommer in Salzburg war schrecklich. Welche Menschenmassen, welche Zudringlichkeit. Aber was soll ich tun, ein paar davon sind meine Kunden.»

Andreas befühlte Judiths Knöchel, holte aus dem Auto ein abschwellendes Gel und eine elastische Binde. Er hatte lange Zeit Leistungssport betrieben und kannte sich mit Verletzungen aus. Anna ging in die Küche, um das Abendessen vorzubereiten. Gianni hatte, ehe er wegfuhr, die beiden angerufen, um ihnen zu sagen, daß er sich Sorgen um Judith machte.

Niemand fragte, warum sie so schweigsam war. Es gab soviel Neues zu erzählen, von Annas Galerien, von der Familie, von Andreas' Arbeit.

Mamusch hatte Judith eine champagnerfarbene Wäschegarnitur geschickt. «Es ist Zeit, daß du wieder an dich denkst», sagte Anna.

Judith ließ alles mit sich geschehen. Sie war wie betäubt, aber durch ihre verwirrten, unkonzentrierten Gedanken fühlte sie das körperliche Behagen, sich in eine langentbehrte Geborgenheit fallen zu lassen.

Andreas hatte unterwegs *prosecco* gekauft, den prikkelnden Weißwein der Region. Damit füllte er den Kühlschrank, ehe sie sich zum Abendessen niedersetzten.

Judith schlief nach dem zweiten Glas ein, schreckte kurz auf, als sie von Anna und Andreas zu Bett gebracht wurde. Nach zwölf Stunden wachte sie auf, ohne sich an einen Traum zu erinnern.

Anna deckte den Frühstückstisch unter dem Kakibaum. Es war ein strahlender Morgen mit seidiger, trokkener Luft. Über dem Park spannte sich ein stahlblauer Himmel, den zartgerippte Schönwetterwolken schraffierten. Waren die Tage im Nebel mit Steffa nichts als ein böser Traum gewesen?

Andreas warf kleine Steine gegen Judiths Fenster, um sie zum Frühstück zu holen. Sie ging langsam und auf ihren Knöchel achtend hinunter. Mauro kam maunzend und rieb seinen dicken Schädel an ihren Beinen. Neben dem Teeservice stand die blaue Schale mit drei Kakifrüchten.

Als sie ihren Tee getrunken hatte, fragte Judith: «Was haltet ihr eigentlich von Steffa Kaplan?»

«Wer ist das?» fragte Anna. «Ach ja, diese Verrückte!»

«Steffa Kaplan?» antwortete Andreas gedehnt. «Das kann man gar nicht so schnell beantworten. Eine Zeitlang hat sie bei mir im Verlag gearbeitet. Völlig unzuverlässig. Eine Chaotin. Aber keine schlechte Schreiberin. Als

Mensch ist sie mir unangenehm, obwohl ich kaum etwas von ihr weiß. Für mich gehört sie zu denen, die aus der Seele übel riechen. Vor kurzem war sie wieder bei mir. Ich habe gerade wegen Ivos Buch herumtelefoniert. Sie hätte es gern geschrieben. Aber das tue ich mir nicht an. Sie ist kein Mensch, dem man etwas Wichtiges anvertraut. Eine Zeitlang ist sie mit Cordula herumgezogen. Warum fragst du?»

«Sie hat Kontakt mit mir aufgenommen», sagte Judith zögernd. «Sie hat über Ivo recherchiert.»

«Steffa Kaplan! Die fängt alles an und läßt es dann liegen. Außerdem ist sie eine pathologische Lügnerin.»

«Ein paar Dinge über Ivo weiß sie offenbar.»

«Was?» fragte Anna und sah Judith an.

«Sie kennt die Geschichte mit Jennifer und daß sie ein autistisches Kind hatte. Ivo hat mir das nie erzählt.»

Es fiel Judith schwer weiterzureden, aber sie zwang sich dazu. «Sie weiß noch Verschiedenes.»

«Zum Beispiel?» fragte Anna.

«Sie behauptet, daß Ivo nicht allein war, als er starb.»

«Verrückt», sagte Andreas. «Natürlich war er allein. Ich habe ihn gefunden. Mir hätte doch etwas auffallen müssen.»

«Was hat Ivo allein bei dir gemacht?»

«Aber das weißt du doch. Er wollte in Ruhe in meiner *Encyclopedia Britannica* für einen Artikel über Renaissancearchitektur nachschlagen.»

Judith griff in die Tasche ihres Bademantels und legte den Skarabäus auf den Tisch.

«Kennt ihr den?» fragte sie und sah von Anna zu Andreas.

«Natürlich», sagte Andreas lachend, «den hat mir doch

Anna einmal geschenkt. Vor vielen Jahren. Irgendwann ist er mir abhanden gekommen. Woher hast du ihn?»

«Von Steffa Kaplan.»

«Wahrscheinlich hat sie ihn im Verlag oder in der Wohnung gefunden. Sie hat ja immer herumgeschnüffelt, wie so viele Menschen, die kein eigenes Leben führen», sagte Andreas scharf.

«Ich weiß, was sie erzählt», sagte Anna.

Judith sah sie stumm an.

«Sie erzählt, daß Ivo in meinen Armen starb. Ich und Ivo! Vor fünfzehn Jahren hätte er mich vielleicht gereizt. Aber da ist er ja dir verfallen. Rettungslos. Ich habe ein Gespür für Männer, die ihre endgültige Wahl getroffen haben, glaub mir. Und seine endgültige Wahl warst du. Völlig unökonomisch, dazwischentreten zu wollen. Und was ihn angeht: Vor Frauen meiner Art hat er doch nur Angst gehabt.»

Judith nickte. Anna in der Direttissima. Keine falschen Loyalitätsbeteuerungen, keine verlogene Rücksichtnahme, kein Sentiment. Nach all dem Gefühlsnebel der letzten Tage war das wie eine frische Brise.

Sie schaute Anna forschend an, und Anna schaute offen und liebevoll zurück. Im Augenblick gab es für Judith keine Fragen mehr. Vielleicht würden sie später welche bedrängen, wenn sich ihre Erinnerungen klärten. Jetzt wollte – mußte – sie glauben, was die beiden Menschen sagten, die ihr am nächsten standen. Wo sonst als bei Anna und Andreas sollte sie Halt finden?

Andreas steckte den Skarabäus sorgfältig ein, dann verabschiedete er sich, um jemand ausfindig zu machen, der Judiths Telefon und ihr Auto reparierte.

Judith und Anna tranken Tee und trödelten herum.

Schatten fielen auf ihren Frühstücksplatz, sie wanderten der Sonne nach. Judith holte Liegestühle und stellte sie an den Teich der Venus. Sie trug noch immer ihren Bademantel und hatte keine Lust, sich anzuziehen. Heute war alles anders – entspannt, vertraut.

«Erzähl», sagte Anna. «Was ist passiert?»

«Es ist so schwer zu schildern», sagte Judith zögernd.

«Versuch es.»

Anna hörte ihr ruhig zu, ohne ihre gewohnten Zwischenrufe und Kommentare. Manchmal stellte sie Fragen, wenn Judith sich im Gewirr ihrer Erinnerungen verhaspelte, und brachte damit ihre Erzählung wieder in Fluß. Die ruhigen, ordnenden Fragen schufen für Judith Distanz zum Geschehen.

«Wie geht es dir jetzt?» fragte Anna, als Judith geendet hatte.

«Seltsam. Ivo ist so weit weg. Fremd. Ich muß ihn mir erst neu erklären. Ob mir das je gelingt?»

«Gut, daß du ihn losgelassen hast», sagte Anna. Judith sah sie betroffen an. Sie hatte noch Steffas Beschwörung im Ohr: «Laß ihn los, er gehört dir nicht.»

Anna lachte, als sie ihr das sagte. «Sie wird es anders gemeint haben als ich. Aber du kannst es ja richtig verstehen und etwas daraus machen. Wahrscheinlich war er nie so ideal, wie du ihn gesehen hast. Aber auch nicht der Dämon, als den ihn dir Steffa geschildert hat.»

Judith dachte nach. «Ich weiß nicht, wie ich mit all dem umgehen soll.»

Anna wurde ernst. «Neulich hat mich einer gefragt, warum denn die Frauen unserer Familie alle so erfolgreich sind. ‹Wir machen auch aus schlechten Dingen etwas Gutes›, habe ich ihm gesagt. Wer weiß – vielleicht wären wir die besseren Hexen als diese arme Chaotin Steffa.»

«Anna», sagte Judith, «ich hätte Steffa fast umgebracht.»

«Glaube ich nicht», sagte Anna kühl. «Du wärst rechtzeitig zur Vernunft gekommen. Auch ohne Matteo.»

Die Sonne stand hoch und brannte in spätsommerlicher Glut auf sie herunter. Judith ließ ihren Bademantel fallen und stieg in den Teich der Venus.

Die Kälte des Wassers beschwichtigte den pochenden Schmerz in ihrem Knöchel und gab ihr einen befreienden Schock. Sie schrie und holte tief Atem. Und dann öffnete sich etwas in ihr, die überhitzten Gefühle verflüchtigten sich wie durch ein Ventil. Sie fühlte Kühle, Sauberkeit, die Spannung der letzten Tage wich intensivem Behagen.

«Komm», rief sie Anna zu.

Anna schlüpfte aus ihren Jeans und dem T-Shirt, schwang die Beine ausgelassen über den Steinrand des Teichs und schwamm ihr nach.

«Das ist mir noch nie aufgefallen», sagte sie und deutete auf die Inschrift auf dem Sockel der Venus. «Wie pathetisch! Um die Liebe auszulöschen, ist auch ein Ozean zuwenig!» Sie spritzte Judith an, die wieder aus dem Teich stieg. «Für mich müßte hier stehen: Leidenschaft vergeht, Familienbande besteht! Aber du bist ja eine Romantikerin, zu dir paßt das. Manchmal beneide ich dich darum.»

Judith genoß das Prickeln ihrer Haut, als sie den sonnenwarmen Bademantel überzog. Ihr Atem ging tief und leicht. Anna kam ihr nach, rieb ihr den Rücken und klopfte ihre Schultern mit den Handkanten.

«Was für ein schöner dalmatinischer Nachmittag»,

sagte Judith und ließ sich in den Liegestuhl sinken. Es war gut, unbefangen und ohne Mißtrauen Annas Nähe zu spüren. Die üblen Geister, die Steffa beschworen hatte, schienen entzaubert. Ivo war tot. Endgültig. Und sie und Anna lebten ...

Als sie den leichten Schritt auf dem Kies hörte, drehte sie sich voll Verlangen um, Andreas in das Glück dieses Augenblicks einzubeziehen. Seine Nähe erfüllte sie mit verheißungsvoller Sehnsucht. Aber es war nicht Andreas.

Es war Gianni.

Er kam ohne sein gewohntes Lächeln ernst und entschlossen auf sie zu. Wie einer, der etwas Unangenehmes zu sagen hat und es schnell hinter sich bringen möchte.

Anna legte schützend den Arm um sie.

Und dann wußte Judith, daß Steffa recht gehabt hatte. Aber nur damit. Sie würde die Venus im Teich verlieren.

Anna – Ein himmlischer Glücksfall

«Eines der schönsten, anrührendsten, menschlichsten, heitersten, melancholischsten Bücher, das je erschienen ist.»

Die Welt

Leinen / 176 Seiten

Ein Geburtstags- und Merkkalender mit Annas schönsten Sprüchen

gebunden / 108 Seiten mit vierfarbigen Fotos

Annas literarischer Nachlaß

Leinen / 110 Seiten

Anna, wie Millionen Leser sie lieben

Leinen / 160 Seiten

Scherz